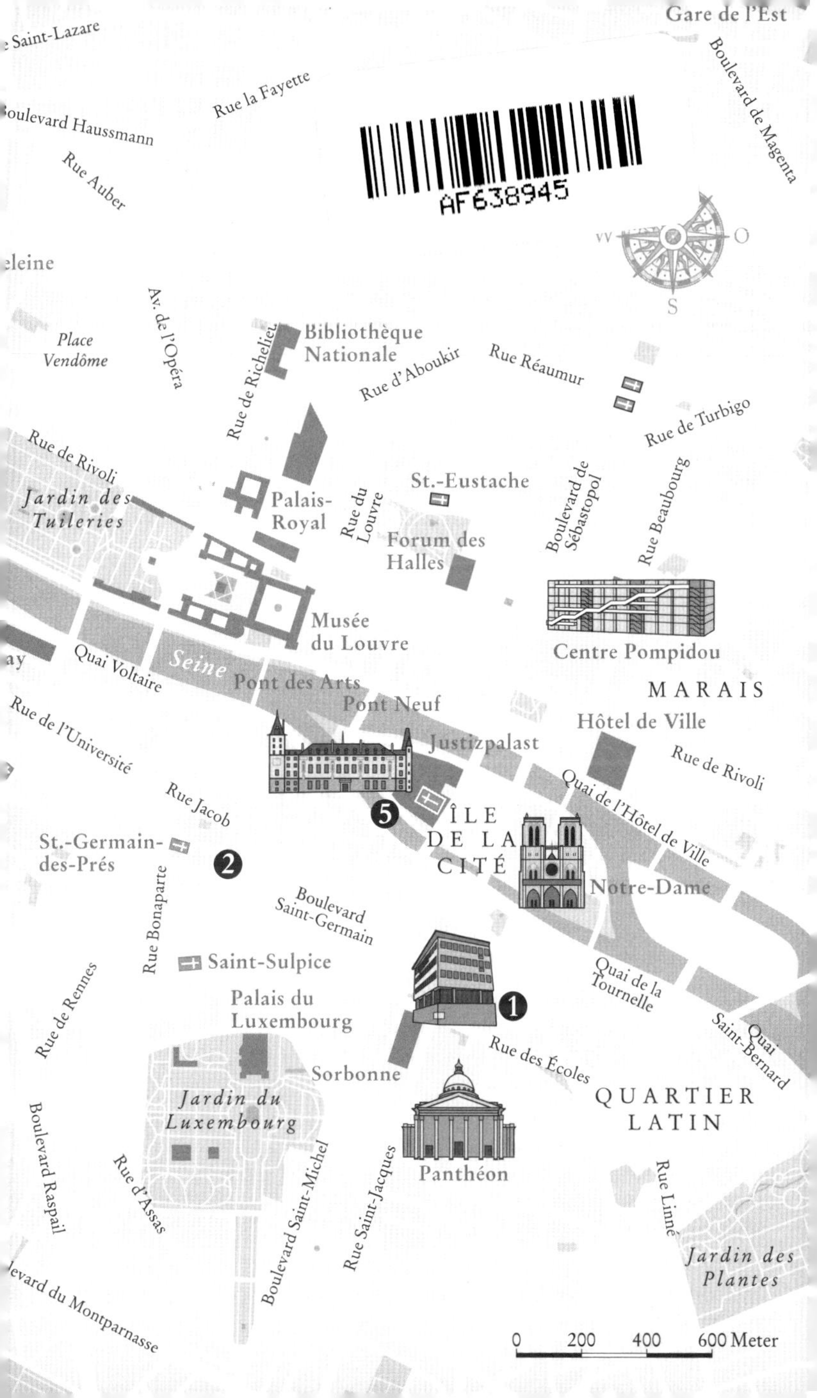
Gare de l'Est
Saint-Lazare
Rue la Fayette
Boulevard de Magenta
Boulevard Haussmann
Rue Auber
leine
O
S
Av. de l'Opéra
Place Vendôme
Rue de Richelieu
Bibliothèque Nationale
Rue d'Aboukir
Rue Réaumur
Rue de Turbigo
Rue de Rivoli
Jardin des Tuileries
Palais-Royal
Rue du Louvre
St.-Eustache
Boulevard de Sébastopol
Rue Beaubourg
Forum des Halles
Musée du Louvre
Centre Pompidou
ay
Quai Voltaire
Seine
Pont des Arts
Pont Neuf
MARAIS
Hôtel de Ville
Rue de l'Université
Justizpalast
Rue de Rivoli
Quai de l'Hôtel de Ville
Rue Jacob
5
ÎLE DE LA CITÉ
St.-Germain-des-Prés
2
Notre-Dame
Boulevard Saint-Germain
Rue Bonaparte
Saint-Sulpice
Rue de Rennes
Palais du Luxembourg
Quai de la Tournelle
1
Quai Saint-Bernard
Rue des Écoles
Sorbonne
QUARTIER LATIN
Jardin du Luxembourg
Boulevard Raspail
Rue d'Assas
Boulevard Saint-Michel
Rue Saint-Jacques
Panthéon
Rue Linné
Jardin des Plantes
levard du Montparnasse
0 200 400 600 Meter

Wenn Sie zweimal jährlich über unsere Neuerscheinungen informiert werden möchten, schreiben Sie uns bitte an:
newsletter@kampaverlag.ch oder
Kampa Verlag, Hegibachstr. 2, 8032 Zürich, Schweiz

DIE GRÜNE SEITE DER KAMPA RED EYES
Gedruckt auf säurefreiem und chlorfrei gebleichtem Papier aus verantwortungsvollen Quellen, zertifiziert durch das Forest Stewardship Council. Der Einband enthält kein Plastik, die Kaschierfolie ist aus nachwachsenden Rohstoffen hergestellt und kompostierbar.

Covergestaltung: Herr K | Jan Kermes, Leipzig
Covermotiv: Bobby Evans / Telegramme Papers Co., London
Satz: Tristan Walkhoefer, Leipzig
Karte auf Vor- und Nachsatz: Peter Palm
Gesetzt aus der Stempel Garamond LT / 210340
Druck und Bindung: CPI books GmbH, Leck
Auch als E-Book erhältlich
ISBN 978 3 311 12500 6

www.kampaverlag.ch

Pour Sylvia, qui a aimé Paris

Der Musiker aus der Metro

1

»Maigret, Telefon für Sie.«

Er ärgerte sich, dass die raue Stimme ihn aus seinen Gedanken riss. Eben erst war er wirklich angekommen in der vertrauten Umgebung zwischen den roten Backsteinwänden, hatte zufrieden die genaue Anordnung von Stiften, Notizbuch und Akten auf seinem Schreibtisch betrachtet und die leicht muffige Luft des fensterlosen Büros eingeatmet, in der alter Pfeifenduft festhing. Irgendwann würde er dem Korsen den Kopf abreißen.

Commissaire Lacroix erhob sich schwerfällig aus dem Sessel und mühte sich in das Großraumbüro seiner Kollegen. Ohne ihn eines Blickes zu würdigen, nahm er Paganelli den Hörer aus der Hand.

»*Oui*, Lacroix?«

»*Bonjour*, Commissaire. Mercier hier, Quai des Orfèvres.«

»Commissaire général?«

»Willkommen zurück, Lacroix. Ich würde Sie gern nach Ihrem Urlaub fragen, aber dafür ist keine Zeit. Die Kollegen im ersten Arrondissement sind überlastet. Wir brauchen Sie!«

»Was ist passiert, Arnaud?«

»Ein toter Clochard. Und um das Klischee vollständig zu bedienen: Er liegt unter dem Pont Neuf. Zwei Verkehrspolizisten sichern den Tatort.«

ALEX LÉPIC

LACROIX UND DIE TOTEN VOM PONT NEUF

ROMAN

K
A
M
P
A

»Was machen denn die Kollegen aus dem Ersten?«

»Spezialsicherung mit den Kollegen aus dem Achten. Der Staatsbesuch aus Spanien und Italien. Die sind alle am Élysée bei der ominösen Mittelmeerkonferenz. Sie müssen übernehmen!«

Lacroix sah auf die große Wanduhr, die den schmucklosen Raum endgültig wie eine Bahnhofshalle aussehen ließ. Es würde nichts werden mit einem ausgiebigen Frühstück nach den Ferien.

»Wir machen uns auf den Weg.«

»Merci, mon cher.« Der Commissaire général hatte aufgelegt, bevor Lacroix etwas erwidern konnte.

Im Büro herrschte die Ruhe des frühen Morgens. Diese behäbige Routine, die ein solcher Anruf von jetzt auf gleich durchbrechen konnte.

»Paganelli, wissen Sie, wo Capitaine Rio ist?«

Von dem Korsen waren nur die dunklen Haare zu sehen, sein Gesicht steckte hinter *Le Parisien.*

»*Café* holen«, murmelte er.

»Rufen Sie sie bitte an. Wir fahren in fünf Minuten los.«

»Wird gemacht«, murmelte er und dann noch etwas, das Lacroix zum Glück nicht verstand.

Er ging in sein Büro, nahm sein Notizbuch und seine Pfeifentasche, griff den grauen Mantel vom Haken und hielt kurz inne. Sollte er? Sein Zögern ärgerte ihn. Selbstverständlich sollte er. Er nahm den braunen Hut, setzte ihn auf und warf sich den Mantel über. Es war Herbst. Man brauchte Hut und Mantel. Sollten sie doch reden.

Ohne ein Wort ging er an Paganelli vorbei ins Treppenhaus. Der Korse schnallte sich sein Holster um und folgte ihm. Auf dem Treppenabsatz kam ihnen Rio entgegen und balancierte lächelnd zwei Kaffeebecher.

Was war nur aus der guten alten Tasse *café crème* geworden, dachte Lacroix. Sitzend und in aller Ruhe im Café oder am Schreibtisch genossen. Er würde das nie verstehen.

»*Bonjour*, Commissaire. Ich freue mich, dass Sie wieder da sind. Es ist kalt geworden, nicht?«

»Der Herbst …«, antwortete Lacroix gedankenverloren. »Madame, Sie können gleich mitkommen.«

Jade Rio machte auf der Stelle kehrt und folgte ihrem Commissaire. Sie stammte ursprünglich aus dem Überseedépartement Mayotte, arbeitete nun aber schon seit zwölf Jahren an Lacroix' Seite, erst als Kriminalassistentin, nun als Capitaine. Er hatte sie unmittelbar nach ihrem Abschluss an der Polizeiakademie eingestellt. Sie kannte seine Arbeitsweise wie keine Zweite, und sie konnten sich immer aufeinander verlassen.

Obwohl Lacroix eine Woche in den Ferien gewesen war, hing immer noch das *Hors-service*-Schild am Fahrstuhl. Drei Etagen. Doch der Abstieg war nicht das eigentliche Problem.

»Was ist denn so dringend?«, fragte Rio den Korsen.

»Ein Mord am Pont Neuf, wir müssen den faulen Säcken von *rive droite* unter die Arme greifen.«

Im zweiten Stock stand eine Schulklasse vor dem Musée de la préfecture de police, das ausgerechnet in Lacroix' Kommissariat beheimatet war. Die Knirpse waren vielleicht acht oder neun Jahre alt. Die beiden Lehrerinnen blickten auf, als sie die Polizisten kommen sahen, und ermahnten die Kinder, Platz zu machen und leise zu sein. Eine der beiden sah einen Moment zu lange hin, betrachtete Lacroix, seinen Hut, seinen Mantel und die Pfeife. Paganelli nutzte seine Chance.

»Schauen Sie ruhig hin, das ist er«, rief er und wies mit dem Finger auf Lacroix. »Direkt aus dem Museum: unser Commissaire Maigret. Wir müssen ihn uns kurz für eine wichtige Ermittlung ausleihen. Aber keine Sorge, wir bringen das wichtigste Exponat nachher wieder zurück.« Er lachte sein heiseres Lachen.

»Hör auf, Adolphu!«, flüsterte Rio. »Du weißt doch, dass er das hasst.«

Lacroix ging weiter die Treppen herunter, sah sich nicht um und öffnete schon die Pfeifentasche. Er würde den Brigadier im Auto ausräuchern.

»Wir holen den Wagen und sammeln Sie vorne ein. In Ordnung, Commissaire?«, brachte Paganelli mühsam hervor. Er lachte immer noch.

Lacroix nickte. Er spürte den kalten Wind und zog seinen Mantel enger um sich, als die Tür aufschwang. Draußen standen vier Beamte, die den Eingang der Préfecture bewachten, Maschinengewehre in den Händen. Er nickte ihnen zu, einer der jungen Männer salutierte.

Lacroix hörte den Verkehr auf dem Boulevard Saint-Germain rauschen, doch hier auf der engen Rue de la Montagne-Sainte-Geneviève war es ruhig, dörflich beinahe, der kleine Bäcker gegenüber, daneben der Eisenwarenhändler. Die Straße war eine der ältesten von Paris, sie führte steil bergan quer durchs fünfte Arrondissement. Auf dem Hügel, der nach der Pariser Schutzheiligen Genoveva benannt war, ruhten im Panthéon einige der berühmtesten Persönlichkeiten des Landes.

Das Kommissariat war schmucklos, ein Neubau aus den Sechzigern. Außer einem kleinen Schild wies nichts darauf hin, dass im zweiten Stock ein Museum lag, das – zwar etwas verstaubt, dafür aber auch wunderbar verschroben – die Geschichte der Pariser Polizei erzählte. Ausgestellt wurden alte Waffen, Uniformen aus den vergangenen Jahrhunderten und Bilder und Geschichten aus dem alten, kriminellen Paris. Der Eintritt war frei, und so waren es meistens Schulklassen, die die alten Revolver bewunderten und aufgeregt die Beschreibungen von abscheulichen Morden lasen. Touristen kamen nur wenige.

Lacroix ging ein paar Schritte, wie er es jeden Morgen tat. Schon von Weitem erkannte ihn Eric Hoche, der vor seinem Kiosk die Zeitungen sortierte.

»Monsieur le Commissaire, Sie sind zurück!« Er hob die Hand zum Gruß, und Lacroix trat näher.

»Monsieur Hoche, schön, Sie zu sehen. Wie laufen die Geschäfte?«

Der ältere Mann wiegte den Kopf hin und her. Eine Marotte.

»Ach, wenn Sie im Urlaub sind, ist mir immer langweilig. Ihre Kollegen lesen ja nicht. Wenn Sie weg sind, ist hier tote Hose. Ach, verzeihen Sie – Kundschaft.«

Er ließ Lacroix stehen und ging in den grünen Kiosk, um eine Frau zu bedienen, die stehen geblieben war, um die aktuelle *Le Monde* zu kaufen. Lacroix sah die Berge von verschiedenen Zeitungen und Zeitschriften, und sofort besserte sich seine Laune. In der Auvergne war er froh gewesen, wenn er *Le Figaro* hatte auftreiben können, dazu die lokale Tageszeitung *La Montagne*. Hier konnte er nach Herzenslust lesen: *Le Monde diplomatique, Le Cânard enchainé, L'Obs, La Croix*.

»Monsieur Hoche, ich komme später noch einmal vorbei«, sagte er, als er seine Kollegen in einem Zivilfahrzeug um die Ecke biegen sah.

»Bis später, Monsieur le Commissaire«, rief der Zeitungshändler und widmete sich wieder der Unordnung vor seinem Laden.

2

Die Möwen hatten ihm gefehlt. Sie waren der Beweis, dass seine Stadt eben doch am Meer lag. Die Normandie war ganz nah, der Fluss zu seinen Füßen führte dorthin. Die Möwen waren die Botschafter des Atlantiks. Sie flogen über ihnen, als sie an der Buchhandlung *Shakespeare and Company* vorbei- und weiter an der Seine entlangfuhren. Sie flogen tief, bald würde es Regen geben. Heute wohl nicht, aber vielleicht in der kommenden Nacht?

Über den Quai des Grands Augustins rauschte der Verkehr. Die Roller schlugen aus wie Hasen, wenn sie versuchten, sich zwischen weißen Transportern und knallbunten Kleinwagen vorbeizuschlängeln. Lacroix und seine Kollegen stiegen aus und betrachteten die Szenerie. Die Einfahrtsstraße über den Pont Neuf war offen, die Verkehrspolizisten hatten nur den Zugang zur kleinen Uferpromenade abgesperrt. Von einem toten Clochard wurde nicht viel Aufheben gemacht.

Dennoch drängelten sich die Touristen hinter der Absperrung. Vielleicht konnte man ja ein Foto machen. Die ganz besondere Urlaubserinnerung. Lacroix war es völlig fremd, dass jede menschliche Regung, jede Schönheit oder Hässlichkeit festgehalten werden musste. Am Ende, nach ihrer Reise, wussten die armen Teufel wahrscheinlich nicht einmal, in welcher Stadt sie gewesen waren, weil sie Paris nur durch die Kamera ihrer Telefone betrachtet hatten.

Lacroix zog noch einmal an der Pfeife, um kurz darauf die Glut am Geländer der Treppe auszuklopfen, die hinunter zum Ufer führte. Der Himmel war blau, doch voller kleiner weißer Wolken. Die Seine nahm die Sonne auf und warf sie als funkelnde Lichtfetzen zurück. Die Maler auf dem Quai würden später ihre Freude daran haben. Weiter vorn war schemenhaft Notre-Dame zu erkennen, der steinerne Justizpalast ließ nur einen schmalen Blick auf die Kathedrale zu. Der Quai des Orfèvres lag rechts von ihnen.

Warum wollte Mercier, dass ausgerechnet er diesen Fall übernahm? Der Commissaire général hätte seine eigenen Beamten zu Fuß schicken können. Lacroix hatte fast ein Jahrzehnt im Hauptquartier der Pariser Polizei auf der wunderschönen Île de la Cité gearbeitet. Dann hatte er um Versetzung gebeten, weil er sein eigener Chef sein wollte. Seit zwanzig Jahren leitete er nun das Kommissariat im fünften Arrondissement, und er hatte seine Entscheidung keinen Tag bereut.

Der junge Verkehrspolizist in der blauen Uniform hob den Arm zum Gruß, als Lacroix an ihm vorbeiging. Mit Rio und Paganelli im Schlepptau stieg er die Treppe hinunter. Der Justizpalast verschwand hinter der Quaimauer, und sie tauchten ein in die Pariser Schattenwelt. Tagsüber waren die Wege unter den Quais Flanierpfade für amerikanische Studentinnen, die sich mit Weinflaschen und bärtigen Franzosen bewaffnet an der Spitze der Insel niederließen, wo sich der Fluss in seine beiden Arme teilte.

Verliebte Paare küssten sich unter den Trauerweiden, Babysitterinnen von den Philippinen hüteten auf den Bänken ringsum die Kinder der reichsten Pariser. In der Nacht aber waren hier die Schlafstätten der Vergessenen, die den satten Uringeruch verursacht hatten, der in der Luft hing wie eine ganz eigene Sehenswürdigkeit.

Unter dem Pont Neuf standen drei Männer um die Leiche herum. Es waren zwei Kollegen von der Spurensicherung und Docteur Obert, der Gerichtsmediziner. Seine Gestalt war Lacroix so angenehm vertraut, als wären sie zusammen aufgewachsen. Tatsächlich kannten sie sich seit Jahrzehnten. Das hagere Gesicht, das Lacroix immer an einen Windhund erinnerte. Schüttere graue Haare, die sich der Docteur über den wohlgebräunten Schädel kämmte. Das kleine Feuermal auf der Stirn, das ihn aus der Masse heraushob und das er nicht zu verstecken suchte. Sie waren etwa gleich alt, aber Lacroix befand wie stets, dass er selbst deutlich jünger aussah.

Er entdeckte schon von Weitem das Blut, das es sogar aus dem Schatten der Brücke herausgeschafft hatte. Es hatte sich über die Pflastersteine verteilt und ein braunrotes Bild geformt, das aussah, als hätte es ein Expressionist ersonnen. Lacroix versuchte, den schon angetrockneten Lachen auszuweichen, trat immer nur auf saubere Steine. Kurz vor der Leiche aber blieben ihm nur die weißen Sandsteine, die den Randstreifen bildeten. Einen Schritt weiter floss die Seine.

Der Schatten der Brücke verdunkelte die Szenerie, Lacroix sah die Beine des Opfers, der Rest wurde vom Gerichtsmediziner verdeckt. Neben dem Toten lagen seine

Habseligkeiten: ein schmutziger, abgegriffener Rucksack, zwei Tüten vom *Simply Market*, eine leere Weinflasche. Ein Stillleben.

»Commissaire Lacroix, da sind Sie ja!«

»*Bonjour*, Docteur Obert.«

»Eine ziemliche Sauerei. Er ist verblutet.«

Der Gerichtsmediziner zog die Handschuhe aus und trat einen Schritt zur Seite. Damit gab er den Blick auf die Leiche frei. Lacroix betrachtete das graue Gesicht des alten Mannes, seine Augen waren geschlossen, er sah friedlich aus, als schliefe er. Erst auf den zweiten Blick sah Lacroix die klaffende Wunde an seinem Hals, einmal von links nach rechts war dem Alten die Kehle durchtrennt worden. Der Schnitt sah ziemlich sauber aus, als wäre alles Blut einfach aus dem Mann herausgelaufen.

»Wie lange ist er tot?«

Dem Windhund gelang es, seiner ohnehin knittrigen Stirn neue Falten hinzuzufügen.

»Schwer zu sagen. Seit vier Uhr? Fünf? Seiner Körpertemperatur nach zu urteilen, seit ungefähr fünf Stunden.«

»Wann wurde er gefunden? Eben gerade erst?« Das wunderte Lacroix. Bei all dem Blut und an einem so prominenten Ort.

»Fragen Sie die Beamten. Ich bin auch gerade erst angekommen.«

»Rio, gehen Sie hoch, und schicken Sie mir den, der ihn gefunden hat. Paganelli, schauen Sie, ob Sie andere Clochards finden, die etwas gesehen haben könnten.«

Beide nickten und schwärmten aus. Die Kollegen der Spurensicherung holten unterdessen neue Utensilien aus ihrem Lieferwagen oben auf der Brücke. Nun waren sie hier unten zu dritt, zwei lebendig, einer tot.

Lacroix blickte nach oben, sah die feinen Ziselierungen des Pont Neuf, den Stein, der die Jahrhunderte überdauert hatte. Die älteste Brücke der Stadt, die dennoch *neue* Brücke hieß. Er versuchte, ruhig zu atmen und seine Gedanken zu sortieren.

»Es ist ein einziger Schnitt, oder?«

»So sieht es für mich aus.«

»Wie schwer ist es, einem Schlafenden die Kehle zu durchtrennen?«

»Leichter als bei einem Wachen, Lacroix. Aber ja: Beim Eindringen des Messers wacht das Opfer für gewöhnlich auf und beginnt sich zu wehren. Es muss also rasend schnell gegangen sein. Sehen Sie den Schnitt: echte Präzisionsarbeit, kein Abrutschen, kein Zögern. Zack und durch. Und der hier ...«, er zeigte auf den Toten, »hat sich nicht gewehrt. Keinerlei Abwehrspuren. Vielleicht war er so betrunken, dass er überhaupt nichts gespürt hat.« Obert zögerte einen Moment. »In jedem Fall ein Akt von absoluter Gewalt. Wut. Mehr kann ich erst sagen, wenn ich ihn auf dem Tisch hatte. Armer Kerl.«

Sie blickten noch einen Moment auf den Toten herab, ehe Lacroix zum Rucksack des Opfers ging und ihn ein Stück entfernt von der Blutlache ausschüttete. Er enthielt Klamotten, ein zerschlissenes Buch und einige Dokumente. Lacroix breitete die speckigen Papiere aus und überflog sie. Eine Aufnahmebestätigung für eine Obdachlosenunterkunft ganz in der Nähe. Sie war vor zwei Wochen abgestempelt worden. Und zwei Platzverweise der Polizei für die Place Georges-Pompidou, die schon etwas älter waren. Eingewickelt in die Papiere war der Personalausweis des Opfers.

»George Maille«, las Lacroix, »geboren 1951 in Grenoble.«

»Haben wir eine Adresse?«

»Nur eine Verwaltungsadresse für seine Post.«

»Das gibt es?«

»Ja, die Stadt hat damit vor einigen Jahren begonnen. Als die Zahl der Obdachlosen immer weiter anstieg.«

Die Clochards, in der Behördensprache als SDF – *sans domicile fixe* – bezeichnet, können ihre Post dorthin schicken lassen. So können sie ein Handy besitzen, Rechnungen und Wahlunterlagen erhalten.

Der Docteur grummelte kurz, dann beugte er sich wieder über die Leiche. »Kann ich ihn mitnehmen?«

»Ja. Die Tüten, die Flasche und den Rucksack auch, bitte. Keine Wertgegenstände.«

Lacroix steckte den Personalausweis ein, legte die Kleidung des Mannes fein säuberlich zusammen und steckte alles wieder in den Rucksack.

Rio und Paganelli kamen zurück. Rio hatte einen Verkehrspolizisten im Schlepptau. Der Korse kam allein angeschlurft, sein Gang war so gleichgültig wie sein Gesichtsausdruck.

»Commissaire, das ist Agent de surveillance Masson.«

Der junge Mann, der eben am Absperrband gestanden hatte, trug seine Uniform wie eine zu weit gewordene Haut. Er hatte einen gelben Balken auf dem Schulterstück, machte diese Arbeit also erst seit Kurzem. Er nickte Lacroix zu, den Blick gesenkt.

»*Bonjour*, Agent Masson. Haben Sie den Toten gefunden?«

»Nein, wir haben hier nur abgesperrt. Früh am Morgen hat eine Touristin den Mann entdeckt. Gegen sechs. Sie wollte wohl hier joggen.«

»Jetzt ist es halb zehn. Was hat denn so lange gedauert?«

Agent Masson zuckte mit den Schultern.

»Keine Ahnung, wir haben gleich angerufen, aber im Kommissariat im ersten Arrondissement hat ewig keiner über Funk geantwortet. Und als wir endlich jemanden erreicht haben, haben die gesagt, sie kümmern sich. Und dann hat es wieder ewig gedauert, bis sie angerufen und gemeldet haben, dass jetzt Sie kommen würden, Commissaire.«

Lacroix seufzte. Sie hätten zwei Stunden früher hier sein können. Doch Masson war noch nicht fertig.

»Das Problem ist, dass wir die Touristin – sie war Holländerin – gebeten haben zu warten. Hat sie auch die ganze Zeit, aber dann …«

Lacroix ahnte schon, was kommen würde.

»Ein anderer Tourist hat versucht, an der Absperrung vorbeizukommen, und ich musste meiner Kollegin helfen, ihn aufzuhalten. Und dann ist die Holländerin einfach abgehauen. Hat sich unter die Passanten gemischt und war weg. Ich habe sie noch gesucht, aber … Verzeihen Sie, Commissaire.«

»Es ist nicht Ihre Schuld. Haben Sie wenigstens die Personalien?«

Der junge Mann sah betreten zu Boden. »Ich habe gedacht, dass dann die Police nationale, also Sie …«

»Herrgott noch mal … Gut. Nein, nicht gut. Haben Sie vielen Dank.«

Masson nickte und ging zurück zu seiner Kollegin.

Paganelli sah hinter ihm her. »Faule Bande. Haben nichts zu tun, außer einen Tatort abzusperren und einen Namen aufzuschreiben …«

»*Merci*, Paganelli. Hatten Sie denn Erfolg?«

»Chef, Sie wissen ja, wie viel hier sonst immer los ist, wie viele Obdachlose unter den Brücken sind. Und heute Morgen, Sie ahnen es: keiner.«

»Bis wohin sind Sie gelaufen?«

»Einmal um die Spitze der Insel. Aber ich versuche es gleich weiter.«

»Sie haben sicherlich alle das Weite gesucht, als sie das Blut gesehen haben.«

»Aber warum hat uns keiner angerufen?«

Lacroix ahnte es. Die Clochards fürchteten die Kälte und die Gewalt, der sie hier draußen ausgesetzt waren. Aber noch mehr fürchteten sie den Staat und seine Organe. Er nahm seine Pfeife aus der Manteltasche, gerade als die Männer von der Spurensicherung den Leichnam in den kalten Metallsarg legten. Gleich würden die Touristen oben auf der Brücke ihr ersehntes Motiv bekommen.

3

In der Rue de Rivoli auf der anderen Seite der Seine hielten sie auf einem Lieferantenparkplatz. Lacroix traute sich kaum die Tür zu öffnen, so eng rauschten die grün-weißen Busse der RATP einer nach dem anderen vorbei. Der Herbst schien in Paris immer die geschäftigste Jahreszeit zu sein. Die Menschen waren gerade erst aus dem Sommerurlaub zurück und hatten das Gefühl, allerhand aufholen, sich die Stadt zurückerobern zu müssen, und so eilten sie, schon in dicke Mäntel gehüllt, an ihnen vorbei zum Louvre oder in Richtung Châtelet.

Lacroix betrachtete im Fenster von *Comptoir des Cotonniers* einen Mantel aus dunkelgrüner Wolle. Er würde Dominique gefallen. Vielleicht würde er später wiederkommen. Die kleine Seitenstraße, in die sie einbogen, ließ ihn die Konsumtempel jedoch sofort vergessen. Die Obdachlosenunterkunft von *Emmaüs* lag gerade mal ein paar Schritte von den Schaufenstern der teuren Modelabel entfernt, dem eleganten Kaufhaus BHV und dem noch viel eleganteren *Samaritaine*. Lacroix bedauerte bis heute, dass es wegen eines Brandes vor Jahren schließen musste. Er hatte sehr gern auf der Dachterrasse einen *café* getrunken und über den Fluss geschaut, bis hinüber zum Panthéon und zum Musée d'Orsay. Es würde nach aufwendigen Bauarbeiten bald wieder öffnen, aber er befürchtete, dass es dann ganz modern und – nun ja – scheußlich sein würde.

Hier aber war das andere Paris. Das Licht, das den breiten Boulevard zu einem faszinierenden Ort gemacht hatte, fehlte der engen Nebenstraße vollends. Eine alte Frau schlurfte mit drei Supermarkttüten bepackt in den Hauseingang des Haussmann'schen Gebäudes.

»*Non*, Madame, *non*«, rief der Sûrete-Mann mit der rosa Warnweste und stellte sich ihr in den Weg. »Die Tüten müssen draußen bleiben, das wissen Sie doch.«

Die kleine Frau schaute ihn an, als wäre er ein Außerirdischer. Dann machte sie kehrt, schimpfte vor sich hin. Sie würde einen Platz für ihre Habseligkeiten finden müssen. Oder unterwegs vergessen, dass sie eigentlich hierher hatte gehen wollen. Sie hörten ihr dumpfes Zetern noch, als sie längst außer Sicht war.

»Kann ich Ihnen helfen?«, fragte der Sicherheitsmann.

»Commissaire Lacroix aus dem Kommissariat im Fünften. Meine Kollegin Capitaine Rio«, er wies hinter sich. »Wir würden gern zu Madame Renaud.«

»Zweiter Stock.«

Sie stiegen die Treppen hinauf, Madame Renaud wartete schon. Rio hatte sie von unterwegs angerufen.

»Wer ist es?«, fragte sie, als sie an ihrem Schreibtisch saßen. Sie war zu elegant für dieses Büro. Die blonden Haare waren ordentlich frisiert, auf dem Schreibtisch lag eine teure Sonnenbrille. Neben ihr Aktenberge, Rechnungen, Spendenquittungen. Eine Frau, die keine Zeit hatte, um aufzuräumen, weil das, was in der Unterkunft passierte, immer wichtiger war.

»George Maille«, antwortete Lacroix und reichte ihr den Personalausweis des Mannes.

Ihre Reaktion ließ keinen Zweifel daran, dass sie ihn kannte, aber erst als sie das Foto betrachtete, sah Lacroix die Traurigkeit in ihren wachen Augen.

»George. Das ist sehr schade. Er war …«, sie hielt einen Moment inne, »… ein wunderbarer Mann. Er hätte nicht da draußen leben müssen. Er war nicht mal wirklich arm. Wie ist er gestorben?«

»Es war ein ziemlich scheußlicher Mord.«

»Wirklich? Das ist furchtbar.« Sie war blass geworden, und doch war sie eine Frau, die in ihrem Leben schon viel gesehen hatte. »Haben Sie seine Klarinette gefunden?«

Lacroix schüttelte den Kopf. »Eine Klarinette?«

»Er spielte sehr gut.«

»Wir haben überhaupt keine Wertsachen gefunden.«

»Das ist merkwürdig. Er hatte sie immer bei sich. Sie war das Wertvollste, was er besaß.«

»Sie haben gesagt, er war nicht wirklich arm. Was meinten Sie damit, Madame Renaud?«, fragte Rio.

Sie lächelte, als sie ihre Erinnerungen sortierte. »George spielte in der Metro. Meistens in Odéon. Manchmal, wenn der Alkohol es zuließ, hatte er sogar eine Anmeldung bei der Stadt. Sie wissen ja: Die Musiker müssen einer Jury vorspielen, wenn sie legal in der Metro spielen wollen, und George hat immer gewonnen.« Sie lächelte in sich hinein, als hörte sie ihn spielen. »Er hat nur in den guten Bahnhöfen gespielt und wirklich ordentlich verdient. Er hätte ohne Probleme ein eigenes Zimmer beziehen können. Aber er wollte nicht, er wollte draußen sein.«

»Hatte er das Geld bei sich, wenn er hierherkam?«

»Er hat nicht so häufig bei uns geschlafen. Aber ich weiß, dass er das Geld und die Klarinette immer bei sich hatte. Den schweren Rucksack hat er entweder hier stehen gelassen oder unter seiner Stammbrücke. Pont Neuf, glaube ich. Da waren seine Sachen, wenn er gespielt hat. Er war nicht in Sorge um seine Kleidung oder den Rucksack. Nur die Klarinette war ihm wichtig.«

»Hatte er Verwandte?«

»George hatte, soweit ich weiß, niemanden mehr. Er war irgendwann verheiratet, drüben im Osten. In Grenoble. Aber die Ehe ist vor Jahrzehnten in die Brüche gegangen.«

»Sie kennen Ihre Gäste gut.«

Madame Renaud hing wieder ihren Erinnerungen nach, ihr Blick verschwamm.

»Es ist traurig, wenn es den erwischt, den man am liebsten hatte. Verstehen Sie mich nicht falsch. Ich wünsche niemandem einen – wie haben Sie gesagt? – scheußlichen Tod, aber George war ein ganz feiner Mann. Es gibt selten so kluge und begabte Menschen unter meinen Gästen. Wir hatten einen guten Draht zueinander.«

»Hatte er Feinde?«

»Wenn Sie hundert Euro im Rucksack haben und unter dem Pont Neuf schlafen, haben Sie viele Feinde. Ich habe ihm oft gesagt, er soll das Geld hierlassen, ich würde es für ihn wegschließen. Aber natürlich war das sinnlos.«

»Weil er Angst hatte, dass es verloren geht?«

»Nein, das war es nicht. Er liebte die Freiheit. Er wollte kommen und gehen können, wann es ihm passte. Und deshalb wollte er auch draußen schlafen. Er hat mal zu mir gesagt, er würde nie wieder ohne den freien Himmel über dem Kopf einschlafen wollen. Nun ist er sogar unter freiem Himmel gestorben.«

Sie sah bedrückt aus, aber auch eine Spur träumerisch.

»Haben Sie vielen Dank, Madame.«

»Melden Sie sich bitte, wenn Sie irgendetwas von mir brauchen. Und wenn Sie wissen, wer den alten George umgebracht hat.«

»Das werden wir, Madame«, sagte Lacroix, die Hand schon an der Pfeifentasche. Doch zunächst mussten sie sich wohl oder übel noch ein wenig umhören.

4

Lacroix' Schreibtisch war leer. Wie immer. Nicht, weil er moderne Geräte verabscheute – nun gut, auch deshalb. Aber nicht mal er würde ein Festnetztelefon als *modernes Gerät* bezeichnen. Doch auf seinem Schreibtisch wollte er trotzdem keins haben. Ebenso wenig wie ein Faxgerät oder gar einen Computer. Lacroix mochte während eines Falles keinerlei Ablenkung, und er fürchtete, jegliche Elektronik würde seine Aufmerksamkeit fesseln und ihn um die Früchte seiner Gedanken bringen. So standen in dem kleinen quadratischen Büro nur der große Schreibtisch aus altem Eichenholz und ein abschließbarer Schrank, darin Akten von unabgeschlossenen Fällen, die ihm keine Ruhe ließen. Sonst nichts.

Der wichtigste Ort aber war die Glasscheibe, die sein Büro vom Großraum trennte. Heute Morgen konnte er noch durch sie hindurchsehen, bald aber – wie bei jedem neuen Fall – würde sie sich nach und nach füllen mit den Fotos, Namen und Verbindungen aller an der Tat Beteiligten: Opfer, Zeugen, mögliche Verdächtige. Sogar Menschen, die nur zufällig am Tatort vorbeigegangen waren und mit denen der Commissaire gesprochen hatte, wurden dort verewigt – wenn Rio oder Paganelli so geistesgegenwärtig gewesen waren, ein Foto zu machen. Sie wussten, dass der Commissaire darauf angewiesen war, und mittlerweile klappte es auch fast jedes Mal.

So konnte Lacroix vor der Scheibe sitzen, die Fotos anschauen und sinnieren. Kein Telefonklingeln konnte ihn ablenken. Das hatte allerdings auch zur Folge, dass er für jedes Telefonat ins Nebenzimmer musste.

Diesmal war es ein wenig anders. An der Wand hingen exakt zwei Fotos: das von George Maille und das von Madame Renaud aus der Obdachlosenunterkunft. Rio hatte es aus dem Internet heruntergeladen und aufgehängt. Paganelli hatte auf den Quais doch noch zwei, drei Obdachlose angetroffen, auf Fotos von ihnen wollte Lacroix jedoch verzichten. Sie hatten nichts gesehen oder gehört, und es bestand kein Zusammenhang zwischen ihnen und diesem Fall. Er wollte die Männer, die ohnehin in ständiger Angst lebten, nicht unnötigerweise irgendwo hineinziehen.

Das war's. Es gab keine Zeugen, keine Verdächtigen. Die Holländerin, die die Leiche gefunden hatte, war verschwunden, und Lacroix machte sich keine Hoffnung, sie zu finden. Ein Zeugenaufruf würde nichts bringen. Paris wimmelte vor Touristen, aber kaum einer sprach Französisch, und im Urlaub machte auch niemand den Fernseher an oder las die Lokalzeitungen.

So saßen die drei Polizisten in dem kleinen Büro zusammen, wie sie es immer taten, denn Lacroix machte sich nur ungern die Mühe, den Besprechungsraum in der ersten Etage aufzusuchen. Rio hatte *café* gekocht, den nur sie trank. Paganelli trank überhaupt keinen, Lacroix nur den aus dem Chai de l'Abbaye, seinem Stammbistro.

»Das wird eine knifflige Kiste«, sagte Paganelli und

sprach damit aus, was Lacroix dachte, wenn er es auch anders formuliert hätte.

»Was denken Sie?«, fragte er den Korsen.

»Es gibt offenbar niemanden, der etwas gesehen hat. Keine Zeugen und keine Familienangehörigen. Das einzige Motiv ist die fehlende Kohle. Doch wen sollen wir da festnehmen? Auf Geld sind in Paris doch alle aus.«

Lacroix nickte. »Das fehlende Geld. Und das fehlende Instrument. Rio, würden Sie die Kollegen beim Raub informieren? Sie sollen bei den bekannten Hehlern nachfragen, ob ihnen eine Klarinette angeboten wurde.«

»Mache ich, Commissaire. Und meinen Sie, die Videoüberwachung könnte uns weiterbringen? Soweit ich weiß, sind die Metrostationen ringsum überwacht, genau wie der Justizpalast und der Quai des Orfèvres. Und dann den Fluss hinauf Notre-Dame, auf dem Vorplatz der Kathedrale gibt es auch Kameras. Nur eben am Pont Neuf selbst nicht.«

»Wir sollten es auf jeden Fall versuchen. Auch wenn George Maille vermutlich vor Betriebsbeginn der Metro ermordet wurde. Und warum sollte der Täter ausgerechnet über den Vorplatz laufen? Andererseits: Prüfen sollten wir es. Ein Klarinettenkoffer ist doch recht auffällig.«

»Soll ich noch mal runtergehen und nach Obdachlosen suchen, die etwas gesehen haben könnten?«

»Nein, das mach ich gleich in der Mittagspause. Besorgen Sie sich bitte die Videoaufzeichnungen und sichten sie, Paganelli. Und Sie, Rio, fragen bitte bei der Gerichtsmedizin nach, ob wir am Nachmittag schon Genaueres über den Toten erwarten können. Vielen Dank einstweilen!«

Sie gingen hinaus. Lacroix hatte nicht vor, selbst an die Seine zu gehen. Sein Magen knurrte. Aber er wusste schon, wer die Recherche für ihn übernehmen würde.

5

Nur noch der letzte Tropfen aus dem Zapfhahn auf die Schaumkrone, dann stellte Yvonne das kalte Bier vor Lacroix auf den alten Zinktresen. Das Glas war beschlagen, der Schriftzug *Meteor* von perlendem Tauwasser umrahmt. Lacroix' Lieblingsbrauerei aus dem Elsass. Für gutes Bier musste man mindestens in die Nähe von Deutschland.

»Commissaire. Willkommen zurück, es kommt mir vor, als wärst du jahrelang bei den Wilden gewesen. *Ça va, mon cher?*«

Lacroix hatte sich sehr auf die Rückkehr an seinen Tresen gefreut, auf Yvonne, seine Wirtin, doch die Ereignisse des Vormittags hatten die Freude getrübt.

»Heute Morgen ging es besser«, sagte er verdrießlich, »aber vielleicht kannst du meinen Tag retten. Was gibt es heute?«

»*Chou farci.* Ihr wart doch in der Auvergne, du bleibst also kulinarisch im Urlaub.«

»Später sehr gern. Aber vorher möchte ich noch eine Weile nur hier sitzen.«

Er trank einen Schluck Bier. Der malzige Geschmack legte sich auf seine Zunge und belebte seine Sinne innerhalb von Sekunden. Lacroix wischte sich den Schaum aus dem Bart. Er würde sich bald rasieren müssen. In den Ferien hatte er sich gehen lassen.

»Selbstverständlich«, antwortete sie und rief in die Küche: »*Chou farci* in zwanzig Minuten.«

Idefix, Yvonnes brauner Yorkshireterrier, bestätigte die Bestellung mit einem Bellen.

»*Alors,* was ist los? Alain war eben hier und hat gesagt, an der Brücke sei alles abgesperrt. Ist das dein Fall?«

Lacroix nickte und nahm noch einen Schluck. »Es ist am frühen Morgen passiert. Ein erbärmlicher Mord. Ein Clochard. Direkt unter dem Pont Neuf.«

»Der arme Teufel.«

»Für einen Clochard hatte er offenbar jede Menge Geld bei sich.«

»Alain hat von oben Blut gesehen, hat er gesagt.«

Der alte Obsthändler hatte mit seinen über achtzig Jahren nichts Besseres zu tun, als früh aufzustehen, viel zu arbeiten und endlose Fußmärsche durch die Stadt zu unternehmen. Immer dort hin, wo etwas los war.

»Es war viel Blut. Sehr viel.«

»Was denkst du? Ein Raubmord?«

»Wahrscheinlich. Das Opfer hatte keine Angehörigen. Keine familiären Dramen. Und er war sogar bei der Leiterin der Obdachlosenunterkunft, in der er manchmal schlief, beliebt. Leider wusste offenbar jeder, dass er verhältnismäßig viel Geld bei sich trug. Ein sanfter alter Mann, der Klarinette spielte.«

»Etwa George, der Virtuose?«

Lacroix musste lächeln. »Yvonne, du fährst nie Metro, läufst immer nur die paar Meter von deiner Wohnung hierher, aber natürlich kennst du ihn?«

»Mein lieber Commissaire, du weißt doch, wie es ist …«

O ja, das wusste er. Yvonne kannte jeden von hier bis Belleville. Jeden, der interessant genug war, dass sie über ihn nachdenken und, noch besser, über ihn plaudern konnte. Geheimnisse, Gerüchte, Klatsch und Tratsch, das war die Währung, die in den alten Pariser Bars und Bistros zählte. Und Yvonne Abeille war eine meisterhafte Wirtin. Lacroix saß jeden Morgen, jeden Mittag und oft auch am Vorabend zum Apéro bei ihr im Chai de l'Abbaye. Er sah sie häufiger als seine Frau, und schon oft hatte sie ihm bei seinen Ermittlungen geholfen.

»Weißt du mehr über ihn?«

»Er spielte sehr schön, erst neulich stand er tagelang vor der Metrostation Odéon. Es war wunderbar. Er hätte in die *Opéra* gehört.«

Sie drehte sich um und bediente einen älteren Herrn am anderen Ende der Theke. Kein Stammgast, Lacroix hätte ihn dann gekannt.

Sonst saß niemand mehr an dem langen Tresen, die Mittagszeit war vorbei. Im Bistro waren noch drei Tische besetzt, schöne alte Holztische vor den mit rotem Leder bespannten Bänken. Draußen in der Herbstsonne saßen Touristen unter den obligatorischen Heizstrahlern, die Lacroix verabscheute. Er wollte seine Pfeife rauchen, ohne von oben gegrillt zu werden. Yvonne tat ihm auch diesen Gefallen und ließ den Strahler über seinem Stammplatz rechts neben der Tür immer aus.

Lacroix zog sein Notizbuch aus der Manteltasche und fing nach einem weiteren Schluck Bier an, die Einzelheiten des Tatorts und die Leiche zu skizzieren. Mit einem feinen Bleistift schraffierte er die Umrisse der Blutlache.

Das Blatt war nun fast vollständig schwarz. Er besah sich die Skizze, rief sich die Wunde in Erinnerung. Wer war zu so einer Tat fähig? Für hundert Euro Beute?

Die Befragung der Obdachlosen im Heim hatte sie nicht weitergebracht. George Maille war stets freundlich gewesen, hatte aber niemanden an sich herangelassen. Allerdings wussten alle, dass er nicht schlecht verdiente und dass er sein Geld immer im Rucksack bei sich trug. Das wäre ein Motiv. In einer Stadt, in der schon für weniger als hundert Euro getötet wurde.

Lacroix notierte sich die Einzelheiten des Gesprächs mit Madame Renaud und einige Nebensächlichkeiten, die sich während der Befragungen in sein Gedächtnis eingebrannt hatten. Er kannte diese Fälle: Ein Opfer ohne Familie und ohne Feinde ließ sie meistens ohne Anhaltspunkte zurück. Je anonymer der Tod, desto schwieriger seine Aufklärung. Hatte Mercier ihm den Fall deshalb übertragen? Weil er wusste, dass es kompliziert werden würde?

Yvonne riss ihn aus seinen Gedanken, als sie ein Glas kalten Brouilly vor ihn stellte.

»Magst du ihn noch kalt, oder bist du schon im Winter angekommen? Die Roulade kommt auch gleich.«

Lacroix sah sie gedankenverloren an. Erst dann kam er zu sich. »Nein, diese Woche trinke ich ihn noch kalt.«

Die Rotweine aus dem Beaujolais oder dem Rhônetal trank Lacroix mit Vorliebe gekühlt, bis es der Herbst nicht mehr zuließ. Am meisten jedoch freute er sich auf das Brot. Auf die dunkle Kruste des *Pain Poilâne* aus der weltberühmten Bäckerei in der Rue du Cherche-Midi, auf das er in Mont-Dore in der Auvergne hatte verzichten müssen. Yvonne stellte den Brotkorb vor Lacroix auf den Tresen, es folgte das Senftöpfchen, und dann kam der weiße Teller mit der roten Schrift des Chai de l'Abbaye.

»Bon appétit«, rief sie und ließ ihn allein, wie er es mochte.

Wie lange kannte der Commissaire dieses Gericht nun schon? Und wie lange liebte er es … Der erste Schnitt, der erste Bissen. Die Wirsingkohlroulade war kross angebraten und dann lange gebacken worden, Wirsing und Hackfleisch durchzogen einander. Lacroix nahm immer ein kleines Stück von beidem, tunkte die Gabel in die leicht scharfe Tomatensauce mit den zarten Möhrenscheiben, dazu das dunkle mehlbestäubte Brot mit dem scharfen *moutarde*. Die Rückkehr nach Paris war gelungen, auch wenn die Zeit mit Dominique in den Bergen wirklich schön gewesen war.

»Commissaire«, rief Yvonne, gerade als er sein Mahl mit einem letzten Stück Kohlroulade beschließen wollte. »Pierre-Richard ist am Telefon: Er will dich treffen. Um fünf Uhr.«

Lacroix nickte und griff nach einem weiteren Stück Brot. Offenbar hatte sein Bruder etwas in Erfahrung bringen können.

»Ich werde da sein.«

6

Er spürte sofort die Kühle und das Dunkel, als das schwere Holzportal hinter ihm zufiel. Seine Schritte hallten wider, als er den Weg ins rechte Kirchenschiff einschlug. Die Glocken der Basilique Sainte-Clotilde läuteten just in diesem Augenblick fünf Mal. Lacroix hielt den Atem an, wie er es jedes Mal aufs Neue tat, wenn die Sonne durch die Fensterbilder im linken Kirchenschiff fiel. Der Boden der Basilika färbte sich mit einem Mal in ein dunkles Blau und ein weiches Rot. Die Sonnenflecken schienen auf dem grauen Marmorboden zu tanzen.

Er bekreuzigte sich vor dem Altar, und dann sah er seinen Bruder schon vorne aus einem Nebenraum treten. Sein Gang war so würdevoll und gleitend, dass er kein einziges Geräusch verursachte, als er auf Lacroix zukam. Er war über die Jahrzehnte eins geworden mit der Kirche in der Rue las Cases im noblen siebten Arrondissement.

Pierre-Richard trug bereits das cremefarbene Gewand. In einer Stunde würde die Abendmesse beginnen. Er nahm Lacroix bei den Schultern, und sie küssten sich viermal auf die Wangen. Dann verharrte Pierre-Richard für einen Augenblick.

»Eine Woche. Eine lange Zeit. Ich hatte gar nicht genug Essen im Haus, um so lange auf das Abendessen bei Dominique und dir zu verzichten.« Er lachte leise sein jugendliches Lachen. »Schön, dass du zurück bist. Und mir gleich ordentlich was zu tun gibst. Ich musste die Mittagspredigt an den Diakon abgeben, damit ich mich für dich auf den Weg machen konnte.«

»Es ist schön, dich zu sehen, Bruderherz«, erwiderte Lacroix.

Sie mussten ein eigentümliches Bild abgeben. Die beiden älteren Männer, die sich so ähnlich sahen. Der eine im Gewand der römisch-katholischen Priester, der andere in einem langen Mantel mit seinem Hut in der Hand. Der Priester war etwas schütterer auf dem Hinterkopf, das unterschied ihn ein wenig vom Commissaire. Und die Narbe an Lacroix' Hals, die links unterm Kinn begann und sich bis fast hinunter zum Schlüsselbein zog. Ein Relikt aus einer vergangenen Zeit. Ein Tag, den er mit den Jahren fast vergessen hatte. Nur manchmal, wenn er beim Rasieren an die Stelle stieß, zuckte er noch zusammen, dann erinnerte er sich wieder an den Abend auf dem Montmartre.

Immer noch hielt Pierre-Richard ihn an der Schulter. »Komm, wir gehen nach hinten. Dort wartet er. Sein Name ist Dimitri Natataljew. Er ist einer meiner Kontakte da unten.«

Sie gingen in den Nebenraum, aus dem Pierre-Richard gekommen war, und betraten eine kleine Kapelle mit Holzstühlen und einem schlichten Altar. In der ersten Reihe saß ein Mann, neben ihm standen zwei Tüten.

»Dimitri, das ist mein Bruder. Commissaire Lacroix. Ich habe dir von ihm erzählt.«

Dimitri wandte sich zu ihnen um und stand zögerlich auf. Lacroix sah die zerschlissene Stoffhose mit verschiedenen undefinierbaren Flecken, dazu trug der Mann ein T-Shirt, auf dem *I love Paris* stand. Seine Augen waren klar, und trotz seiner schmutzigen Kleidung roch er nicht. Ganz anders, als Lacroix es vorhin in dem Obdachlosenheim erlebt hatte.

»*Bonjour*, Monsieur«, sagte der Commissaire und gab dem Mann die Hand. »Mein Bruder hat Sie aufgesucht, weil Sie sich unter den Brücken gut auskennen. Und Sie haben heute Morgen etwas gefunden, das für uns von Bedeutung sein könnte?«

Dimitri nickte, noch sagte er nichts, er war ein wenig eingeschüchtert von der stattlichen Gestalt des Commissaire, so schien es. Seine Hände zitterten, als er in eine der beiden Tüten griff und einen schwarzen Koffer hervorzog, der Lacroix vorher nicht aufgefallen war. Er reichte ihn dem Commissaire, der nur kurz über mögliche Fingerabdrücke nachdachte. Wahrscheinlich war es dafür sowieso schon zu spät.

Lacroix legte den Koffer auf einen der Stühle und öffnete ihn vorsichtig. Pierre-Richard und der Obdachlose hielten den Atem an. Zum Vorschein kam ein rotes Futteral aus feinem Samt, darin lag eine glänzende Klarinette. Sie war so gut gepflegt, dass es beinahe unglaublich war, dass ein Clochard über Jahre jeden Tag auf ihr gespielt hatte. Er musste sie gehegt haben wie einen Schatz. Wahrscheinlich stimmte es, was Madame Renaud gesagt hatte: Sie war das Wertvollste, was er besaß.

Lacroix schloss den Koffer wieder. Die Spurensicherung würde sich darum kümmern müssen. Er wandte sich Dimitri zu.

»Monsieur, wo haben Sie den Koffer gefunden?«

»Ich war schon sehr früh auf«, begann er zu erzählen. Es waren seine ersten Worte. »Ich dusche jeden Morgen in dem öffentlichen Bad auf der Île Saint-Louis, das schon um sechs aufmacht.« Lacroix kannte die über das ganze Stadtgebiet verteilten Orte, die Duschen und Bäder für Reisende und Obdachlose anboten, sie waren kostenlos. »Und dann bin ich wieder zurück, so gegen halb sechs. Da kamen mir zwei Kollegen entgegen und flüsterten, ich sollte besser verduften. Da sei mächtig viel Blut unter dem Pont Neuf. Sie wären nicht da gewesen, aber ein anderer Kollege hätte den Toten gesehen. Nicht aus der Nähe, mehr so von Weitem. Aber er glaubte, dass es vielleicht George gewesen sei.« Atemlos erzählte der Obdachlose jetzt, Lacroix hörte noch immer die Angst in seiner Stimme. »Ich bin dann rüber auf die andere Seite der Seine. Normalerweise frühstücke ich auch unter dem Pont Neuf. Aber das wollte ich heute nicht. Ich habe dann von drüben die *flics* gesehen«, er stockte. »Entschuldigen Sie, Monsieur, ich meinte natürlich: die Polizei.«

»Ist schon gut«, sagte Pierre-Richard und legte ihm beruhigend die Hand auf den Arm, »erzähl weiter, Dimitri.«

»Dann bin ich Richtung Pont des Arts gegangen und da, in einem Mauervorsprung, da dachte ich, was ist denn das? Da zog ich den Koffer heraus. Jemand hatte ihn in eine Mauerspalte geschoben. Direkt unter der Brücke, kurz vor diesem Partyboot, dem *Calife*.« Er zeigte auf den Koffer. »Ich habe ihn nur kurz aufgemacht, aber das hätte ich gar nicht gebraucht. Ich habe ihn sofort erkannt. Es ist Georges Koffer. Er hat immer aus seinem Rucksack herausgeschaut und lag vor ihm am Boden, wenn er spielte. George hat so schön gespielt.«

Er sah träumerisch zu Lacroix, als versuchte er, sich wieder an Georges Musik zu erinnern.

»War Geld in dem Koffer?« Lacroix musste die Frage stellen, doch es schien, als sei der Clochard nicht wütend darüber.

»Kein Cent. Ich habe überlegt, ob ich aufs Kommissariat gehen sollte. Den ganzen Vormittag habe ich hin und her überlegt. Ich habe nicht mal was getrunken heute früh, weil ich vorhatte, zur Polizei zu gehen. Aber dann kam Bruder Pierre«, er sah zu Lacroix' Zwilling, »also Ihr Bruder. Ich bin oft hier in der Kirche, daher kenne ich ihn gut. Er hat gefragt, ob ich etwas gesehen habe. Ich habe ihm alles erzählt. Und dann sind wir zusammen hergekommen.«

»Wo schlafen Sie? In der Nähe vom Pont Neuf?«

»Nein, da ist mir zu viel los, es schallt zu laut runter, wenn oben die Touristen feiern. Und gegenüber der Pub, ich kann da nicht schlafen. Ich schlafe viel weiter unten, im Schatten von Notre-Dame. Da ist es ruhiger, unterhalb des Parks. Oder in einer Unterkunft, wenn es zu kalt wird.«

»Also ist Ihnen nichts aufgefallen?«

»Gar nichts. Kein Lärm, keine Aufregung, kein Schrei. Es war eine stinknormale Nacht. Der arme George …« Er stockte.

»Hatte er Feinde? Unter Ihren … Kollegen?«

»Nein. George war ein ganz Lieber. Bisschen zerstreut, immer in Gedanken. Aber ein ganz Lieber.«

»Vielen Dank, Monsieur. Wie erreiche ich Sie, wenn mir noch etwas einfällt?«

»Ihr Bruder findet mich.«

Mit diesen Worten nahm er seine beiden Tüten und stapfte aus der Kirche, ohne sich noch mal umzudrehen.

»Du bist ein Glücksritter, Pierre, dass du ihn einfach so gefunden hast. Vielen Dank!«

»Er war der Erste, den ich angesprochen habe. Ich kenne ihn seit Jahren vom Sehen. Er ist ein kluger Kopf, kennt sich gut aus da unten. Mir war so, als hätte er in den letzten Wochen immer wieder meine Nähe gesucht. Und heute Mittag sah er ganz blass aus.«

»Hat er das Geld aus dem Koffer genommen?«

Der Priester überlegte kurz. »Ich kann das nicht ausschließen. Hätten wir es nicht vielleicht auch getan? Wenn die Aussicht auf ein warmes Abendessen und eine Flasche Roten bestanden hätte? Wer weiß. Glaubst du denn an einen Raubmord?«

»Ich bin mir noch nicht sicher. Der Tote hatte seinen Ausweis bei sich, aber das Geld fehlte. Und wenn ein Räuber das Geld und die Klarinette nimmt, warum sollte er sie dann nicht auch zu Geld machen? Sieht doch wertvoll aus, selbst für einen Laien. Findest du nicht?«

»Du hast recht. Es ist merkwürdig, aber nicht ausgeschlossen. So viele Diebe, die so wenig Grips haben. Und der Koffer ist sehr auffällig. Da schauen deine Kollegen doch bestimmt schon mal genauer hin. Erst recht, wenn ein Obdachloser damit herumläuft. Vielleicht war die

Mauerspalte auch das Versteck, und der Täter wollte die Klarinette später dort abholen.« Pierre-Richard sah auf die Uhr. »*Alors*, ich werde die Messe vorbereiten. Wann sehen wir uns zum Abendessen? Morgen?«

Sie hörten Schritte. Dimitri eilte durch den Gang auf sie zu.

»Pater Lacroix, mir ist noch etwas eingefallen. Die Brüder waren nicht mehr da.«

»Wen meinst du, Dimitri?«, fragte Pierre-Richard.

»Die Brüder Pogorzelsky. Sie wissen schon, die haben doch die Gegend um den Pont Neuf fest im Visier.«

»Ich habe von ihnen gehört«, sagte Pierre-Richard. »Du auch?«

Lacroix nickte. »Mir sind am Quai verschiedene Gerüchte zu Ohren gekommen. Es ist ja nicht mein Arrondissement.«

»Die Brüder kennen besonders die korrupten Polizisten«, sagte Dimitri. »Sie beherrschen die Welt der Obdachlosen. Es sind Tschetschenen.«

»Und sie sind verschwunden?«

»Sie waren heute Morgen nicht da. Nicht mal in der Nähe.«

»Vielleicht wegen der Polizei?«

»Oh, glauben Sie mir, die beiden haben keine Angst vor den *flics*, die sind immer ganz schnell wieder draußen. Sie haben keine Ausweise, aber immer ein bisschen Geld oder Koks, um die korrupten Jungs von der Streife zu bestechen. Nein, die waren weg.«

»Und sie könnten etwas mit dem Mord zu tun haben?«

Dimitri erschauerte sichtlich.

»Sie haben das nicht von mir, sonst bin ich tot. Die beiden sind schnell mit den Fäusten und mit dem Messer. Die nehmen oft die anderen Kollegen aus, lassen aber normalerweise die Alten in Ruhe. Ist wohl so was wie ein Stammesethos.«

Lacroix nickte. »Danke. Wir werden dem nachgehen.«

»Jaja«, seufzte der Obdachlose. »Jaja, na, mal sehen«, da hatte er sich schon wieder in Bewegung gesetzt, ging hinaus in den Vorabend.

»Ich muss mich beeilen. Bleibst du zur Messe?«

»Leider heute nicht, ich muss noch ein paar Telefonate machen und dann nach Hause. Dominique wartet bestimmt schon.«

Draußen sangen die Vögel, auf dem kleinen Platz vor der Kirche standen einige Bäume, die Häuser ringsherum waren hochherrschaftlich mit ihren schmiedeeisernen Balkonen und den Zinnen an den Dächern, die in der Abendsonne glänzten.

Lacroix betrat ein Bistro, das Le Square, bestellte am Tresen ein Bier und bat darum, das Telefon benutzen zu können. Der Wirt gab ihm kopfschüttelnd sein Handy.

»Paganelli?«

Der junge Beamte war sofort ans Telefon gegangen. Er war ein Arbeitstier. Morgens immer der Erste im Kommissariat und abends der Letzte, der ging. Lacroix wusste, woran es lag. Paganelli war mit dem Kommissariat verheiratet, dagegen im Privatleben ein bisschen einsam. Erst wenn seine Lieblingsbars rund um die Bastille am Abend öffneten, verließ er das fünfte Arrondissement und fuhr in Richtung Szeneviertel. Der Korse aus Ajaccio war stets eine Spur zu laut, und seine Maigret-Anspielungen nervten, dennoch war er unentbehrlich.

»Hören Sie, es gibt eine erste Spur«, begann Lacroix. »Ein tschetschenisches Brüderpaar, das auch unter den Brücken lebt. Die Brüder Pogorzelsky. Lassen Sie nach ihnen suchen. Großer Umkreis von Notre-Dame.«

»Mach ich, Chef.«

Lacroix sparte sich die Worte »und machen Sie endlich Feierabend«. Er war kein Chef, der seine Mitarbeiter ermahnte. Sie waren erwachsen und selbst für ihr Leben verantwortlich. Auch wenn er sich ein wenig Sorgen machte um den jungen Korsen.

Lacroix nahm einen weiteren Schluck Bier, legte vier Euro auf den Tresen und verließ das Bistro.

7

Lacroix hatte den Weg durch die abendlich beleuchtete Rue Cler genossen. Die kleine Marktstraße war für ihn der schönste Ort der Stadt, mitten im siebten Arrondissement, auf halber Strecke zwischen Eiffelturm und Invalidendom. Das alte Pflaster, die vielen bunten Markisen der Restaurants und Cafés und die Händler, die alles anboten, was Dominique und er für ein feines Abendessen brauchten.

Er hatte bei Jeannine vorne am Obst- und Gemüsestand einige Tomaten gekauft, die kleinen bunten aus der Provence. Sie leuchteten dunkelrot und gelb und grün. Die gelben mochte Lacroix am liebsten. In der Fromagerie hatte er eine Burrata gekauft und in der Boulangerie Cler ein krosses *baguette à la tradition*. Ivy im Blumenladen hatte ihn durch die Scheibe entdeckt und hineingewinkt. Also hatte er die gerade entzündete Pfeife wieder ausgeklopft und war nach einem ausführlichen Bericht über die Neuigkeiten auf der Rue Cler und mit einem Strauß herrlicher Hortensien zehn Minuten später weitergeschlendert. Zum Schluss besuchte er noch den Weinladen am Ende der Straße und kaufte eine bereits eisgekühlte Flasche Chablis.

Dann waren es nur noch ein paar Meter, und er öffnete schwer bepackt und nach den zwei Etagen steiler Treppe laut schnaufend die Wohnungstür. Er hatte gehofft, dass

Dominique ihn bereits zu Hause erwartete, nach einem entspannten ersten Tag im Rathaus. Seine Frau war die Bürgermeisterin des siebten Arrondissements. Natürlich saß sie für die konservativen *Républicains* im Rathaus. Sie war eine Netzwerkerin, ständig auf Achse und genoss gerade deshalb den gesetzten Commissaire als Ruhepol und zuverlässigen Gefährten an ihrer Seite. Und Lacroix liebte es, mit seinem politischen Wirbelwind zu diskutieren und das Leben zu genießen.

Doch an diesem Abend fand er nur einen Zettel auf der Schwelle vom Flur ins Wohnzimmer. Dominiques zarte, geschwungene Schrift mit den großen Anfangsbuchstaben, die er unter Tausenden sofort erkennen würde.

Mein Geliebter,
ich hoffe, Du hattest einen schönen ersten Tag. Ich war nur kurz hier, ich wollte Dich sehen. Aber Du warst noch nicht da. Ich muss noch mal los, die Ratssitzung wegen des Musée d'Orsay hatte ich ganz vergessen. Es wird spät werden. Verzeih.
Bonne soirée, D.

Lacroix besah sich die Einkäufe, den Käse, den Wein, die Blumen. Schade. Würde er eben alles allein genießen müssen.

8

Das Festnetztelefon stand im Wohnzimmer. Dominique hatte das Klingeln so laut gestellt, dass er es in jedem Fall im Schlafzimmer hören würde, falls es etwas Dringendes gab. Und heute im Morgengrauen gab es etwas Dringendes.

Lacroix schreckte hoch, es war noch ziemlich dunkel. Fünf Uhr vielleicht? Er sah seine Frau neben sich liegen. Sie war spät nach Hause gekommen, er hatte nur gespürt, wie sie ihm einen Kuss in den Nacken gegeben hatte. Sie schlief tief und fest. Er stand auf und ging knurrend ins Wohnzimmer.

»Lacroix?«

»Commissaire, hier ist Rio. Verzeihen Sie die frühe Störung. Es gibt noch einen Toten. Wieder ein Obdachloser.«

»Wo?«

»Ganz in der Nähe vom Pont Neuf. Ein paar Meter weiter die Seine runter.«

Er grummelte kurz, spürte, wie der Hörer in seiner Hand immer schwerer wurde. Er hatte nicht darüber nachgedacht, ob er in der Nacht die Überwachung an den Quais verstärken sollte. Doch jetzt war es nicht an der Zeit, sich über seine Verfehlungen Gedanken zu machen. Er rieb sich die Augen.

»Ich komme sofort.«

»*Merci*, ich hole Paganelli ab und komme dann direkt zum Pont Neuf.«

Rio legte auf. Sie hatte nicht gefragt, ob sie ihn abholen sollte, sie wusste, dass er die Zeit des Ankommens für sich brauchte.

Lacroix stieg unter die Dusche, heißer Dampf verhüllte das Badezimmer. Er zog sich an, ging auf Zehenspitzen ins Schlafzimmer und gab seiner Frau einen Kuss. Sie seufzte leise.

Er hatte sie vermisst. Es war der erste Abend seit einer Woche gewesen, den sie nicht zusammen verbracht hatten. Er hatte sich im Urlaub daran gewöhnt, stundenlang mit ihr zu reden und neben ihr einzuschlafen. Er hatte sich damit getröstet, dass sie heute Abend ihr gemeinsames Abendessen nachholen würden. Doch so, wie sich der Fall entwickelte, begann er daran zu zweifeln, dass das klappen würde.

9

Die blauen Rundumleuchten tauchten den Justizpalast in ein gespenstisches Licht. Es waren jede Menge Polizeiwagen vor Ort. Ein toter Obdachloser war tragisch, aber für die leiderprobten Pariser Beamten kein echter Grund zur Sorge. Zwei tote Obdachlose in zwei aufeinanderfolgenden Nächten aber waren etwas ganz anderes. So sah das die Leitstelle.

Lacroix war nicht die ganze Strecke zu Fuß gegangen, wie er es sonst häufig zu tun pflegte. Heute war es wichtig, schnell am Tatort zu sein, deshalb war er nur bis zur Assemblée Nationale gegangen und hatte die Seine überquert. Er hatte Glück und erwischte dort den ersten 24er-Bus des Tages. Der hatte ihn direkt zum Pont Neuf gebracht, zusammen mit gähnenden Frühaufstehern. Der wachhabende Polizist salutierte und hob das Absperrband, damit Lacroix, die Pfeife schon im Mund, sich nicht bücken musste.

»Guten Morgen, Rio, Paganelli.«

Sie sahen nur kurz auf, dann fiel auch sein Blick auf den Leichnam. Es schien, als sei es noch mehr Blut als gestern. Die Lache war noch nicht getrocknet. Es war so viel, dass Capitaine Rio mit ihren Schuhen in dem frischen Blut stehen musste, um überhaupt an die Leiche zu gelangen.

»Es kann noch nicht lange her sein«, bemerkte sie.

Doch die Vorgehensweise war dieselbe, das sah Lacroix auf den ersten Blick: Ein Mann, etwas jünger als George Maille, mit schwarzem dichten Haar. Die Augen standen offen, waren blutunterlaufen. Die Hände lagen verkrampft neben dem Toten. Die Wunde am Hals war riesig. Ein Schnitt mit mächtiger Gewalt ausgeführt, die Kehle klaffend offen zurückgelassen. Doch diesmal war die Wunde ausgefranst, Hautfetzen hingen herab, als wäre der Schnitt nicht ganz so sauber ausgeführt worden.

»Wo ist Docteur Obert? Und wer hat den Mann gefunden?«

»Der Docteur geht nicht ans Telefon. Die Zentrale schickt gerade einen Wagen zu seiner Wohnung. Dort oben sitzt ein anderer Clochard, er hat den Mann gefunden und uns sofort angerufen«, sagte Rio.

Lacroix trat näher. Hinter dem Mann stand ein Rucksack, deutlich kleiner als der des ersten Opfers. Daneben lagen drei leere Bierdosen, die klein gedrückt waren, als hätte sie ein Riese in der Faust zerknüllt.

Er griff in die Jackentasche des Toten und vermied dabei, ihn zu berühren. Nichts. Dann sah er, dass eine Hosentasche ausgebeult war. Er beugte sich tiefer und entnahm der speckigen Jeans ein kleines Portemonnaie. Wieder war kein Geld darin. Es konnte sich also um Raubmord handeln, falls überhaupt etwas in dem Portemonnaie gewesen war. Lacroix zog die *carte d'identité* des Mannes hervor.

»Bertrand Valls«, las er. »Geboren 1955 in Douai, Nord-Pas-de-Calais. Wieder eine Amtsadresse, dieses Mal vom Rathaus im Zwanzigsten. Finden Sie alles über den Mann heraus, Paganelli. Fahren Sie am besten direkt ins Büro. Rio und ich machen hier weiter.«

»Alles klar. Ich mach mich auf die Socken.«

»Sieht nicht gut aus«, sagte Rio, als sie sich den Schnitt näher besah. »Ich weiß nicht, ob man da schnell tot ist. Das sind erbärmliche Schmerzen, denke ich. Als wenn man Lämmer schächtet.«

Rio war auf einem Bauernhof auf Mayotte aufgewachsen. Sie hatte keinerlei Berührungsängste, egal ob Tier- oder Menschenblut.

»Es ist eine elende Schweinerei«, rief Lacroix auf einmal wie aus dem Nichts und fing an, auf und ab zu laufen. »Ich habe mich benommen wie ein Amateur. Warum habe ich nicht über einen Folgemord nachgedacht?«

Die Kollegen schwiegen und sahen betreten zu Boden.

»Und nun stehen wir hier keine vierundzwanzig Stunden später vor dem nächsten Toten. *Merde!*«

»Commissaire«, sagte Rio mit ruhiger Stimme, »wie oft haben wir solche Fälle: ein Streit oder ein Raub oder irgendetwas in der Art? Das gibt es doch in der Szene immer wieder. Machen Sie sich keine Vorwürfe. Das konnten wir nicht vorhersehen. Es sah gestern aus wie ein einfacher Mord aus Habgier. Ein Einzelfall. Nun aber …«

Lacroix fröstelte. Es war heller geworden, doch die Sonne war nicht zu sehen. Dichte Wolken belagerten den Pariser Morgenhimmel. Es würde der erste echte Herbsttag werden.

»Gut, Rio. Ich gehe hoch zu dem Mann, der ihn gefunden hat. Können Sie hier auf den Docteur warten? Ich möchte schnelle Ergebnisse, und zwar auch zum Tod von George Maille. Falls wir es wirklich mit jemandem zu tun haben, der es auf die Obdachlosen abgesehen hat …«

10

Die Sanitäter hatten ihm eine Decke umgelegt, doch der Mann zitterte immer noch am ganzen Körper. Eben nahm er einen Schluck aus seinem Flachmann, ein gebürstetes glänzendes Fläschchen. Lacroix sehnte sich nach seinem ersten *café*. Und zurück in sein warmes Bett. Neben Dominique, am besten in der Auvergne. Hauptsache, weit weg von hier. Er nickte dem Sanitäter zu und ging zu dem Mann, der offensichtlich aus Nordafrika stammte. Er hockte auf der Quaimauer und starrte ins Leere.

»Monsieur, mein Name ist Commissaire Lacroix. Es tut mir leid, dass Sie das sehen mussten. Ich muss Ihnen dennoch einige Fragen stellen.«

Der Mann reagierte nicht, er blickte weiter die Straße runter in Richtung Notre-Dame.

»Monsieur?« Lacroix hatte etwas lauter gesprochen, und nun schaute der Mann auf, sah ihm in die Augen.

»*Oui?* Wer sind Sie?«

»Commissaire Lacroix von der Police nationale. Wie heißen Sie?«

»Bakir.«

»Bakir, gut. Sie haben den Toten gefunden?«

Bei diesen Worten fing der Mann wieder an zu zittern, senkte den Blick. Hinter ihnen wurde der Himmel heller, doch die Wolkendecke blieb dicht und undurchdringbar. Lacroix zog den Mantel enger um sich.

»Ich … Ja, ich kam von dahinten. Er zeigte Richtung Kirche. Ich wollte hier die Treppe nehmen hinauf zum *Marché aux fleurs*. Da sitze ich jeden Tag.« Er zeigte auf das Schild, das aus seinem Rucksack ragte. *Taub und stumm*, stand darauf in krakeliger Schrift. *Bitte um eine Spende für meine Familie.* »Ich hab sofort gesehen, wie viel Blut da ist. Ich wusste ja, was gestern passiert war, und habe sofort gedacht: verdammt.« Er schüttelte fortwährend den Kopf. »Ich dachte erst, dass Sie gestern nicht richtig saubergemacht haben. Aber dann sah ich ihn da liegen. Ich bin hin, ich wollte es gar nicht sehen. Wissen Sie, ich habe im Krieg in Algerien genug Leichen …« Seine Stimme brach ab. Der Mann kämpfte mit den Erinnerungen, die der Tote in ihm geweckt hatte. »Er ist so brutal gestorben, ich habe das auf den ersten Blick gesehen. Ich musste schnell weg, ich habe sofort die Polizei gerufen.«

»Wann war das genau?«

»Um halb fünf vielleicht. Ich bin gern früh da oben. Ab halb sechs kommen die ersten Markthändler und die Früharbeiter in die Préfecture, da kann ich noch ein Schwätzchen halten.«

Der *Marché aux fleurs* fand täglich auf der Place Louis Lépine statt, genau gegenüber von der Polizeipräfektur auf der Île de la Cité. In einer Ansammlung von Pavillons aus dem letzten Jahrhundert wurden von früh bis spät die schönsten Blumen und Pflanzen der Stadt angeboten, von Händlern, die noch echte Unikate waren.

»Haben Sie jemanden gesehen? Kam Ihnen jemand entgegen?«

Bakir schüttelte den Kopf. »Da war niemand.«

»Kennen Sie die Brüder Pogorzelsky?«

Sofort fing der Mann wieder an zu zittern. »Meinen Sie, die haben etwas …«

»Sie kennen sie also?«

Statt einer Antwort krempelte der Mann seinen linken Ärmel hoch. »Sehen Sie, Commissaire.«

An seinem Oberarm waren mehrere Brandwunden, runde Löcher, die Haut war schwarz geworden von der Hitze. Sie war verbrannt und entstellt auf alle Zeit. Es war die empfindlichste Stelle des Arms, und Lacroix wusste sofort, was passiert war.

»Zigaretten?«

Bakir nickte. »Ich wollte ihnen kein Geld geben. Weil ich nicht konnte. Ich hatte nur acht Euro verdient, ich musste doch etwas essen.« Er kämpfte mit den Tränen.

»Und dann haben die Brüder Ihnen die Arme verbrannt?«

Der Mann nickte. »Es war nicht ein Mal, es war mehrfach. Immer wieder tun sie das.«

»Weil sie Schutzgeld eintreiben? Von den Obdachlosen?«

»Ja, von jedem hier. Sie sind sehr stark und haben viele Leute, die für sie arbeiten. Alles Russen. Aber es würde sich ohnehin niemand gegen sie wehren. Die haben Messer, und der eine hat sogar eine Pistole, hat mir jemand erzählt.«

»Waren Sie damit«, Lacroix zeigte auf die Wunden, »bei der Polizei?«

Bakir lachte bitter. »Ach, Commissaire, darüber lachen

die *flics* doch nur. Die Jungs von der CRS schlagen uns, wann es ihnen passt. Meinen Sie, die nehmen von mir eine Anzeige auf? Gegen zwei Tschetschenen, die auch noch im Drogengeschäft sind? Wie sagen Sie in Frankreich: Eine Krähe hackt der anderen kein Auge aus. Die *flics* würden mich auslachen. Gewalt unter Obdachlosen? Das kommt ihnen sehr gelegen. Denen wäre es doch nur recht, wenn ein Irrer uns alle umlegt, wie den armen Kerl da.«

Er zeigte Richtung Leiche, dort, weit unter ihnen, seine Stimme war immer lauter geworden.

Lacroix wusste, dass er recht hatte, bis auf seine letzte Schlussfolgerung. Der Kerl, der Obdachlose tötete, würde nicht einfach davonkommen.

»Kannten Sie den Toten?«

»Wir kennen uns alle. Das war Bibi. Ich weiß nicht, wie er richtig hieß. Ein Kerl aus dem Norden. Er hatte mal eine richtige Familie, hat er immer erzählt. Aber ich kannte ihn nur vom Sehen. Er war ein Säufer, und ich mag keine Männer, die zu viel trinken. Habe mich von ihm ferngehalten.«

»Hatte Bibi auch Schulden bei den Tschetschenen?«

»Alle, die hier leben, haben Schulden bei denen, wie sie es sagen. Aber das ist ganz egal. Wenn die Brüder sich überlegen, dass du heute dran bist, bist du dran. Und in letzter Zeit sind sie noch nervöser gewesen, als müssten sie ihr Revier verteidigen.«

»Wie meinen Sie das?«

»Keine Ahnung. Gerüchte, jemand wolle ihnen den Rang ablaufen. Sie sind jedenfalls richtig aggressiv. Es wird alles immer schlimmer. Für uns arme Leute wird Paris immer schlimmer. Die Menschen, die normalen Menschen, haben genug eigene Probleme und achten schon nicht mehr aufeinander. Wie sollen sie da auf uns achten?«

»Glauben Sie, die würden auch einen Mord begehen, die Brüder, meine ich?«

»Das sind Tschetschenen!«

11

Es war nur ein kurzer Fußweg vom Pont Neuf bis zum Chai. In der Rue de Buci war es ruhig, nur ein Kellner schichtete Eis auf die Tische, die vor dem Restaurant standen und auf denen später Austern, Langusten und Seespinnen ruhen würden, bevor sie auf den Tellern der Touristen landeten. An der Ecke öffnete Alains Obstladen, sein Sohn schob eben den Rollladen hoch, die Früchte des Herbstes leuchteten. Späte Aprikosen, Pflaumen, die ersten Kürbisse.

Lacroix liebte diese Straße, sah schräg gegenüber das Hotel La Louisiane, in dem Sartre und Beauvoir zusammen abgestiegen waren. Die zweihundert Meter Straße atmeten so viel Geschichte – das gab es nur in Paris.

Lacroix war lange nicht mehr so früh hier gewesen, er war sich sicher, dass er einer der ersten Gäste sein würde. Doch als er das Bistro betrat, herrschte bereits ein Stimmengewirr wie am helllichten Tag. Die Kaffeemaschine dampfte, Tassen und Gläser klirrten, und Yvonne hinter dem Tresen war in ihrem Element.

Morgens herrschte im Chai eine ganz andere Stimmung als mittags oder am Abend. Es waren einfache Leute hier, die auf dem Weg ins Büro oder in den Laden ihren ersten *café* tranken. Meist kamen sogar die Männer von der Müllabfuhr und die Straßenfeger kurz herein, um einen *café serré* zu trinken oder den ersten Pastis des Tages.

Als er sah, dass auch die Troika schon versammelt war, lächelte Lacroix. Es war der erste schöne Augenblick dieses Tages, der so furchtbar begonnen hatte.

»Alle da, um …«, er sah auf die Wanduhr, »Punkt acht. Seid ihr aus dem Bett gefallen?«

Yvonne kam um den Tresen herum und begrüßte den Commissaire mit Küsschen. Idefix trottete hinter ihr her und strich ihm um die Beine.

»Salut, Bruderherz«, sagte Pierre und gab seinem Bruder die üblichen Küsse zur Begrüßung. Und auch Alain war schon im Bistro statt in seinem Geschäft. Der Mann war 84 Jahre alt und hatte den Laden längst seinem Sohn Jean übertragen. Trotzdem stand er häufig von morgens bis abends hinter der Ladentheke – oder viel lieber direkt auf der Rue de Buci, um sich über den neuesten Klatsch und Tratsch auszutauschen, um zu sehen und gesehen zu werden. Sie saßen fast jeden Morgen hier zusammen, die Troika der drei alten Männer, die eigentlich eine Quadriga war, denn Yvonne zählte längst dazu, weil sie mehr Zeit bei den Herren verbrachte als hinter der Theke. Und dennoch wartete keiner der Gäste länger als zwei Minuten auf seine Bestellung. Lacroix fragte sich jedes Mal aufs Neue, wie sie das machte.

»Café?«

»Sehr gern. Und eine heiße Zitrone. Ich bin komplett durchgefroren.«

»Ihr habt eine neue Leiche, oder?« Alain war mal wieder bestens informiert. »Ich habe die Sirenen gehört und bin kurz vorgelaufen zur Académie française, und da habe ich das Blaulicht gesehen. Wieder ein Clochard?«

»Ja. Ein Mann aus dem Norden.«

»Wie ist er gestorben?«, fragte sein Bruder, wohl hoffend, dass es nicht wieder so ein brutaler Mord war.

»Die Wunde sah noch schlimmer aus als die von gestern.«

Pierre-Richard schaute nachdenklich drein, griff zu seiner Tasse mit dem *café crème*, den er so gern mochte, und trank in kleinen Schlucken.

»Das ist ja furchtbar«, sagte er nach einem Moment der Stille. »Wir werden heute Abend in der Messe für die Obdachlosen der Stadt beten.«

Yvonne schaltete sich ein. »Mein lieber Commissaire, zwei Tote in zwei aufeinanderfolgenden Nächten. Das klingt gar nicht gut …«

Lacroix nickte.

»Ich erinnere mich«, begann Alain, »dass es in den späten Achtzigern eine ähnliche Mordserie gab. Ganz in der Nähe. Ich bin damals auch befragt worden, weil ich immer sehr früh im Laden war. Aber ich hatte leider nichts gesehen.«

Lacroix war wie immer überrascht von Alains Erinnerungsvermögen. Der alte Mann kannte zu jedem Fall seine Entsprechung in der Geschichte der Stadt und konnte sie auswendig erzählen.

»Wenn du schon darauf kommst, wird *Le Parisien* spätestens morgen früh damit aufmachen …« Lacroix seufzte.

»Aber warum sucht sich ein Serienmörder ausgerechnet den Pont Neuf aus?«, fragte Yvonne.

Lacroix zuckte bei dem Wort Serienmörder zusammen. Sie alle kannten seine Skrupel, einen Fall einem Serienmörder zuzuordnen. Denn das widersprach seiner Methode. Lacroix' Expertise war es, die Seelen der Opfer und der Täter zu ergründen, so lange zu reden, zu wühlen, zu suchen, bis er ein Motiv fand, Wut, Habgier, Eifersucht, Hass. So arbeitete er, so dachte er. Ein Serienmörder tötete in der Regel völlig wahllos, es gab meistens weder eine Verbindung zwischen Täter und Opfer noch eine zwischen den Opfern. Und das machte die Ermittlungen so schwierig. Außerdem mochte Lacroix es nicht, wenn vorschnell geurteilt wurde.

»Ich meine«, fuhr sie fort, »er hätte doch überall zuschlagen können: Auf dem Boulevard Haussmann schlafen Hunderte Clochards, weiter unten an der Seine Richtung Eiffelturm auch, und da ist es viel ruhiger. Oder rund um Châtelet und am Georges Pompidou. Warum ausgerechnet am touristischsten Punkt der Stadt?«

Yvonne hatte recht. Auch Lacroix hatte sich diese Frage schon gestellt. Früher, als sein fiktiver Kollege Maigret noch ermittelt hatte, hatte es so wenig Clochards in Paris gegeben, dass die Polizei jeden einzelnen von ihnen kannte. Lacroix beneidete seinen prominenten Kollegen. Wie viel einfacher hätte das seine Ermittlungen gemacht! Doch heute, wo die Schere zwischen Arm und Reich immer weiter auseinanderklaffte, hatte es viele Männer und Frauen aus dem normalen Leben an den Rand gespült, dazu kamen Flüchtlinge und Verrückte. Die Quais, die Trottoirs, die Gares waren voll von ihnen, die auf dem Boden lebten, sitzend auf den Pflastersteinen, liegend in ihren Schlafsäcken, die meisten dauerhaft betäubt von zu viel Wein und zu wenig Nähe.

Lacroix trank einen Schluck und spürte, wie ihn die heiße Zitrone mit einem Schlag von innen wärmte.

»Pierre, kannst du noch mal runter an die Brücken gehen? Ich würde gern wissen, ob auch andere deiner Schäfchen das tschetschenische Bruderpaar kennen. Die Brüder Pogorzelsky. Wir lassen gleich nach ihnen fahnden. Offenbar sind sie sehr brutal und geradezu gemeingefährlich. Und sie drangsalieren die anderen Obdachlosen.«

Pierre-Richard trank den letzten Schluck *café crème*. »Eigentlich wollte ich mir heute eine neue Soutane kaufen, im Priestergeschäft in der Rue Madame. Aber gut, die haben auch morgen noch auf. Ich gehe runter zur Seine, wenn die bettelnden Obdachlosen Mittagspause machen. Reicht dir das?«

»Vielen Dank!«

Sie standen noch eine Weile zusammen, und jeder hing seinen Gedanken nach. Außer Pierre, der unverhohlen eine schwedische Touristin anschaute. Sie war sehr attraktiv, ein paar Jahre jünger als er. Pierre lächelte sie an, er war in Zivil. Sie lächelte zurück. Lacroix beobachtete die Situation. Sein Bruder war nie ein großer Anhänger des Zölibats gewesen. Er würde seine große Pfarrwohnung gern mit jemandem teilen, aber die Regeln waren nun einmal die Regeln, und Pierre hielt sich daran, zumindest soweit Lacroix wusste.

Yvonne bediente an den Tischen auf der Terrasse, an die sich die ersten Touristen gesetzt hatten, auf der Suche nach einem herzhafteren Frühstück als jenem, das sie im Hotel vorgesetzt bekommen hatten. Es war Morgen geworden. Der ganz normale Pariser Alltag, nicht der Morgen der Frühaufsteher von vor einer Stunde. Draußen hetzten die Menschen vorbei in Richtung Metro Mabillon oder entgegengesetzt in Richtung Saint-Michel. Taxis hielten und fuhren wieder an. Nebenan wartete eine schwarze Limousine vom Typ Talisman auf ihren Fahrgast, einen Manager, der es sich leisten konnte.

Lacroix sah hübsche Mädchen mit wehendem Haar, einen Mann im schwarzen Anzug, das Telefon am Ohr, und zwei ältere Damen, wohlhabend, miteinander plaudernd auf dem Weg zum Einkaufsbummel. Darüber der graue Himmel mit den dicken Wolken, die dieser Stadt ihr zweites Gesicht gaben. Wie in einem Gemälde von Hopper. Nur eben mit hübscheren Menschen.

Paris. Seine Stadt. Er war zu Hause.

12

Es war Rio, die die Frage stellte, die Lacroix gefürchtet hatte. »Zwei Morde in zwei Nächten. Glauben Sie an einen Serienmörder?«

Und Paganellis Vermutungen gingen in dieselbe Richtung: »Ein Killer, der es auf Clochards abgesehen hat? Auf alte einsame Männer?«

»Und das gestohlene Geld ist nur ein Vorwand?«

Lacroix atmete tief durch. Eigentlich mochte er es, dass sein Büro kein Fenster hatte. So war er auch visuell ohne Ablenkung, anders als am Quai des Orfèvres, wo er aus seinem Büro direkt auf die Seine geblickt hatte. Doch bei diesen verbissenen Fragen seiner Kollegen hätte er gern rausgeschaut.

»Es ist zu früh für derlei Mutmaßungen. Ich finde den zweiten Mord – wie soll ich sagen – unpassend. Weil ich ihn nicht erwartet habe. Weil gestern nichts auf den Anfang einer Mordserie hindeutete. Nun werden wir alles tun, um weitere Morde zu verhindern, sollte es wirklich ein …«, er stockte, und dann benutzte er das Wort, schlicht um Paganelli zu provozieren, »… Killer sein. Wir werden die Brücken heute Nacht observieren. Wir müssen die Obdachlosen schützen. Besser wäre aber, wenn wir einen Verdächtigen ausmachen können. Was wissen wir über das zweite Opfer?«

Rio folgte Lacroix' Blick auf das Foto des Toten, das

längst an der Glasscheibe klebte, und begann, den Stand der Ermittlungen zusammenzufassen.

»Es handelt sich um Bertrand Valls, letzte Meldeadresse in Valenciennes. Seit zwei Jahren ohne festen Wohnsitz. Eine Vorstrafe wegen Körperverletzung. Er hat sich unter Alkoholeinfluss geprügelt, das ist aber schon fünfundzwanzig Jahre her. Der angegebene Beruf ist Automonteur. Warum war er wohl auf der Straße?«

»Er lebte noch nicht lange unter den Brücken.«

»Ein Anfänger. Vielleicht wollte er nicht zahlen. An die Tschetschenen, meine ich.«

»Die Tschetschenen«, gab Lacroix zurück. »In diese Richtung sollten wir unsere Anstrengungen jetzt verstärken. Ich möchte Polizeipatrouillen an der Seine, die nach den Männern Ausschau halten. Und ich möchte, dass wir eine Fahndung einleiten. Nicht öffentlich, nur unter den Obdachlosen. Die Kollegen sollen ihre Informanten an der Seine losschicken. Die sollen die Nachricht verbreiten und eine Belohnung versprechen: fünfhundert Euro. Darauf werden die Obdachlosen anspringen. Hatte der Tote Angehörige?«

»Eine Ex-Frau, Krankenschwester, sie lebt noch in Douai. Und er hat eine Tochter in Paris: Sybille Valls. Sie wohnt am Butte aux Cailles.«

Lacroix liebte diesen Hügel im Süden der Stadt, ein Stück westlich von der Place d'Italie. Ein verträumtes kleines Viertel mit schmalen Häusern, engen Gassen und einem schönen Platz, an dem ein fantastisches baskisches Restaurant lag und viele kleine Bars mit Stühlen vor der Tür. Dörfliches Leben mitten in der Stadt.

»Das ist doch wenigstens etwas. Rio, wir fahren zu der Tochter. Paganelli, Sie leiten die Fahndung ein und schicken die Kollegen im Norden zur Ex-Frau des Toten.«

»Das mach ich. Was denken Sie, Chef?«

Paganelli wusste, dass der Commissaire oft vor allen anderen einen besonderen Zugang zu einem Fall fand. Dass Lacroix stets mehr sah in den Gesichtern der Zeugen und Verdächtigen. Selbst wenn er nur vor den Fotos an der Pinnwand saß und grübelte. Und anders als Rio, die wartete, bis Lacroix von sich aus anfing zu reden, fragte der Korse stets direkt nach.

»Sie wissen, wie schwer ich mich tue, wenn ich mit niemandem gesprochen habe, der das Opfer kannte. Ich habe keine Idee, leider.«

Lacroix meinte es genau so, wie er es sagte.

13

Gegenüber dem Restaurant Chez Gladines stiegen sie aus. Sofort kamen die Erinnerungen. Vor einem Jahr hatte Lacroix hier mit Dominique einen wunderschönen Abend verbracht. Es war die Feier ihrer Wiederwahl gewesen. Sie war nicht sehr knapp ausgefallen. Dominique war beliebt, sie hatte in ihrer damals schon fünfjährigen Amtszeit einiges bewegt, die Quais zu einer Ausgehmeile gemacht, den Verkehr in den Wohnstraßen beruhigt, Schulen saniert. Sie hatten *à deux* gefeiert, bei baskischer Entenkeule und *chipirons*. Für die wunderbaren frittierten Minitintenfische war das Restaurant über die Stadtgrenzen hinaus bekannt. Sie hatten stundenlang gegessen, getrunken und erzählt und waren danach den weiten Weg nach Hause gelaufen, mit kurzen Zwischenstopps in diversen Bars, um hier und da noch einen Absacker zu trinken.

Heute Vormittag lag der Butte aux Cailles recht ruhig vor Lacroix und Rio. Ein Briefträger trug die Post aus, die Restaurants hatten noch geschlossen, die Anwohner waren wohl alle in der Innenstadt. Sie versuchten es trotzdem am Haus mit der Nummer 5 in der Rue Chéreau. Der kleine Druckknopf unter dem Codeschloss öffnete die Tür, wie es üblich war am helllichten Tag. Erst am Abend würde der Concierge sie verriegeln. Sie stiegen die enge hölzerne Wendeltreppe hoch, die Stufen wurden immer schmaler. In der dritten Etage fanden sie den Namen, den sie suchten.

Rio klingelte. Aus der Wohnung kam kein Geräusch. Sie klingelte noch einmal, dann vernahmen sie leises Murmeln und hörten, wie jemand zur Tür schlurfte. Sie öffnete sich, und eine Frau stand im Türrahmen. Groß, etwas unbeholfen, hager. Sie hatte ein markantes Gesicht, schwarze Haare, eine schmale Nase und außergewöhnlich dunkelblaue Augen. Sie trug eine Jogginghose und ein zerknittertes T-Shirt. Im Hintergrund lief der Fernseher. Lacroix erkannte die Melodie der Sendung nicht, es klang wie furchtbares Vormittagsprogramm.

»*Bonjour?*« Sie schaute die Polizisten fragend an.

»*Bonjour,* Mademoiselle, wir sind vom Kommissariat im Fünften. Das ist Capitaine Rio, und ich bin Commissaire Lacroix. Dürfen wir reinkommen?«

Sie schien etwas fragen zu wollen, doch dann besann sie sich und öffnete die Tür weiter, um sie einzulassen. Das Wohnzimmer war klein. Ein Fenster stand offen, es führte hinaus zur ruhigen Straße. Die Tür zum Schlafzimmer war auch geöffnet. Lacroix sah Wasserflecken an der Decke neben wunderschönem Stuck. Eine getigerte Katze versteckte sich schnell unter dem alten Sofa. Eine ziemlich normale Pariser Wohnung.

»Bitte …«, sie wies auf die Couch.

Lacroix setzte sich auf die eine Ecke des Sofas, Rio blieb stehen. Sybille Valls setzte sich neben den Commissaire, es gab keine anderen Sitzgelegenheiten in dem Zimmer. Die Katze spürte wohl, wie sich die Couch absenkte, und trat die Flucht Richtung Schlafzimmer an. Sybille Valls stellte den Fernseher leise, erst dann sah sie den Commissaire fragend an.

»Also, was kann ich für Sie tun?«

Lacroix beugte sich ein Stück vor. »Wir sind hier, Mademoiselle Valls, weil wir Ihnen eine traurige Nachricht überbringen müssen.«

Sie sah ihn an, still und erwartungsvoll.

»Ihr Vater lebt auf der Straße, ich nehme an, Sie wissen davon?«

Sie schüttelte zaghaft den Kopf. »Ich weiß, dass er seinen Job verloren hat. Vor vier, fünf Jahren war das. Aber wir haben keinen Kontakt mehr. Er ist obdachlos?«

»Ja. Und wir müssen Ihnen sagen, dass wir Ihren Vater tot aufgefunden haben.«

Ihre Miene verdüsterte sich. »Erzählen Sie, was passiert ist.«

Lacroix blickte kurz zu Rio, die daraufhin leise anfing zu sprechen: »Ihr Vater lebte offenbar unter den Brücken. Dort wurde er in der vergangenen Nacht ermordet.«

»Er war in Paris?« Sie schien überrascht zu sein.

»Laut unseren Akten war er seit 2015 wohnungslos und seitdem wohl hier.«

»Ich dachte, er ist immer noch im Norden …«

Lacroix übernahm wieder das Wort. »Nein, es tut mir sehr leid. Er ist ganz in Ihrer Nähe gestorben. Wann haben Sie zuletzt etwas von ihm gehört? Ein Telefonat oder ein Treffen? Briefe vielleicht?«

»Wir haben seit Jahren keinen Kontakt. Vielleicht ist es auch schon ein Jahrzehnt. Ich habe ein sehr gutes Verhältnis zu meiner Mutter, aber auch sie hatte keinen Kontakt mehr zu ihm. Er …« Sie verstummte, hielt sich die Hand an den Kopf, als wollte sie ihn stützen. Sie weinte nicht, rang aber um Fassung. »Er war … Er hatte Probleme mit Alkohol. Schon sehr lange. Der Alkohol hat ihn am Ende seinen Job gekostet. Er hat bei Renault am Fließband gearbeitet, er war ein guter Arbeiter, hat viel verdient. Wir hatten nie finanzielle Sorgen. Aber dann hat er immer mehr getrunken. Und … das wissen Sie ja bestimmt … er hat sich auch mal geprügelt, der andere musste ins Krankenhaus.«

Lacroix nickte.

»Danach hat meine Mutter sich von ihm getrennt. Da hatten er und ich schon eine Weile keinen Kontakt mehr.«

Wieder verbarg sie ihr Gesicht in den Händen. Erst langsam schien sie den Verlust zu begreifen. Die Katze schaute vorsichtig um die Ecke der Schlafzimmertür. Sie hörte wohl, dass die Stimme ihres Frauchens einen anderen Klang hatte als sonst.

»Sie haben gesagt, er wurde ermordet«, sagte sie und lachte kurz auf, es klang bitter. »Was heißt denn das? Es klingt ein bisschen nach einem Krimi.«

Rio schaltete sich wieder ein. »Er ist in der vergangenen Nacht gestorben, und es war kein natürlicher Tod. Wir prüfen die Theorie eines Raubmordes. Es herrschen sehr raue Sitten in der Stadt, das wissen Sie sicher. Gerade in dieser Umgebung, unter den Obdachlosen.«

Sybille Valls nickte.

»Warum hatten Sie keinen Kontakt?«, fragte Lacroix.

Sie ließ ihre Hände sinken und schaute ihn an. »Wissen Sie, Commissaire, es ist nie leicht mit den Eltern. Er war ein schwieriger Mensch. Ich habe gesehen, wie er meine Maman schlecht behandelt hat. Nicht geschlagen oder so, falls Sie das denken. Er war einfach kein guter Mann. Sie werden ja ohnehin mit ihr sprechen, oder? Ich habe mir das lange mit angesehen. Vielleicht zu lange. Dann habe ich mich von ihm abgewandt und bin nach Paris gezogen. Meine Mutter hat es erst Jahre später geschafft, sich von ihm zu trennen. Ehefrauen haben es meistens schwerer, denke ich. Das ist zumindest meine Beobachtung, wenn ich mit meinen Freundinnen über ihre Mütter spreche.«

Sie war sehr differenziert in ihrem Urteil – und sehr genau. Lacroix spürte, dass etwas vorgefallen sein musste, das einen tiefen Bruch provoziert hatte.

»Auch wenn Sie wenig oder, wie Sie sagen, gar keinen Kontakt hatten: Haben Sie vielleicht trotzdem eine Idee, warum Ihr Vater ermordet wurde? Wissen Sie, ob ihm jemand etwas Böses wollte?«

»Ich wusste ja nicht mal, dass er in Paris ist. Glauben Sie mir, ich habe keine Idee.«

»Wann haben Sie zum letzten Mal von ihm gehört oder mit ihm gesprochen?«

Sie überlegte, ließ dabei ihren Blick im Zimmer schweifen. »Ich weiß es nicht, vielleicht vor sechs, sieben Jahren? Er hat mich irgendwann einfach so aus dem Nichts angerufen. Meine Mutter hat ihm meine Nummer gegeben, nachdem er sie ewig deswegen genervt hat. Er hat angerufen und hat mich angefleht, wieder mit ihm zu reden. Ich habe zugehört und aufgelegt. Ich wollte wirklich nichts mehr mit ihm zu tun haben, ich kannte all seine leeren Versprechungen: Ich trinke nicht mehr, nie wieder, wirklich, bla bla bla. Danach hat er sich nicht mehr gemeldet.«

»Hatte er irgendwelche Freunde oder Bekannte in Paris?«

Sie schüttelte nachdrücklich den Kopf.

»Das kann ich mir kaum vorstellen. Er hatte schon in Valenciennes nicht viele Freunde. Zwei oder drei Saufkumpane. Hier kannte er niemanden, da bin ich mir fast sicher. Aber das kann sich ja geändert haben, seit er auf der Straße gelebt hat. War vielleicht eine gute Gesellschaft für ihn. Sagen Sie, wie läuft das mit der Beisetzung?«

»Hätte er keine Angehörigen, würde die Stadt eine Feier organisieren – so auch bei anonymen Obdachlosen. Bei Ihrem Vater ist es Aufgabe der Familie. Aber es wird noch dauern. Wir müssen seine Leiche obduzieren. Daran führt leider kein Weg vorbei. Wir würden dann wahrscheinlich Ihre Mutter informieren, ich kann Sie aber auch gern anrufen, wenn Sie möchten.«

»Ich werde darüber nachdenken«, sagte sie und schluchzte kurz auf, ihre Augen waren feucht.

»Sie wollen mir nicht sagen, wie er gestorben ist?«

»Ich bin mir nicht sicher, ob Sie es wissen wollen«, antwortete Lacroix.

»Wenn Sie so herumdrucksen, war es wohl sehr brutal?«

Lacroix erhob sich.

»Wir danken Ihnen, Mademoiselle, und möchten Ihnen noch mal unser Beileid für Ihren Verlust aussprechen. Wie können wir Sie erreichen?«

»Ich arbeite in einem Restaurant in der Nähe der Bastille. Tagsüber bin ich meistens zu Hause. Ich kann Ihnen gern meine Nummer geben.«

Rio schrieb die Nummer auf, die Sybille Valls ihr diktierte.

»*Merci* und auf Wiedersehen.«

Als Rio und Lacroix auf den Flur traten, hörten sie, wie die Katze anfing zu miauen und der Fernseher wieder lauter gestellt wurde.

14

Lacroix musste sich mit beiden Händen am Türgriff festhalten, so schnell scherte Rio aus, um einen abbiegenden Rollerfahrer zu überholen. Sie sah ihn an und lachte. Er wünschte sich, sie würde wenigstens auf die Straße schauen, wenn sie schon so waghalsig fuhr. Rios Fahrstil war im Kommissariat berühmt-berüchtigt. Die männlichen Kollegen sahen sie als ebenbürtig an und machten mit ihr Witze über defensive Autofahrer. Lacroix hatte schlicht einen Heidenrespekt, weil er schon zwei Berichte hatte gegenzeichnen müssen, um Unfälle zu decken, die sie mit ihrem Dienstwagen gemacht hatte.

Paganelli hatte einmal gesagt, dass sie ihren Führerschein auf Mayotte gemacht habe – mehr müsse man nicht wissen. Wahrscheinlich hatte er recht. Aber auch das half Lacroix nicht, wenn er neben ihr sitzen musste, während sie auf dem Boulevard Raspail wieder über eine Ampel raste, die nicht nur kurz auf Rot gestanden hatte.

»Was meinen Sie, Commissaire?«, fragte Rio und sah wieder irritierend lange zu ihm auf den Beifahrersitz.

»Es muss etwas vorgefallen sein«, antwortete er, »etwas wirklich Gravierendes.«

»Herrgott, ja«, sagte Rio, »diese Familienkisten … Wissen Sie, bei uns auf den Inseln wird Familie wirklich großgeschrieben. Aber selbst ich habe den Kontakt zu meiner Mutter einmal abgebrochen, als ich nach Paris gegangen bin und sie meine Freundin nicht akzeptieren wollte. Es hat Jahre gedauert, bis die Dinge wieder ins Lot kamen. Erst als wir geheiratet haben.«

Lacroix erinnerte sich gern an die Feier, zu der Dominique und er eingeladen gewesen waren. Er hatte Rio und ihrer Freundin Cynthia ein schönes Hotel in Giverny empfohlen. Sie hatten die Hochzeitsfotos im Garten von Monets Haus machen lassen. Die beiden Frauen hatten um die Wette gestrahlt, und Dominique und er hatten die ganze Nacht getanzt. Vor sieben Jahren dann hatte endlich die künstliche Befruchtung geklappt, und Rio war Mutter von Zwillingen geworden. Das Glück war perfekt. Seitdem war Paganelli der Einzige im Kommissariat, der Überstunden machte.

»Haken Sie noch mal bei den Kollegen im Norden nach, damit sie der Mutter genauestens auf den Zahn fühlen. Ich will alle Details über die Familie. Und ich will endlich wissen, wo diese Tschetschenen stecken. Sind Sie heute Nacht bei der Observation dabei?«

»Natürlich. Ich habe vorhin schon zu Hause Bescheid gegeben.«

Ihre Stimme klang kalt, Lacroix sah zu ihr hinüber. Doch da nahm Rio schon verbissen die nächste Kurve, sodass der Commissaire sich auf die Straße konzentrierte und blitzschnell die Hand wieder an den Haltegriff nahm. Und dann klingelte auch noch Rios Telefon. Sie nahm den Anruf entgegen, natürlich mit dem Handy am Ohr.

»Jade hier … *Ah oui*, Monsieur, *excusez-moi*, Capitaine Rio, natürlich. Er sitzt neben mir.«

Sie reichte Lacroix ihr Telefon, er nahm es, beäugte es

misstrauisch und musste wie immer erst mal prüfen, wo er reinsprechen konnte und wo die Hörmuschel war.

»Lacroix?«

»Mercier, Quai des Orfèvres.«

»Arnaud.«

»Hören Sie, Lacroix. Ich habe Ihnen den Fall übertragen, weil ich schon ahnte, dass es eine größere Sache werden könnte. Ich bin in Sorge. Ein zweiter Mord mitten in der Stadt. Was tun wir?«

»Ermitteln, Arnaud, wir ermitteln.«

»Mensch, Lacroix, die Presse löchert mich. Ich habe keine Lust, Fragen nach einem Serientäter zu beantworten, wobei der Gedanke natürlich auch mir als Erstes kam. Ermitteln Sie in diese Richtung? Kann ich irgendetwas tun? Die Datei der Irren und Verrückten dieser Stadt? Brauchen Sie mehr Leute?«

»Arnaud, bitte. Lassen Sie mich ermitteln. In Ruhe. Sie wissen, dass ich diese Idee, ständig würden Irre – wie Sie sagen – zig Leute umbringen, für abwegig halte. Außer es sind irre Terroristen. Aber dass der IS jetzt Obdachlose ins Visier nimmt, glauben Sie wohl auch nicht, oder? Bitte, Arnaud, geben Sie mir Zeit. Ich melde mich. Haben Sie einen schönen Tag.« Er gab seiner Kollegin das Telefon zurück. »Rio, wie geht dieses Ding aus?«

Lacroix war wieder einmal froh, dass er nicht ständig erreichbar war.

15

Die Pinnwand füllte sich. Rio hatte für ihn die Fotos der beiden Opfer aufgehängt, dazu die Passfotos von Sybille Valls und ihrer Mutter aus der Datenbank. Das Bild des Obdachlosen vom Morgen, der den zweiten Toten gefunden hatte, hing neben dem von Dimitri, das Paganelli auf unergründlichen Wegen aus den Polizeicomputern beschafft hatte. Dazu Madame Renaud aus dem Obdachlosenheim. Und zwei Fahndungsfotos der Brüder Pogorzelsky. Es war das erste Mal, dass Lacroix die beiden genauer ansah. Sie hatten bemerkenswert brutale Gesichter: Der eine kahl und grobschlächtig, riesige Tränensäcke zierten sein Gesicht. Der andere hatte eine Locke schräg über die Stirn gekämmt, womit er wohl die riesige Narbe verdecken wollte, die aussah, als stammte sie von einem Messerangriff. Lacroix fasste sich unwillkürlich an den Hals, als er sie sah.

»Was haben wir?«, fragte er, als sie endlich alle zusammensaßen.

»Die Obduktion von Bertrand Valls dauert noch an, aber sie beeilen sich. Da jetzt klar ist, dass es sich bei dem ersten Toten nicht um einen Einzelfall im Milieu handelt, kommt ein bisschen mehr Tempo in die Sache. Wir kriegen das Ergebnis noch heute. Und das Obduktionsergebnis von George Maille liegt endlich vor. Er ist verblutet, das ist nicht verwunderlich bei der riesigen Wunde.«

Rio holte Luft. »Doch es gibt eine echte Überraschung: George Maille wurde betäubt. Mit einem hochdosierten Schlafmittel. Es wurden Rückstände in der Weinflasche gefunden, die neben ihm lag.«

Lacroix war baff. »Man hat ihn also erst betäubt und dann ermordet?«

»Genau. Es muss mindestens eine Stunde vergangen sein zwischen dem Trinken des Weines und dem Mord. Das Mittel wirkt nicht sehr schnell, sagte Docteur Obert.«

»Welcher Raubmörder nimmt einen solchen Aufwand in Kauf, wenn er doch ohnehin plant, dem Opfer die Kehle durchzuschneiden?«

Paganelli zuckte mit den Schultern. »Ich finde das auch sehr merkwürdig. Maille wird ja nicht Tausende Euro bei sich gehabt haben. Eine so perfide Planung?«

»Und wie passt der zweite Tote da rein, der ja offenbar wirklich ein armer Schlucker war?«

Wieder zuckte Paganelli mit den Schultern. »Ich habe aber noch etwas anderes. Hier«, er zog sein Tablet hervor und öffnete ein Dokument. »Das sind die offiziellen Vorstrafen der Brüder Pogorzelsky.«

Die Liste war ellenlang. Lacroix überflog sie kurz: Körperverletzung in siebzehn Fällen, vier Mal schwerer Raub in Tateinheit mit Körperverletzung, zwei Mal versuchter Mord. Und dann noch zahlreiche kleinere Delikte: Drogenhandel, Verstoß gegen das Betäubungsmittelgesetz, Diebstahl. Das waren keine Obdachlosen, das waren Schwerverbrecher.

»Wieso haben die Kollegen die Jungs noch nicht dauerhaft nach Fleury-Mérogis gebracht?«, fragte Lacroix und spielte auf das Hochsicherheitsgefängnis in einem Pariser Vorort an.

»Die Kollegen im ersten Arrondissement halten die Akte unter Verschluss«, erklärte Paganelli vielsagend.

»Warum? Sind die Brüder V-Leute? Verdeckte Ermittler?«

»Das glaube ich nicht. Ich denke eher, dass manche Kollegen nicht abgeneigt sind, sich von den Tschetschenen …« Er musste den Satz nicht beenden, sie wussten auch so, worauf er hinauswollte.

»Merde«, sagte Rio.

»Ich gehe jetzt essen. Ich werde versuchen, mehr über die Brüder rauszukriegen und jemanden zu finden, der Valls kannte. Hat die Videoüberwachung aus der Metro etwas ergeben?«

»Ich bin dran, Chef. Heute Nachmittag habe ich die Bänder hier.«

»Gut, dann sehen wir uns am späten Nachmittag wieder. Und abends gehen wir raus an die Seine. Ab 21 Uhr. Es wird eine lange Nacht. Ich danke Ihnen!«

»Ich besorge etwas zu essen für alle. Besondere Wünsche? Rio?«

»O ja, Adolphu, das ist gut. Fährst du ins Marais zu dem tollen Israeli? Ich will zwei Sandwiches Falafel-Schawarma. Und Sie, Chef?«

Lacroix grauste es bei dem Gedanken an kalte labbrige Sandwiches. Auch er mochte die israelischen Imbisse in der Rue des Rosiers im Vierten, aber eben gern vor Ort, frisch und heiß mit einem kalten Maccabee-Bier dazu. Paris war herrlich. Mit all diesen Nationalitäten, den Gewürzen, den Spezialitäten. Wenn man sie nicht zum Mitnehmen genoss, in der Hektik, auf die Hand. Wozu gab es denn Tische?

»*Merci*, Paganelli. Ich werde vorher essen.«

Lacroix griff zu seinem Notizbuch und sah auf die Pinnwand. Es waren einige Gesichter dazugekommen. War der Täter schon hier an der Wand? Es half nichts. Er brauchte frische Luft. Lacroix bereitete seine Pfeife vor und machte sich auf den Weg zum Boulevard Saint-Germain.

Überraschung an der Bastille

16

Alain begrüßte Lacroix mit einem Schulterklopfen und wandte sich wieder seinem Glas Chablis zu. Seit Alains Sohn den Gemüseladen offiziell übernommen hat, war der alte Pariser zwar noch jeden Tag im Geschäft, genoss aber auch immer wieder längere Pausen im Chai. Manchmal hatte Lacroix den Eindruck, Alain sei den ganzen Tag dort.

»*Ça va?*«, fragte Lacroix.

»Die Hüfte macht mir zu schaffen«, antwortete der Obsthändler und griff sich an die schmerzende Stelle. »Es wird Herbst. Ich spüre die Kälte kommen.«

Das Chai de l'Abbaye war wieder gut besucht, Yvonne wirbelte auf der Terrasse herum. In der Mittagszeit machte sie den meisten Umsatz. Als sie Lacroix erblickte, schob sie sich schnell hinter die Bar.

»Bier? Wein? Wonach steht dir der Sinn, mein lieber Commissaire?«

»Nach einem kleinen Steak. Und einem Saint-Émilion.«

Heute fragte sie nicht, ob er den Rotwein warm oder kalt möge. Ein kalter Bordeaux, das wäre echter Frevel.

»*Pièce du boucher*«, rief sie in die Küche, und dann, an Lacroix gewandt: »Magst du Steinpilze dazu? Alain hatte heute Morgen ganz wunderbare im Angebot, da habe ich zugeschlagen.« Sie lächelte zu dem Obsthändler herüber. »*Merci, chéri.*«

Yvonne und Alain himmelten sich an. Aber es war rein platonisch. Denn Yvonne vergötterte ihren Gatten in der Küche so wie Alain seine Frau, die daheim den Haushalt besorgte.

»Sehr gern«, erwiderte Lacroix, und sie gab die Bestellung weiter. Dann goss sie ihm den Wein ein.

»Ach, Lacroix, ganz vergessen: Dominique hat angerufen. Sie freut sich, wenn du dich später meldest und ihr euch heute Abend seht.«

Lacroix lächelte in sich hinein. Da er sich weigerte, ein Handy zu besitzen, hatte er in der ganzen Stadt Kommunikationsstandorte aufgebaut. Seine Frau wusste ganz genau, wo er wann erreichbar war. In Restaurants, Cafés, im Kommissariat. War er nicht da, hinterließ sie eine Nachricht. Die Kollegen hielten es genauso. Das System funktionierte einwandfrei.

»Da kommt endlich Pierre«, sagte Alain, zeigte nach draußen und runzelte verwundert die Stirn. »Wen hat er denn dabei?«

Lacroix folgte Alains Blick und sah seinen Bruder die Rue de Buci entlanggehen, im Schlepptau zwei Gestalten, von denen er eine sofort wiedererkannte.

»*Bonjour*, die Herren«, grüßte der Priester, als sie eingetreten waren. »Lasst uns etwas essen«, sagte er unverdrossen und heiter und zog den Commissaire und Alain an einen der wenigen freien Tische. Die beiden Obdachlosen folgten ihnen und ließen sich auf den Stühlen links und rechts von Lacroix nieder. Die anderen Gäste des Restaurants, zumeist feine Pariserinnen auf Shoppingtour oder höhere Angestellte aus den umliegenden Büros, sahen auf und schauten erstaunt oder leicht empört zu ihnen herüber. Lacroix spürte die Blicke förmlich. Doch als die Gäste den Priester am Tisch sitzen sahen, beruhigten sie sich. Ein Akt der Barmherzigkeit war das, so dachten sie wohl, dann hatte alles seine Ordnung.

Yvonne trat an ihren Tisch.

»Was nimmst du, Bruderherz?« Pierre-Richard ging zu Recht davon aus, dass Lacroix um diese Uhrzeit schon so hungrig war, dass er längst bestellt hatte.

»Steak aux cèpes.«

»Sehr gut. Yvonne, das nehmen wir alle. Und eine Flasche Roten dazu. Alain, du bist eingeladen. Heute zahlt der Papst.«

Sie lachten. Die beiden Clochards trauten sich immer noch nicht, länger den Blick zu heben. Sie betrachteten ihre Schuhe und sahen aus, aus fühlten sie sich sehr unwohl in dieser Umgebung.

»Dimitri«, begann Lacroix, der den Russen ja schon vom Vortag kannte. »Wie geht es Ihnen? Haben Sie die Nacht gut überstanden? Und wollen Sie mir Ihren Freund vorstellen?«

Dimitri schaute auf und sah Lacroix in die Augen, sein Blick war klar und fest. Er war nüchtern, sein Freund hingegen roch, als hätte er schon getrunken.

»Guten Tag, Monsieur le Commissaire. Danke für Ihre Sorge, ich war letzte Nacht nicht alleine. Wir hatten alle Angst, deshalb sind François und ich zusammengeblieben.« Er wies auf seinen Kompagnon.

»Haben Sie gestern Abend schon geahnt, dass es nicht bei dem einen Mord bleiben würde?«

»Commissaire«, sagte er nachdrücklich, »das Leben da draußen ist hart.« Er zeigte aus dem Fenster, und seine Hand zitterte. »Glauben Sie«, er senkte die Stimme dramatisch, und auch sein Freund sah Lacroix mit weit aufgerissenen Augen an, »da hat es einer auf uns abgesehen? Auf die Clochards? Ein Verrückter?«

»Nein, das glaube ich nicht. Wir suchen jetzt verstärkt nach möglichen Zeugen. Sie haben ja gestern erwähnt, dass es da einige gibt, die sich an der Brücke aufhalten.«

Er vermied es, die Pogorzelsky-Brüder zu erwähnen. Wenn sie tatsächlich so gefährlich waren, wollte er Dimitri nicht in Gefahr bringen, indem er freimütig erzählte, dass der russische Obdachlose die Tschetschenen gegenüber der Polizei erwähnt hatte. Doch Dimitri verstand ihn sofort.

»Sie können ruhig offen sprechen, Commissaire. Komm, François, zeig deine Beine.«

Gerade als Yvonne den Wein brachte, öffnete der Clochard seinen Gürtel und zog die Hose bis zum Knie herunter. Lacroix wollte gerade eingreifen und ihn bitten, doch auf die Toilette zu gehen, da fiel der Blick aller Umsitzenden schon auf die Oberschenkel des Mannes, die mit schwarzen Flecken übersät waren. Viel mehr als an Bakirs Armen. Lacroix war bestürzt.

»François bettelt an einer sehr guten Stelle an der Metro Odéon. Er verdient ordentlich. Und das wissen sie. Sie haben ihn schon oft verbrannt. Und einmal sogar mit einem Elektroschockgerät malträtiert. Sie wollen hundert Euro von ihm, pro Woche! Das geht nicht mehr, Sie müssen etwas tun.«

Dimitri wies François an, die Hose wieder hochzuziehen. Pierre-Richard vermochte es kaum, den Blick zu lösen, ihn schien der Anblick besonders mitzunehmen. Dimitri hatte recht, sie mussten etwas unternehmen.

»Wissen Sie, wo sie sind? Meine Kollegen suchen schon nach ihnen, aber ich habe noch keine Nachricht, dass sie gefunden wurden. Wissen Sie etwas über ein mögliches Versteck?«

Dimitri senkte seine Stimme, als verrate er gleich ein Geheimnis. »Wir glauben, dass die beiden schon lange nicht mehr auf der Straße leben. Ich habe mal gehört, aber es war nur so ein Gerücht, dass sie irgendeine alte Hütte an der Bastille besetzen. Vielleicht hilft das ja.«

Paganelli hatte gute Kontakte an der Bastille. Lacroix würde ihn gleich bitten, dort nachzuforschen. Von da hatte er es auch nicht weit zum *L'As du Falafel.* Lacroix wunderte sich, warum Dimitri ihnen diese geheime Unterkunft nicht schon gestern verraten hatte.

Yvonne kam voll beladen zum Tisch. Sie balancierte drei Teller, die sie abstellte, um sofort die anderen aus der Küche zu holen. Die Teller dampften, und es roch herrlich. Ein dunkel gegrilltes Steak, nicht so dick, eher flach wie eine *bavette,* dazu ein sahniges Kartoffelgratin mit goldgelb überbackenem Käse. In einer kleinen Sauciere eine hellbraune Sauce mit großen Steinpilzstücken, bei deren Geruch Lacroix das Wasser im Mund zusammenlief. Er konnte es kaum abwarten. Und doch beobachtete er erst mal, wie François darauf wartete, dass Dimitri zu essen begann. Nun schnitt auch Lacroix sein Steak an. Yvonne hatte nicht gefragt, wie er es gebraten haben wollte, weil sie die Antwort kannte. Und es war perfekt. Nur wenig Blut trat aus dem Fleisch aus, als er es in der Mitte teilte, um sich dann von dort aus zu den Rändern vorzuessen, wo das Fleisch ein wenig dünner und dadurch noch krosser war. Die Steinpilze waren wirklich außergewöhnlich. Yvonnes Mann hatte nicht viel mehr tun müssen, als sie mit ein wenig Sahne und Pfeffer einzukochen.

Dimitri verschlang sein komplettes Steak, bevor er das Gratin und die Sauce auch nur anrührte. François, der Franzose, aß hingegen alles zusammen in Ruhe. Es ging doch nichts über die kulinarische Vorbildung der Grande Nation.

Als der Russe bei den Kartoffeln angelangt war, fand er seine Sprache wieder.

»Wir sind aber noch wegen etwas anderem gekommen«, sagte er mit vollem Mund. »François hat etwas gesehen. Ich bin heute Morgen früh aufgestanden, sehr früh, um zu duschen. François ist an den Quais geblieben.«

Lacroix hielt den Atem an, legte sogar Messer und Gabel weg, um die beiden zu beobachten.

»Wann war das?«

»Weiß nicht genau. Halb fünf, fünf? Ich wollte noch in Ruhe etwas laufen, ich hatte einen ziemlichen Kater und konnte nicht mehr schlafen.«

»Was haben Sie gesehen, François?«

»Ich habe auf meiner Matte in meinem Schlafsack gelegen. Aber nicht zugezogen, damit ich rausrennen kann, falls etwas passiert. Und dann habe ich Schritte gehört. Es war noch nicht ganz hell. Sie kamen von der Brücke. Also, Sie wissen schon, vom Pont Neuf. Langsame

Schritte, schlurfend klang das.« Er pausierte, um noch ein Stück Fleisch zu essen.

»Wen haben Sie gesehen? Was ist passiert?« Es war Pierre-Richard, der die Stille durchbrach.

»Es war ein Mann, ein alter Mann. Dünn war er, ein ganz hageres Gesicht. Mit einem Schnurrbart. Ich habe nicht viel gesehen. Ich lag ja auf dem Boden, mein Blick war also schief, verstehen Sie? Ich habe mich ganz klein gemacht und mich schlafend gestellt. Ganz ruhig ist er gelaufen. Es wirkte geradeso, als wollte er trotz des schlurfenden Schrittes nicht auffallen, als wollte er ganz normal aussehen. Es war, als ob er ein Bein nachgezogen hat, behindert sah das aus. Er hat sich zweimal umgedreht oder so, da habe ich den Bart gesehen. Ich habe so gezittert, ich wusste ja noch nicht, was passiert ist, aber ich dachte mir, irgendwas stimmt da nicht. Doch der Mann ist einfach an mir vorbeigelaufen. Er hat wohl gedacht, dass ich schlafe. Ich habe noch ein bisschen gewartet und bin dann aufgestanden und habe geguckt, aber er war weg. In Richtung Académie française. Und dann, ein paar Minuten später, waren die ersten Sirenen zu hören. Da habe ich dann …« Der Mann brach ab.

Dimitri sprach für ihn weiter. »Er hat geheult wie ein Kind. Ich bin zurückgerannt, als ich die Sirenen gehört habe, und dann sind wir los, auf und davon. Er hat nicht mit mir gesprochen, ich musste ewig warten. Erst als er was getrunken hatte, ist er mit der Sprache rausgerückt. Und dann habe ich den Priester angerufen. Er ist sofort zu uns gekommen.«

Er lächelte Lacroix' Bruder dankbar an.

»Können Sie zum Kommissariat kommen und uns helfen, ein Phantombild zu erstellen?«

François nickte, er hatte sich wieder seinem Teller zugewandt.

»Ja, das mach ich«, sagte er und trank noch einen Schluck Wein, es war sein drittes Glas.

»Kannten Sie den Toten, Dimitri, oder Sie, François? Bertrand Valls. Ein Mann aus dem Norden. Auf dem Kommissariat können Sie sich ein Foto ansehen.«

Lacroix wollte die beiden nicht mit einem Foto der Leiche erschrecken, nicht heute. Doch Dimitri brauchte keines.

»Bertrand, der alte Bertrand. Ein echter Säufer. Ich kannte ihn. War mir aber zu dumm«, sagte er, und seine Stimme klang hart. »Mit dem konntest du nicht reden. Der hatte keine guten Ideen. Wir …«, er überlegte, »wir Russen sind ja eher sensibel, wir reden gern und sinnieren, über unser altes Leben und über unsere Kultur. Auch wenn wir auf der Straße leben.« Er sah in die Runde. »Aber Bertrand war eher grobschlächtig. Ein Mann ohne Kultur.« Er schüttelte abfällig den Kopf. »Aber man soll nicht schlecht über Tote reden. Er hätte nicht sterben sollen. Merkwürdig, dass er unter der Brücke geschlafen hat. Aber der Typ kannte wohl keine Angst. Ein Bär von einem Mann.«

Lacroix hörte aufmerksam zu, um die Informationen später in sein Notizbuch zu übertragen, und bemerkte Yvonne erst, als sie ihre Hand auf seine Schulter legte.

»Commissaire, da ist eine Frau, die dich sprechen will. Vorne an der Bar, an der Ecke am Fenster.«

Lacroix drehte sich um: eine junge Frau mit kurzen dunkelblonden Haaren, ein wilder Schnitt, fransig und am Ansatz viel dunkler als an den Spitzen. Sie las in einer Zeitung, schaute dann aber zu ihm herüber, und er sah ihre listigen kleinen Augen. Sie trug ein leichtes Sommerkleid, darunter aber eine Stoffhose.

»Entschuldigen Sie mich bitte, ich muss kurz an die Bar«, sagte er. »Und haben Sie vielen Dank für Ihre Aussage. Ich rufe gleich im Kommissariat an, damit Sie abgeholt werden für das Phantombild. Ist das in Ordnung?«

Dimitri und François nickten. Nach diesem Essen wären sie wohl überallhin mitgefahren.

Lacroix trat an die Theke und setzte sich auf den freien Hocker neben der Frau, die er noch nie gesehen hatte. Sie war vielleicht Ende zwanzig, Anfang dreißig und trank einen *coupe de champagne*. Er stellte sein halbvolles Rotweinglas daneben.

»*Bonjour*, Mademoiselle.«

»Monsieur le Commissaire.«

»Wie kann ich Ihnen helfen?«

»Mein Name ist Romy Schneider.«

Lacroix konnte sich ein Schmunzeln nicht verkneifen.

»Glauben Sie mir, ich kenne alle Scherze, die es über meinen Namen gibt. Wenn Sie einen neuen haben, wäre ich sehr dankbar.«

»Ich denke darüber nach. Wenn Sie mir sagen, was Sie von mir möchten.«

»Ich bin von *Le Parisien*. Ich bin die Nachfolgerin vom alten Havrincourt … Sie wissen schon.«

Der Tod des Star-Polizeireporters hatte Lacroix ernsthaft berührt. Er war sich beim Rasenmähen im Garten seines Wochenendhauses in der Vendée über den Fuß gefahren. Nach der OP hatte sich eine Thrombose gebildet, und er war noch im Krankenhaus gestorben. Lacroix hatte gern mit ihm zusammengearbeitet, ihn des Öfteren für seine Zwecke eingespannt, sie hatten sich gegenseitig vertraut. Er hatte sich schon gefragt, wer ihm nachfolgen würde. Diese Frau war aber eine Überraschung.

»Und woher weiß die neue Reporterin, wo ich zu Mittag esse?«

»Keine Sorge. Havrincourt hat verfügt, dass all seine Aufzeichnungen über Sie vernichtet werden – alle Notizen, alle Fotos. Seine Frau hat mir das erzählt. Er ahnte wohl, dass es zu Ende ging.«

Sie nahm einen Schluck Champagner. Lacroix sah sie fragend an, sie war ihm noch eine Antwort schuldig.

»Fragen Sie sich das wirklich? Sie? Commissaire Lacroix? Wissen Sie, ich komme aus Nancy, ich habe für den *L'Est Républicain* geschrieben. Und selbst dort wusste jeder meiner Leser alles über Sie. Sie sind *der* Commissaire. Selbstverständlich weiß ich, wo Sie Mittag essen.«

»Das beunruhigt mich eher, als dass ich mich geehrt fühle. Aber das wissen Sie ja vermutlich auch, wo Sie mich so gut kennen.«

»Commissaire, ich weiß, wir müssen erst Vertrauen zueinander aufbauen. Ich verspreche, ich werde nie versuchen, über Ihre Frau Dominique zu schreiben, über *die* Bürgermeisterin im wichtigsten Bezirk von Paris. Ich will nur mit Ihnen arbeiten, auch mal etwas schreiben, das Ihnen helfen könnte. Aber dafür brauche ich auch etwas von Ihnen. Es ist meine erste Woche, und ein Aufmacher à la *Der Serienmörder vom Pont Neuf* wäre echt eine tolle Sache.«

Er trank aus und stellte das Glas geräuschvoll auf dem Zinktresen ab.

»Sie sollten doch eigentlich wissen, dass Sie das von mir nicht kriegen.«

»Ach, Commissaire, kommen Sie! Sie standen da heute Morgen und sahen echt nicht gerade glücklich aus. Der zweite Mord in zwei Tagen. Und dann auch noch so ein brutaler.«

»Sie waren heute Morgen am Pont Neuf?«

Ihre Stimme war so fest wie ihr Blick. »Wie gesagt: Es ist meine erste Woche. Ich will liefern. Und ich werde auch liefern. Es wird sicher für uns beide angenehmer, wenn wir zusammenarbeiten. So ein Serienmord, das ist eine wirklich große Sache, da brauchen Sie doch die Öffentlichkeit.«

Idefix hatte sich genähert und am Bein der Journalistin geschnuppert. Sie hatte den kleinen Hund ignoriert, woraufhin der Yorkshireterrier sich abgewandt hatte und verschwunden war. Er hatte eine gute Menschenkenntnis.

Lacroix blieb sitzen, ohne seine Haltung zu verändern, groß und doch irgendwie in sich zusammengesunken. Er sprach leise, und es klang erstaunlich beiläufig.

»Mademoiselle Schneider, ich bin kein …«, er überlegte, »wie sage ich es am besten? Ich bin kein Freund von Drohungen oder Einschüchterungen, und ich bin wahrlich nicht in der Situation, bei meinen Ermittlungen auf Ihre werte Mitarbeit angewiesen zu sein. Es ist mir ein Rätsel, wieso meine Kollegen in Nancy so haben mit sich reden lassen, aber gut, das muss ja jeder selbst entscheiden. Machen wir es so: Sie schreiben morgen mal, was Sie ohnehin vorhaben zu schreiben, und ich lese es. Dann kommen Sie, wenn Sie mögen – ich kann ja nicht über Ihre Zeit verfügen –, morgen noch einmal hierher und sind mein Gast. Dann benehmen Sie sich aber auch wie mein Gast. Und den Namen meiner Frau werde ich nicht wieder aus Ihrem Mund hören. Nie wieder! Haben Sie einen schönen Tag.«

Er stand auf, ließ das leere Glas neben ihr stehen und kehrte zu seinem Tisch zurück. Er spürte, wie der Blick der Journalistin auf ihm lag, während er das Restaurant durchquerte.

17

Das Telefon im Chai hatte nur für Tischreservierungen geklingelt. Kein Anruf aus dem Kommissariat. Lacroix hatte also Zeit, um vor dem langen Abend noch einen Spaziergang zu machen. Sein Weg führte ihn durch die Rue de Seine, an der Place de Furstenberg mit ihren hochherrschaftlichen Stadtvillen und den alten Laternen vorbei. Der kleine Square mit den Bäumen war menschenleer. Die Académie française ließ er links liegen und stieg die Treppe zu den Quais hinunter. Sofort veränderte sich alles: das Licht, der Geruch, die Atmosphäre. Es war sonderbar, wie hundert Meter eine ganze Welt bedeuten konnten. Wie sich Einkommen, Krankenversicherungsstatus, Herkunft und Zukunft mit ein paar Schritten veränderten.

An diesem Nachmittag sah Lacroix natürlich auch hier unten Touristen, die sich mit ihren Selfies mit der Île de la Cité im Hintergrund zu überbieten versuchten. Doch schon unter der ersten Brücke sah er auch einen sorgfältig zusammengefalteten Schlafsack, daneben einige Tüten. Eine Frau oder ein Mann hatte hier ein Lager für die nächste Nacht aufgeschlagen und war in der Stadt, um den Tag dort zu verbringen. Sicher nicht zu weit weg, weil immer noch viele Habseligkeiten hier standen, die nicht wegkommen durften.

Fünfzig Meter weiter saßen drei Männer in zerschlissener, speckiger Kleidung auf dem Boden und spielten Karten. Ein spezielles Spiel, so schien es, das Lacroix nicht kannte. Er war stehen geblieben und tat so, als beobachtete er die Seine. Doch er hörte ihnen zu, auch wenn er ihre Sprache nicht verstand, es klang osteuropäisch. Er überlegte, sie auf die Brüder aus Tschetschenien anzusprechen, verwarf die Idee aber wieder. Es waren genug Kollegen auf der Suche, und sollten diese Männer die Brüder kennen, bestand die Gefahr, dass sie sie warnten – weil sie mit ihnen gemeinsame Sache machten oder von ihnen bedroht wurden.

Wie sie da saßen und spielten, neben ihnen eine Flasche mit irgendeinem klaren Fusel, sahen sie komplett gelassen und angstfrei aus. Und doch war Lacroix sicher, dass in der kommenden Nacht wohl keiner von ihnen rund um den Pont Neuf sein Lager aufschlagen würde. Er erreichte die Brücke nach weiteren zwei Minuten, hier waren nur Touristen, keine Obdachlosen. Der Fluss floss unablässig neben ihm durch die Stadt, als wisse er alles von ihrer Geschichte und sei doch gänzlich unbeteiligt. Lacroix lief noch ein Stück, bis Notre-Dame unübersehbar auf der anderen Flussseite lag. Majestätisch thronte sie auf ihrer kleinen Insel, die breiten Streben an der Rückseite der Kirche sahen aus wie Stützen, die im grünen Park am Ende der Insel endeten. Er liebte diesen Anblick.

Als er Schritte hinter sich hörte, drehte Lacroix sich rasch um. Ein Polizist rannte auf ihn zu. Er hatte seine Kappe in der Hand, sein Gesicht war rot, Schweiß lief ihm über die Wangen, dabei war es ein kalter Tag. Offenbar hatte er einen weiten Weg zurückgelegt.

»Commissaire! Ich habe ewig gebraucht, um Sie zu finden. Ich war auf der anderen Seite, auf der Insel, und dann habe ich Sie gesehen und bin losgerannt. Ich hoffe, es ist noch nicht zu spät. Paganelli schickt nach Ihnen, weil man das Nest von irgendwelchen Brüdern ausgemacht hat. Das Sondereinsatzkommando wird hinfahren, und Sie wären wohl interessiert, dabei zu sein?«

»Das bin ich in der Tat. Haben Sie vielen Dank für Ihren sportlichen Einsatz.«

»Soll ich Sie fahren? Mein Wagen steht oben auf der Brücke.«

»Danke, Monsieur, vielen Dank. Ich gehe lieber zu Fuß.«

Lacroix stiefelte los und vernahm hinter sich, wie der noch immer schnaufende Polizist vor sich hin murmelte: »Er sollte sich wirklich ein Handy anschaffen …«

18

5, Cité Joly. Eine kleine Wohnstraße zwischen Bastille und Belleville, eine Sackgasse. Keine schlechte Gegend. Unweit vom Ausgehviertel Oberkampf, hier wurden die Straßen etwas ruhiger, bis einige hundert Meter weiter der Friedhof Père Lachaise lag, die grüne Lunge des Pariser Ostens.

Das Haus, das sie aus dem Auto beobachteten, war das letzte unsanierte Gebäude in der Straße. Die Fensterscheiben im Erdgeschoss waren eingeworfen, der Putz bröckelte von der Fassade. In der oberen Etage waren die Fensterläden geschlossen. Lacroix wunderte sich. Eigentlich wäre das Haus ein Traum für Immobilienspekulanten, in einer Stadt, wo noch jedes leer stehende Gebäude zu Millionenpreisen verkauft wurde.

Paganelli saß am Funkgerät in Rios Dienstwagen und wartete. Lacroix hatte sich auf dem Rücksitz ausgebreitet und schrieb unentwegt in sein Notizbuch. Noch immer fehlte die Freigabe zum Einsatz der CRS, der Festnahme- und Sondereinheit. Während der Fahrt war es Lacroix nicht möglich gewesen, die bisherigen Ermittlungsergebnisse zu notieren. Rio war mal wieder gerast wie ein Derwisch und in die Kurven gegangen, als seien sie Schikanen beim neuen Grand Prix von Frankreich. Selbst Paganelli hatte sich am Haltegriff festgekrallt, und das sah ihm gar nicht ähnlich. Erst kurz bevor sie in die Straße eingebogen waren, hatten sie das Blaulicht auf dem Dach des Renault ausgeschaltet und waren ausgerollt.

»War der Phantombildzeichner erfolgreich?«, fragte Lacroix.

»Ja, es ist ein sehr deutliches Bild geworden. Ich habe es jetzt aber im Büro liegen lassen«, antwortete Rio und zog die Augenbrauen hoch. »Ich musste erst mal das Verhörzimmer lüften, als die Jungs wieder draußen waren. Meine Güte!«

Der Funk knarrte.

»Für die Brigade criminelle des Fünften. CRS-Einsatzleitung, es kann losgehen. Der Trupp setzt sich in Bewegung und sichert. Sie können folgen. Verstanden, Commissaire?«

Lacroix nickte vom Rücksitz und stieg aus. Er hatte seine Waffe im Büro gelassen, aber Rio und Paganelli zogen ihre, als sie der Einheit von vierzehn Polizisten folgten, die sich allesamt in schwerer Montur und mit Maschinenpistolen bewaffnet dem Haus näherten. Dann ging alles ganz schnell. Als sie in Sichtweite waren, stürmten die Beamten los, die ersten beiden traten die Tür ein, die sofort aus den Angeln brach und umfiel. Die nächsten vier waren schon durch die Tür, dann stürmten die anderen hinterher. Auch Rio und Paganelli waren nun im Haus, Lacroix folgte. Sofort jagten mehrere Beamte die Treppen hinauf. Aus einem der unteren hinteren Räume schrie jemand »Sicher!«, ein anderer aus dem Raum gleich nebenan. Im Erdgeschoss war also niemand.

Lacroix stieg die breite Treppe hinauf. Es war schmutzig, die Stufen knarrten, das Geländer wackelte. Oben angekommen, hörte er die neuerlichen Rufe: »Sicher!« Die Beamten nahmen ihre Helme ab und zogen die Masken runter, nass geschwitzt sagte einer: »Alles leer. Die Vögel sind ausgeflogen.«

Lacroix nickte und gab dem Mann die Hand.

»Haben Sie vielen Dank. Wir schauen uns hier um. Sichern Sie das Gebäude außer Sichtweite, für den Fall, dass jemand zurückkommt? Die Spurensicherung ist unterwegs.«

Der Brigadier salutierte und ging wieder hinunter.

»Verdammt, hat doch jemand geplaudert?« Paganelli war wütend, er hatte den Tipp von einem seiner Informanten bekommen.

Dafür schätzte Lacroix seinen Kollegen besonders: Er war in beiden Pariser Welten gleichermaßen zu Hause. Er war ein angesehener Kollege, auch wenn er ab und zu eine etwas zu kesse Lippe riskierte und Lacroix nicht immer über seine Witze lachen konnte. Und in der Unterwelt war er genauso gut vernetzt – wenn nicht sogar besser. Er frequentierte die Bars rund um die Rue de Lappe und in Belleville, kannte sich rund um die Place des Fêtes aus, an der sich sonst kein Polizist aus dem Auto traute, und hatte sogar gute Kontakte in die Vororte Montreuil und Bobigny. Und dabei brauchte er keinerlei Schmiergeld. Die Leute halfen ihm, weil er mit den meisten seit Jahren befreundet war. Viele kannte er sogar noch von Korsika, aus einer Zeit, so hieß es, in der auch Paganelli selbst nicht immer ganz gesetzestreu gewesen sein soll. Die Leute respektierten ihn, tranken und feierten mit ihm. Und er hielt seine Versprechen, half aus, wenn Not am Mann war, und schützte seine Informanten. Lacroix hatte Paganelli kennengelernt, als der noch auf der Polizeiakademie war. Er hatte sich ab dem Tag ihrer ersten gemeinsamen Ermittlung dafür eingesetzt, dass der junge Mann in sein Team kam. Als die Kollegen vom Quai des Orfèvres ihm den Korsen wegschnappen wollten, weil auch sie sein Talent erkannt hatten, drohte Lacroix mit seinem Umzug in die Normandie. Es hatte genau zweieinhalb Stunden gedauert, dann hatte er seinen Mann.

»Nicht aufregen, Paganelli«, sagte Rio. »Der Commissaire hat recht. Vielleicht sind die Jungs unterwegs und pressen Kohle von armen Clochards ab. Vielleicht hätten wir doch erst abends kommen sollen.«

»Die Gefahr war zu groß, dass sie jemand warnt.«

»Was hat Ihr Kontakt denn gesagt, Brigadier?«, fragte Lacroix.

»Er hat mich ziemlich schnell angerufen, nachdem ich meine Anfrage unter die Leute gebracht hatte. Er war verwundert, weil er dachte, jeder *flic* wüsste, welches Haus die – ich zitiere – ›verdammten Tschetschenen‹ besetzt haben. Sie leben schon seit anderthalb Jahren nicht mehr auf der Straße, sagte er. Sie sind dick im Geschäft, nicht nur Schutzgeld, sondern auch Drogen und seit Neustem Prostitution. Sie schicken junge weibliche Obdachlose auf den Strich. Richtig feine Mistkerle sind das. Und sehr geschäftstüchtig.«

»Aber warum sollten sie alle Welt auf sich aufmerksam machen, indem sie zwei Morde begehen?«, fragte Lacroix mehr sich selbst als seine Kollegen.

»Da habe ich auch schon drüber nachgedacht. Aber

diese Typen sind eiskalt, sagt mein Informant. Gut möglich, dass in der letzten Zeit die Zahlungsmoral der Clochards nachgelassen hat und die beiden ein Exempel statuieren wollten. Wäre nicht das erste Mal.«

»Gut, schauen wir uns um. Sie gehen runter, ich bleibe hier oben.«

Als Lacroix allein war, setzte er sich auf einen schmutzigen Sessel, der in der Zimmermitte stand, nahm seine Pfeife aus der Tasche, stopfte sie in aller Ruhe und zündete sie an. Der Rauch erfüllte den Raum mit seinem Duft, und der Commissaire sah sich um und ließ die Umgebung auf sich wirken. Zu Zeiten, als hier vielleicht eine Familie gewohnt hatte, war es sicher das Wohnzimmer gewesen. Nun standen nur der Sessel, auf dem der Commissaire saß, und einige kleinere Schränke herum, die Schubladen standen halb auf oder fehlten ganz. Es roch unangenehm, der Staub tanzte in den Lichtstreifen, die durch die Fensterläden in den Raum schienen. Im Nebenraum konnte Lacroix zwei Matratzen erkennen, die auf dem Boden lagen. Dort wollte er anfangen zu suchen.

Er nahm noch einen Zug, dann stand er auf und durchschritt den Raum, seine Schritte hallten auf den alten Dielen nach. Er betrat das Schlafzimmer und sah, dass die Tür von innen mit mehreren Stahlstreben verstärkt worden war. Daneben hing ein dickes Vorhängeschloss. Offenbar schlossen sich die beiden Männer nachts ein. Im Ernstfall konnten sie aus dem Fenster fliehen. Ein Sprung aus der ersten Etage wäre für Geübte sicher kein Problem.

Lacroix wollte nicht mit den fleckigen Matratzen beginnen und öffnete stattdessen den Schrank, der in einer

Ecke stand. Im oberen Fach lagen einige Klamotten, billige Shirts und ein paar Jeans aus dem Discounter. Darunter versteckt fand er zwei Springmesser und einen Schlagring. Schon besser. Er bückte sich, aber das untere Fach des Schranks war leer.

Von unten hörte er einen Schrei.

»Lacroix, kommen Sie mal …« Es war Paganelli, und er klang sehr aufgeregt.

Lacroix wollte gerade aufstehen, als er sah, dass in der hintersten Ecke des untersten Regalfaches noch etwas lag. Er nahm seine Handschuhe aus der Manteltasche und zog einen Pullover hervor, dünner Stoff, dunkelgrün. Er war über und über mit Blut verschmiert und stank wie ein totes Tier. Lacroix legte ihn vorsichtig wieder zurück. Die Spurensicherung würde gleich hier sein. Er prüfte, ob das Fenster verschlossen war, damit niemand Gelegenheit hatte, an den Schrank zu gelangen. Dann erst stieg er langsam die Treppe hinunter. Rio wartete schon, während Paganelli, so schien es, seinen Fund bewachte.

»Schauen Sie, Chef«, rief er Lacroix entgegen. Er hockte vor einem der anderen Schränke und hielt einen durchsichtigen Beutel hoch. Auch er trug Handschuhe. »Hier haben wir den Haftbefehl.«

Lacroix trat näher. Weißes Pulver. Neben Paganelli lag noch ein anderer Beutel voller bunter Pillen, rosa und blau.

»Und? Ist es, was es zu sein scheint?«

Der Korse nickte. »Bester Stoff, ich habe schon probiert. Ich würde sagen, es ist mehr als ein halbes Kilo. Mann, Mann, die sind echt dick im Geschäft.«

»Warum lassen die das Zeug hier im Haus, das jeder außer der Polizei kennt und das gesichert ist wie eine Hundehütte ohne Hund?«, fragte Rio, die in der Tür stehen geblieben war.

Lacroix zuckte mit den Schultern. Sie waren wie Phantome, diese beiden Brüder. Und sie taten wirklich unerklärliche Dinge.

»Oben habe ich einen blutigen Pullover gefunden. Vielleicht bringt uns das in unserem Fall weiter. Rio, beantragen Sie einen Haftbefehl. Erst mal wegen Drogenbesitzes. Wenn wir die Laborergebnisse haben, können wir den ja erweitern. Wir schwenken um auf Öffentlichkeitsfahndung. Sie bleiben beide hier und warten auf die Kollegen. Ich fahre zurück ins Kommissariat. Ich will wissen, ob die Videoauswertung etwas ergeben hat. Wer kümmert sich darum?«

»Brigadier Lemaître.«

»*D'accord.* Wir sehen uns um neun am Pont Neuf. Ziehen Sie sich warm an, es wird kalt heute Nacht, haben sie bei *France Info* gesagt.«

»Alles klar, Chef«, antwortete Rio, und Paganelli rief ihm hinterher:

»*Bon appétit*, Maigret. Später, meine ich.«

Woher wusste der Korse, dass Lacroix schon wieder Hunger hatte?

19

Lacroix hatte sich doch entschieden, zu Fuß zu gehen. An der Bastille vorbei, vor dem Kartenschalter der neuen Opéra hatte sich schon eine lange Schlange gebildet. Er lief am Canal Saint-Martin entlang, dann über die Seine und vorbei an den Tanzrondellen am Ufer. Das Institut du Monde arabe, dieser in die Jahre gekommene Kasten, ließ ihn den Blick abwenden. Er mochte die halb moderne, halb geschmacklose Architektur einfach nicht. Dann war es nicht mehr weit. Zwanzig Minuten später kam er schnaufend im Kommissariat an. Es war kühl gewesen und ein wenig düster, so wie er sein Paris am liebsten mochte. Der erste Weg führte ihn zum Telefon. Nach dem ersten Klingeln wurde abgehoben.

»*Mairie du 7ème*, Lagarde am Apparat.«

»Véronique. *Bonsoir.* Ich bin es.«

Véronique Lagarde war seit dem Wahlsieg seiner Frau vor fast sieben Jahren ihre Büroleiterin. Dominique vertraute der resoluten Frau aus der Picardie blind, und doch trennte sie Privates und Berufliches – sie waren noch nie zusammen Abend essen gewesen.

»Oh, Commissaire, *bonsoir*. Wie geht es Ihnen? Wie war der Urlaub?«

»Hat denn Dominique nichts erzählt?«

»Ach, Commissaire, Sie glauben nicht, was hier los ist. Wir hatten noch nicht eine ruhige Minute. Ihre Frau ist ständig in Sitzungen. Sie wissen schon, das Musée d'Orsay verlangt ihr gerade alles ab. Und heute ist auch noch Bürgersprechstunde. Ich kann Sie deshalb gerade nicht durchstellen. Außer es ist sehr dringend.«

»Nein, alles gut, Véronique. *Merci.* Richten Sie ihr bitte aus, dass ich versuchen werde, um acht zu Hause zu sein. Um kurz vor neun muss ich allerdings schon wieder los. Was für ein Tag!«

»Die Clochard-Mordserie?«

Mein Gott, die Morde waren wirklich Stadtgespräch, dachte Lacroix und ärgerte sich über die Journalistin – und einmal mehr über sich selbst.

»Ja, auch hier im Kommissariat ist viel los. Dennoch: Richten Sie ihr aus, dass ich mich freuen würde, sie zu sehen. Haben Sie vielen Dank.«

»*Merci*, Commissaire. Ich wünsche Ihnen viel Erfolg.«

»*Merci*, Véronique.«

Er legte auf. Er vermisste seine Frau. Er hätte sie gern nach ihrer Meinung gefragt, ob sie auch an einen Serienmord glaubte. Doch das musste nun warten.

»Lacroix«, ertönte eine Stimme aus dem Nachbarbüro. Nur Sekunden später stand Arnaud Mercier, der Commissaire général, in der Tür.

»Arnaud«, grüßte er, »Sie hier?«

Lacroix war wirklich überrascht. Der höchste aller Pariser Commissaires verließ sein Büro in den altehrwürdigen Mauern der Préfecture hoch über der Seine nur, um fein essen zu gehen oder um sich in den schicken Bars des Sechsten zu vergnügen. Heute aber stand er leibhaftig vor ihm. Das musste etwas zu bedeuten haben.

»Lacroix, mein Lieber. Natürlich! Ich muss doch nach dem Rechten sehen bei meinem besten Pferd im Stall.«

Lacroix ließ sich von dem überschwänglichen Ton nicht täuschen. »Arnaud, was ist los?«

Der Commissaire général sah sich verschwörerisch um und schloss die Tür, was Lacroix selbst nie tat. Er blendete die Umgebungsgeräusche beim Nachdenken einfach aus.

»Ich frage mich, was bei Ihnen los ist, Lacroix!«

»Was meinen Sie?«

»Ich habe den Fall nicht aus Spaß ausgerechnet Ihnen übertragen. Ich hatte da so eine Eingebung. Und heute ruft mich die Generalstaatsanwältin an, mit schönen Grüßen vom Bürgermeister und dem Präfekten, und fragt, ob sie davon ausgehen muss, dass ein Verrückter reihenweise Clochards umbringt. Mitten in der Stadt. Das wäre eine Katastrophe, meint sie, und ich bin ganz ihrer Meinung.«

»Wegen des Images von Paris? Oder wegen der Obdachlosen?«

»Ach, Lacroix ...«, Mercier schüttelte den Kopf. »Sie wissen doch, wie sie ist. Sie sorgt sich immer um ihre Stadt.« Nach einer Weile fügte er hinzu: »Und um alle, die in ihr leben.«

»Ganz besonders natürlich um die, die Steuern zahlen«, gab Lacroix zurück.

Mercier setzte sich auf den ledernen Stuhl vor Lacroix' Schreibtisch. »Kommen Sie schon, was denken Sie über die Sache?«

»Es ist der zweite Tag. Ja, die Taten sehen sehr ähnlich aus. Ja, beide Opfer sind Obdachlose. Ja, der Tatort war derselbe. Doch war es derselbe Täter? Wird er wieder zuschlagen?« Lacroix streckte sich. »Tja, spätestens morgen wissen wir es.«

»Jetzt seien Sie doch nicht so zynisch!«

»Was soll ich denn tun, Arnaud? Zugegeben, wir haben nicht damit gerechnet, dass es einen zweiten Toten geben wird. Aber für heute Nacht haben wir die Sicherheitsvorkehrungen massiv verstärkt.«

»Ein Serienmörder, jetzt, wo es um die Olympiabewerbung geht, das wäre wirklich …«

»Könnten Sie bitte aufhören, das scheußliche S-Wort zu sagen?«

»Sie wissen, dass es schon einmal eine solche Mordserie gab? Wir waren damals beide nicht mit den Ermittlungen betraut, aber soweit ich mich erinnere, sind die Fälle nahezu identisch.«

»Ja, ich erinnere mich bestens.« Das tat Lacroix wirklich. Es war Ende der Achtziger gewesen, er hatte damals mit Mercier am Quai des Orfèvres gearbeitet. »Drei Obdachlose in drei Tagen. Mit einem Rasiermesser ermordet. Dann endete die Serie einfach. Der Täter wurde nie gefasst.«

»Meinen Sie, die Fälle könnten etwas miteinander zu tun haben?«

»Arnaud, ich bitte Sie! Der Täter müsste uralt sein.« Lacroix dachte kurz an den alten Mann, den der obdachlose François gesehen hatte.

»Oder er war damals sehr jung …«

»Sie wissen genauso gut wie ich, dass Serientäter nicht einfach aufhören. Und dann gleich für dreißig Jahre.«

»Können Sie die DNS von damals mit den Spuren von heute vergleichen?«

»Wir wissen noch nicht einmal, ob es bei den neuen Morden Spuren gab. Die Kollegen arbeiten daran.«

»Gehen Sie ins Archiv. Ich will keine Überraschungen!«

»Wir suchen die tschetschenischen Brüder, die von den Obdachlosen Schutzgeld erpressen. Gut möglich, dass dort ein Exempel statuiert werden sollte. Sie haben Wind von der Suche bekommen und sind verschwunden. Die Fahndung läuft.«

Arnaud erhob sich. »Baudelaire hat gesagt: ›Die schönste List des Teufels ist es, uns zu überzeugen, dass es ihn nicht gibt.‹«

Lacroix stöhnte kurz und unmerklich auf. Wenn Mercier begann zu zitieren, war es in der Regel sehr ernst. Er würde von nun an beinahe stündlich über den Stand der Ermittlungen informiert werden wollen.

»Will sagen?«, fragte Lacroix dennoch, wider besseres Wissen.

»Dass der Täter uns in Sicherheit wiegen will und dann wieder zuschlägt. Ich habe ein ganz mieses Gefühl, Lacroix. Viel Glück heute Nacht.«

»Ihnen auch, Arnaud.«

Mercier schaute ihn durchdringend an. »Es wird der Tag kommen, an dem wir mal zusammen in den China Club gehen, Lacroix.«

»Ganz bestimmt«, gab der Commissaire ironisch zurück, dem derlei Etablissements gänzlich zuwider waren. »Dann melde ich mich morgen wohl besser nicht ganz so früh bei Ihnen?«, fügte er noch hinzu.

Merciers Grinsen verschwand. »Lacroix, rufen Sie mich bitte jederzeit an. Oder besser: Lassen Sie mich anrufen, sonst tun Sie es ja doch nicht. Ich will immer informiert sein.« Dann ging er aus dem Büro, nicht ohne förmlich einen Salut anzudeuten.

Lacroix sah ihm kopfschüttelnd nach. Dann öffnete er die Schublade seines Schreibtischs und nahm eine alte vergilbte Akte heraus, die er sich hatte kommen lassen. »1988« stand darauf und »Serienmord an Clochards unter den Seine-Brücken«.

20

»Commissaire? Commissaire … Commissaire!«

Der Ruf musste immer lauter werden, bis er zu Lacroix durchdrang. Wie lange hatte er wohl hier gesessen, in seinem dunklen Büro, und vor sich hin sinniert? Er sah auf und schaute den jungen Mann an, der immer nach oben in die dritte Etage kam, wenn es um technische Dinge ging, und erwartungsvoll in der Tür zu seinem Büro stand. Brigadier Lemaîre, so hieß er doch, oder?

»Brigadier Lemaîre, *bonsoir*, was gibt es?«

»Mein Name ist Lemaître, Monsieur le Commissaire.«

»Verzeihen Sie.«

»Klar doch. Hier, ich habe etwas für Sie.«

Er nahm seinen Laptop, den er bisher wie eine Pistole seitlich an der Hüfte getragen hatte, stellte ihn auf den Tisch und klappte ihn auf. Daneben legte er eine Skizze: die wohlbekannten Striche des Phantombildzeichners aus dem Kommissariat. Ein kantiges Gesicht, Brille, der Schnauzbart, dazu eine eher kleine Nase, große Augen. Der Zeichner hatte ganze Arbeit geleistet, und François musste wirklich sehr genau hingeschaut haben, wenn er den Mann so exakt hatte beschreiben können.

»Hier, gucken Sie. Ich habe etwas gefunden, auf den Aufnahmen von gestern Nacht, also nach dem ersten Mord.«

Lacroix stellte sich neben ihn. Der Film auf dem Bildschirm begann, und der Commissaire erkannte den Platz vor der Kathedrale Notre-Dame. Die Linse der Überwachungskamera war auf den gesamten Platz gerichtet, der auch nachts von vielen alten Gaslaternen beleuchtet wurde. Lacroix glaubte, am Boden Ratten zu erkennen, die von Müllsack zu Müllsack liefen, um sie aufzubeißen und die Abfälle der Touristen zu fressen – hauptsächlich Baguettes und Croques. Ansonsten war es ruhig. Kein Mensch war zu sehen. Er sah den jungen Brigadier fragend an.

»Sehen Sie die Uhrzeit«, sagte der und zeigte auf die vier Zahlen, die am linken oberen Bildrand standen.

»04:22 Uhr«, las Lacroix.

»Genau. Und jetzt passen Sie auf.«

Lacroix wartete und erkannte, dass es wirklich Ratten waren, die im Schnelldurchlauf über den Boden rannten. Dann liefen zwei Straßenfeger mit ihrem Handkarren durch das Bild. Sie waren früh unterwegs. Und dann stellte Lemaître den Film auf Normalgeschwindigkeit, just in dem Moment, als ein einsamer Mann langsam in Richtung Notre-Dame und Pont Saint-Louis ging.

Lacroix richtete sich auf. Es sah aus, als würde der Mann ein Bein nachziehen. Daraus wurde ein Humpeln, das beinahe komisch aussah, wie bei einem Komiker in einem Stummfilm aus den zwanziger Jahren. François hatte recht. Der Täter hatte eine Gehbehinderung. Oder …

Der Mantel des Mannes war fest zugezogen, er trug weder eine Tasche noch einen Rucksack, aber das war auch nicht nötig für ein simples Rasiermesser. Er kämpfte sich voran, immer weiter, bis er aus dem Bild verschwand.

Dann spulte der Brigadier zurück und zoomte näher heran. Das Gesicht des Mannes war nun einigermaßen deutlich zu erkennen. Es war geradezu identisch mit dem Phantombild. Lacroix versteifte, sah noch genauer hin.

»Er ist es«, sagte er dann.

»Es ist ein bisschen unscharf wegen der Nachtaufnahme«, sagte der Brigadier entschuldigend.

»Das macht nichts. Es ist ein wirklich gutes Bild. Und es wird uns weiterbringen, glauben Sie mir. Können Sie es mir ausdrucken?«

Der junge Mann rümpfte die Nase. Gedrucktes Papier, wie altmodisch. Aber Lacroix konnte mit den ganzen technischen Neuerungen, die ihnen zur Verfügung standen, nichts anfangen. Er brauchte das Gesicht an seiner Pinnwand.

»Können Sie die Kamerabilder von heute Morgen auch überprüfen? Ich muss wissen, ob derselbe Mann wieder unterwegs war.« Lacroix dachte an die Aussage von François. »Sie müssen aber weiter südlich suchen, nicht an der Notre-Dame, eher Richtung Saint-Germain.«

Lemaître nickte und verschwand. Lacroix sah auf die Wanduhr. Es war schon kurz vor acht. Er hatte doch deutlich länger herumgegrübelt als gedacht und würde Dominique schon wieder nicht sehen können. Er griff zu der Akte. Sofort schlug ihm der Geruch des vergilbten Papiers entgegen. Er hatte gehofft, dass er sie nicht brauchen würde, dass kein Zusammenhang bestand zwischen seinem Fall und dem aus dem Archiv.

Er betrachtete die verschiedenen gezeichneten Fahndungsfotos des Tatverdächtigen von 1988. Mehrere

Zeugen hatten geglaubt, den Mann gesehen zu haben. Die Presse hatte tagelang über nichts anderes berichtet. Lacroix fand einen alten Artikel aus *Le Parisien*. Havrincourt hatte ihn geschrieben. Romy Schneiders Vorgänger musste Mitte der Achtziger seine Tätigkeit als Polizeireporter aufgenommen haben. Lacroix las und war erstaunt, wie massiv sich Stil und moralischer Anspruch von der heutigen Berichterstattung unterschieden.

NOCH EIN TOTER CLOCHARD AN DER SEINE – ZEUGE VERFOLGT MUTMASSLICHEN TÄTER

Luc Havrincourt

Am gestrigen Morgen machten Beamte der Police Judiciaire am Ufer der Seine einen weiteren schrecklichen Fund: Ein 58 Jahre alter Clochard muss trotz der zwei vorangegangenen Morde unter dem Pont Alexandre III eingeschlafen sein, auch ihm wurde die Kehle durchgeschnitten. Verletzung und Todesursache gleichen denen der vergangenen Nächte bis ins Detail. Dies bestätigte das Umfeld der ermittelnden Beamten am Quai des Orfèvres.
Im Laufe des Tages gab es eine weitere Entwicklung, die vorsichtige Zuversicht verbreiten könnte: Nachdem nach den ersten beiden Brückenmorden keine Spur zum Täter führte, Zeugen aber einen bärtigen Mann an den Tatorten gesehen haben wollten, konnte gestern Nacht eine konkretere Aussage aufgenommen werden. Ein Zeuge, Busfahrer der städtischen Verkehrsbetriebe

RATP, *bemerkte in den frühen Morgenstunden einen Mann um die dreißig, der mit beschmutzter Kleidung in seinen Bus stieg. Er passte auf die Beschreibung der Zeugen aus den Vortagen. Der Busfahrer der Linie 68 erinnerte sich im Gespräch mit der Polizei an das merkwürdige Verhalten des Mannes, der einen Hut trug, weshalb er nur eine vage Täterbeschreibung liefern konnte. Der Mann stieg an der Endhaltestelle, der Place de Clichy, aus. Dabei bemerkte der Busfahrer, dass der Mann humpelte.*

Die Parallelen waren wirklich verblüffend. Lacroix blätterte minutenlang durch die Akte mit den nachlässig abgehefteten Papieren, ehe er die Aussage des Busfahrers fand. Ein Mann namens Gustav Rix. Seine Aussage war ziemlich detailliert. Ein Mann, der von Berufs wegen Orte und Gesichter beobachtete. Auf so jemanden war Verlass, das hatte Lacroix schon des Öfteren festgestellt.

Er hatte den Beamten den Namen der Sackgasse genannt, in die der Mann abgebogen war, der aber Gott sei Dank nicht an die Presse durchgesickert war: die Cour Saint-Pierre. Eine dieser winzigen engen Straßen am Fuße des Montmartre, die links und rechts von niedrigen Häusern gesäumt waren. Früher hatten hier Arbeiter gewohnt oder Zugezogene, die schnell eine Bleibe brauchten. Heute waren es gepflegte Wohnanlagen, und junge Kreative rissen sich darum, eines der zweigeschossigen Häuschen zu mieten. Es gab kaum Verkehr, und nur wer den Türcode wusste, konnte das Tor am Anfang der Straße passieren.

Lacroix blätterte die Akte weiter durch. Die Beamten hatten jedes Haus an der Cour Saint-Pierre besucht. Sie hatten alle Bewohner vernommen. Hier hatte schon früher jeder jeden gekannt, und die Männer, die infrage kamen, hatten alle ein stichhaltiges Alibi. Niemand an der Cour konnte sich vorstellen, dass einer von ihnen zu so schrecklichen Taten in der Lage war. Natürlich nicht.

Das Telefon im Großraumbüro klingelte. Lacroix eilte rüber und nahm den Hörer ab.

»Commissaire, hier ist Rio.«

»Gut, dass Sie anrufen! Kommen Sie bitte zurück ins Kommissariat, der Kollege von der Videoauswertung hat etwas gefunden.«

»Und wir haben eine Rückmeldung aus der Pathologie«, erwiderte seine Assistentin. »Wir machen uns auf den Weg.«

Sie wusste, wie ungern ihr Commissaire Dinge am Telefon erörterte.

»Nein, lassen Sie uns lieber am Marché Saint-Germain treffen. Vielleicht trinken wir noch einen Apéro zusammen, wir haben schließlich eine lange Nacht vor uns.«

Denn noch weniger gern als telefonisch besprach Lacroix wichtige Dinge hungrig und durstig. Und ihn trieb noch eine Idee um, aber für den Arbeitsauftrag an Rio brauchte er noch etwas Bedenkzeit.

Tod im Morgengrauen

21

Lacroix freute sich jedes Mal, wenn er ein altes Pariser Taxi erblickte. Eines mit einem weißen Taxischild auf dem Dach, das entweder eingeschaltet war und leuchtete – dann war das Taxi frei – oder aus war – dann war es besetzt. So simpel, dass es jedes Kind verstand. So simpel, dass man es nie hätte ändern müssen. Doch irgendwer hatte es ändern wollen und sich durchgesetzt. Wahrscheinlich ein Controller in der Stadtverwaltung, der nebenbei eine Taxischildfirma betrieb. Ein Schreibtischhengst, der nichts anderes zu tun hatte, als schon wieder mit irgendeiner Tradition der Hauptstadt zu brechen.

Über die neuen Taxis konnte Lacroix nur den Kopf schütteln. Ihre Schilder leuchteten rot, wenn sie besetzt waren, und grün, wenn sie frei waren. Aufreizend blinkten sie mit ihren Leuchtdioden und verschandelten das Straßenbild. Auf dem Boulevard Saint-Germain waren zu dieser Stunde Hunderte Taxis unterwegs, sodass die Straße einem rot und grün blinkenden Bienenstock glich.

Doch dann war er endlich am Marché Saint-Germain, der alten Markthalle aus Sandstein mit ihren ausladenden Rundbögen, die aussah wie seine geliebte Markthalle in Florenz, wo er mit Dominique schon so häufig Spritz getrunken und kleine Focacce gegessen hatte. Mittlerweile waren hier viele moderne Boutiquen eingezogen und dann auch noch dieser Apple Store, den Lacroix weder brauchte noch verstand. Und auch heute Abend rümpfte er angesichts der langen Schlangen die Nase. Er hatte schon einmal das zweifelhafte Vergnügen gehabt, mit einem kaputten Laptop vor einem pickeligen Mitarbeiter zu stehen und ihm das Gerät auszuhändigen, zusammen mit einem Zettel von Dominique, auf dem sie genau beschrieben hatte, was nicht funktionierte. Er hatte kein Wort von den Erklärungen des jungen Mannes verstanden.

Aber heute war – Gott sei Dank – nicht der Apple Store sein Ziel, sondern die kleine Bar am südlichen Ende der Markthalle, die mit biologisch angebauten Weinen lockte. Lacroix stopfte seine Pfeife, noch bevor er am einzigen freien Tisch auf der Terrasse Platz nahm. Um ihn herum saßen Dutzende Paare und kleine Gruppen, die laut schnatternd den Feierabend begossen. Viele waren direkt aus den Büros hierher geströmt, bevor die Touristen ihnen die Plätze streitig machen konnten.

Eine junge Kellnerin kam an seinen Tisch, sie trug eine lässige Bluse und kurze Jeans, die knapp unter dem Po abgeschnitten war. Ihr brauner Pferdeschwanz wippte, als sie ihn anlächelte.

»Ich hätte gern ein Glas Rosé, einen Côtes de Provence?«

Für einen schweren Rotwein war die Nacht zu lang, die vor ihnen lag. Sie nickte und verschwand, kam kurz darauf wieder zurück und stellte das Glas vor ihm ab. Der Wein war so kalt, wie es sich für einen Rosé gehörte.

Der Commissaire entzündete seine Pfeife, und sofort verbreitete sich der Duft über die Terrasse. Eine junge

Frau neben ihm schnüffelte und schaute dann herüber, als habe er sie empfindlich beleidigt. Aber er ließ sich nicht beirren. Er hatte die ganze Zeit dieses Gesicht vor Augen. Den Bart, die Brille, den Mantel, den schlurfenden Gang. Wer war der Mann, der nach dem ersten und dem zweiten Mord an den Quais unterwegs gewesen war? Wer ging hier durch den beginnenden Morgen, zwei Minuten nachdem er womöglich einem Obdachlosen die Kehle durchgeschnitten hatte?

Die neue Entdeckung deutete eben doch auf den großen Unbekannten hin, auf einen Menschen, der aus einem Grund tötete, den Lacroix nicht kannte. Konnte es wirklich der Täter von 1988 sein?

Lacroix hatte sich bislang an der Theorie festgeklammert, die Tschetschenen seien die Täter. Der blutverschmierte Pullover hatte seinen Verdacht erhärtet, und er hoffte, dass die Spurensicherung schnell arbeitete. Dennoch war dieser Mann auf dem Video mehr als verdächtig, schließlich war er zweimal in der Nähe des Tatorts gewesen. Etwas, das Lacroix den Brüdern noch nicht nachweisen konnte.

»Commissaire«, Rio riss ihn aus seinen Gedanken. Paganelli stand hinter ihr und grinste. Lacroix hatte oft das Gefühl, dass es den Korsen köstlich amüsierte, wenn er sich völlig in sich zurückzog und die Außenwelt komplett vergaß.

»Was trinken wir?«

»Côtes de Provence«, antwortete Lacroix. »Saint-André des Figuieres aus La Londe-des-Maures, eine alte Winzerfamilie aus der Region. Es ist wunderschön dort.

Ich habe mich mit dem Besitzer des Weingutes herrlich verstanden …«

Rio war nicht in Apérolaune: »Ganz kurz, Chef. Die Tatwaffe war bei beiden Opfern dieselbe, hat mir Docteur Obert gesagt. Ein Rasiermesser. Sie hatten recht. Beide Male mit großer Wucht, der Schnitt beim zweiten Opfer war aber deutlich unsauberer. Und das lag wohl daran, dass das zweite Opfer anders als das erste nicht betäubt war. Weder bei der Obduktion noch in den Bierdosen, die neben der Leiche lagen, wurden Spuren eines Betäubungsmittels gefunden. Der Täter geht also unterschiedlich vor.«

»Oder er hatte keine Zeit für die Betäubung? Weil die Obdachlosen in dieser Nacht auf der Hut waren?«, fragte Lacroix.

Die Kollegen nickten.

»Heute Nacht werden alle noch unruhiger sein. Und wir werden auf sie aufpassen!«, sagte der Korse kämpferisch.

»Das werden wir«, bestätigte Rio.

Die Kellnerin kam zu ihrem Tisch.

»Wir nehmen eine Flasche hiervon«, bestellte Lacroix und wies auf sein Glas. »Und eine Platte *Fromage et charcuterie*.«

Sie verschwand, und er sah seine Kollegen an.

»Das Kommissariat zahlt. Damit wir später nicht zu … wo gehen Sie immer hin, wenn Sie keine kalten Falafel essen, Paganelli?«

»Zu *Quick*.«

»Genau. Damit wir später nicht zu diesem ehrlosen Burgerbrater müssen.«

Paganelli grinste. Er liebte fettiges Fastfood bei Observationen, obwohl er sonst auf seine Ernährung und seine Figur achtete.

»Also, wir haben einen Treffer«, sagte Lacroix. »Ein Mann auf dem Video von der Nacht des ersten Mordes sieht aus wie der Mann, den der Obdachlose nach dem zweiten Mord gesehen und unserem Zeichner beschrieben hat.«

»Haben sie große Ähnlichkeit?«

»Es ist derselbe Mann. Ich habe keinen Zweifel.«

»Einer der russischen Brüder?«, fragte Paganelli.

»Es sind Tschetschenen, Adolphu«, entgegnete Rio, die es gern ganz genau nahm.

»Wenn ich mich an die Beschreibungen und die Fahndungsfotos halte, gibt es keinerlei Ähnlichkeit. Die Männer sind viel jünger, viel stämmiger. Sie haben rein optisch nichts mit dem Mann zu tun.«

»Ist es dann Zufall?«

»Wie wahrscheinlich ist das?«

»Wir müssen mit dem Foto und dem Phantombild rausgehen und die Clochards befragen, ob sie den Mann kennen.«

»Das sollten wir. Und zwar möglichst, bevor die Nacht anbricht.«

»Nein, das sollten wir nicht«, entgegnete Lacroix. »Wir sollten sie nicht noch nervöser machen. Ich will nicht, dass heute Nacht ein Rentner gelyncht wird, der am Ufer der Seine spazieren geht, nur weil er zufällig einen Bart hat und eine Brille trägt. Wir wachen heute Nacht über die Obdachlosen.«

»Sicher, Commissaire?«

»Es sind zig Einheiten unterwegs. Zwanzig Gendarmeriewachen zusätzlich. Und wir haben die Einsatzleitung. Das reicht. Wenn er kommt, kriegen wir ihn. Ich will vermeiden, dass er nicht kommt, weil wir die ganze Szene in Aufregung versetzt haben.«

Sie sagten nichts und schauten auf ihre Gläser, die inzwischen gekommen waren. Er wusste, dass sie beteten, dass er recht behielt.

Lacroix lehnte sich zurück und entzündete erneut seine Pfeife. Er lauschte dem rauschenden Verkehr weiter hinten auf dem Boulevard, dem Hupen der Motorroller und dem Klingeln der Busse, das ihr schnelles Herannahen ankündigte.

Nach dem verhangenen Tag hatte der Wind des Abends die Wolken verscheucht, geblieben waren nur ein paar kleine Schäfchenwolken, die Monet gefallen hätten. Dominique und er und ihr gemeinsamer Monet. Bald würden sie wieder in die Tuilerien gehen, in die wunderschöne Orangerie, und an seinen Werken entlangschlendern. Seine Frau war in Giverny aufgewachsen, in dem normannischen Dorf, in dem Claude Monet die meisten seiner Werke geschaffen hatte. Vor 27 Jahren hatten sie sich am Seerosenteich in Monets Gartenmuseum kennengelernt und verliebt. Seitdem besuchten sie einmal im Monat die schönsten Werke des Künstlers im Musée d'Orsay, in den Tuilerien oder gleich direkt in Giverny. Und anschließend saßen sie dann auf den grünen Sesseln im Park, um einen Apéro zu nehmen, auch nach so vielen Ehejahren noch so glücklich wie dieses junge Paar hier neben ihm. Lacroix musste lächeln.

Die Kellnerin brachte ein riesiges Brett, darauf waren der Käse und die Wurst ansprechend angerichtet – ein Fest für die Augen: Es gab Schinken aus Savoyen und Bayonne, luftgetrocknete Salami aus der Auvergne und eine *paté* vom Wildschwein, die schon so gut roch, wie sie wahrscheinlich gleich schmecken würde. Dazu einen Saint-Marcellin-Käse, ein großes Stück Mimolette – Lacroix' Lieblingskäse aus dem Norden – und einige weitere Hartkäsesorten. Paganelli sah hungrig auf die Platte, Rio hatte sich schon die erste Scheibe Salami in den Mund gesteckt.

»Monsieur le Commissaire, danke für die Einladung«, sagte sie mit vollem Mund.

Lacroix nahm sich ein Stück Gruyère, trank einen Schluck Wein dazu und sah, wie das letzte Tageslicht langsam verschwand und stattdessen die gelben Lichter der Laternen die Straße beleuchteten.

22

Sie saßen auf der harten steinernen Bank auf dem Pont Neuf. Auf der einen Seite rauschte der Verkehr auf dem Quai de Conti, auf der anderen auf dem Quai du Louvre. Selbst zu dieser späten Stunde, es war schon kurz nach eins, war in der Stadt noch jede Menge los. Nur die Brücke lag seit einer halben Stunde ruhig da. Die letzten Nachtschwärmer hatten sie vor zehn Minuten zur letzten Metro rennen sehen, nach dem Pub-Besuch in der Rue de Buci.

Der Abend war so verlaufen wie immer bei nächtlichen Observationen: Nach dem üppigen Abendessen mit Wein war die Müdigkeit gekommen, dann gegen zehn, halb elf die Euphorie angesichts der kommenden Aufgabe. Sie hatten sich abgewechselt, waren gut getarnt als Touristen oder Spaziergänger unten am Ufer auf und ab gegangen. Rio hatte sich sogar eine Kamera umgehängt, um das Bild perfekt zu machen. Doch gegen Mitternacht war die Müdigkeit wiedergekommen – und was noch schlimmer war: der Zweifel. Würden sie in dieser Nacht irgendetwas ausrichten können?

Nun saßen Rio und Lacroix oben auf der Bank. Paganelli hatte sich einer Runde von Gendarmen angeschlossen, die unten am Ufer Karten gespielt hatte, ehe die Nacht alles Licht aufgesaugt hatte. Zusammen mit der ältesten Kleidung, die sie besaßen und für den heutigen

Abend aus Kellern und von Dachböden geholt hatten, war das Spiel die perfekte Tarnung gewesen. Sie hatten sogar Wasser in Wodkaflaschen gefüllt, damit es aussah, als zechten sie ordentlich. Der Lautstärke nach zu urteilen, könnte das auch gut stimmen, dachte Lacroix, aber er wollte lieber nicht an der Flasche riechen. Die Kollegen wussten schon, was gut für sie war.

Besondere Vorkommnisse? Fehlanzeige.

Rio zündete sich eine Zigarette an und nahm hektisch zwei tiefe Züge nacheinander. Lacroix zog seit Stunden unablässig an seiner Pfeife. Sie war mittlerweile eine willkommene Wärmequelle in seiner Hand.

»Sie haben wieder angefangen zu rauchen, Rio?«

Sie lächelte zaghaft und zog statt einer Antwort wieder an der Zigarette. »Erzählen Sie, Commissaire, wie war es in der Auvergne? Konnten Madame Lacroix und Sie etwas ausspannen?«

Die Kollegen kannten Dominique nicht persönlich. Auch er trennte Dienstliches strikt von Privatem. Aber seine Frau war eine Person des öffentlichen Lebens. Seine Mitarbeiter konnten in der Zeitung über sie lesen, und er war sich sicher, dass sie das auch taten. Daher wussten sie wohl, dass die letzten Monate in der Politik – dazu in der Pariser – eine anstrengende Sache gewesen waren.

»Ja, Mont-Dore ist wirklich sehr schön.«

»Was haben Sie gemacht?«

Lacroix runzelte die Stirn, antwortete dann aber doch. »Meine Frau war etwas zu sehr darauf erpicht, auf der Dore Kanu zu fahren. Vom Rafting hat sie wohl mein Blick abgehalten. Aber beim Kanu habe ich mich gebeugt. Es war …«, er erinnerte sich an die stundenlange Anstrengung auf dem Wasser unter der sengenden Sonne, »… nun ja: interessant.«

Rio lächelte ihn an, sie sah ein bisschen wehmütig aus.

»Die nächsten Tage waren mir dann deutlich lieber. Wir sind mit der Seilbahn auf einen dieser unglaublich grünen Berge gefahren. Und dann die Thermen!«

Nun war der Commissaire ins Plaudern gekommen, so begeistert war er von der Zeit mit seiner Frau in der Auvergne, dass er seine sonst übliche Reserviertheit über Bord geworfen hatte.

»Die Eingangshalle, Capitaine Rio, sollten Sie und Cynthia einmal dort sein, das müssen Sie sehen! Es gibt wunderbare Säulen und Deckenbilder, es ist …«

»Cynthia hat mich verlassen.«

Die Worte fielen wie ein Schuss, und Rio und Lacroix schienen ihnen gleichermaßen nachzulauschen. Unter ihnen fuhr das letzte Ausflugsboot der *Bateaux-Mouches* vorbei. Es hatte vor zwei Stunden zum ersten Mal ihre Brücke passiert – als Partyboot mit großem Geschepper, lauter Musik und wildester Beleuchtung. Nun war es nur noch ein langer schwarzer Schatten auf der Fahrt in den Heimathafen.

»Aber Rio«, er sah sie an und versuchte, in ihren Augen zu lesen. »Was ist denn passiert?«

Sie saß da, ohne eine Miene zu verziehen, zog weiter an ihrer Zigarette und sprach ganz leise, wie es überhaupt nicht ihre Art war.

»Sie hatte eine Affäre. Nicht sehr lange, nur zwei, drei Monate. Eine junge Frau, die sie in einer Bar kennengelernt hat. Wir hatten eine Regel, Commissaire, jede von uns durfte einmal in der Woche mit Freunden ausgehen, trotz der beiden Jungs. Cynthia hat mir erzählt, dass ihre Freundinnen an einem Abend früher wegmussten. Und dann stand hinter der Theke im Java eben diese Frau, sie ist viel jünger als wir. Von da an hat Cynthia jeden Mittwochabend genutzt, um sich mit ihr zu treffen. Sie hat es mir vor einer Woche gesagt, Sie waren gerade abgefahren, Commissaire.«

Lacroix sah, wie eine Träne ihre Wange hinunterlief. Sie wischte sie nicht weg.

»Ich habe ihr gesagt, dass sie unser Leben nicht einfach so wegwerfen kann. Unsere schöne Wohnung, unsere Katzen. Unsere Söhne.«

Jetzt schluchzte Rio einmal kurz auf und zog die Nase hoch, dann warf sie ihre Zigarette auf den Boden. Die Glut zeichnete ein Muster auf das Pflaster.

»Vorgestern hat sie gesagt, dass sie geht. Erst mal nur für eine Weile. Dass sie nicht zu ihr zieht. Dass sie auch nicht zusammen wären, wenn wir getrennt sind. Aber dass sie, also Cynthia, sich erst mal über ihre Gefühle klarwerden müsse. Es ging alles so schnell, sagt sie, von damals, als wir jedes Wochenende gefeiert und getanzt haben und … nun ja, frei waren. Sie verstehen schon. Ach, verzeihen Sie, Commissaire, ich vergesse gerade, dass Sie es sind, dem ich das alles erzähle.«

Doch er wiegte den Kopf, signalisierte ihr, dass sie einfach weiterreden sollte.

»Na ja, das war eine wilde Zeit. Wir waren sehr frei und genau deshalb so verliebt ineinander. Und nun, sagt sie, ist es ein Familienleben durch und durch, mit festen Jobs und festen Zeiten für die Kinder – und sie fühlt sich komplett unfrei. Wie eine lebende Tote. Ist das nicht das Schlimmste, Commissaire? Dass sie sich so fühlt, obwohl sie mit mir zusammen ist?«

Lacroix bemerkte, dass Paganelli zu ihnen hochsah. Wusste er etwas von dieser Tragödie? Der Korse fing seinen Blick auf und wandte sich wieder ab. Lacroix legte Rio sanft eine Hand auf den Arm, gerade als sie sich wieder eine Zigarette in den Mund steckte. Sie ließ die Berührung zu.

»Kinder zu bekommen, verändert Menschen. Auch Sie, Rio, haben sich verändert. Sie sind viel gelassener, aber zugleich auch kämpferischer, natürlicher als vor sieben Jahren. Sie haben zu sich gefunden. Und dann gibt es andere Menschen, die vor diesem Ankommen Angst haben. In sich selbst diese Gelassenheit nicht finden können. Und vielleicht erst, wenn sie all das aufs Spiel setzen, merken, was sie da zu verlieren drohen.«

»Sie meinen, Sie wird sich noch umentscheiden?«

»Würden Sie sich das wünschen?«

»Ich weiß es nicht, Commissaire. Das ist ja das Schlimme. Mein Herz sagt: Ja, ich liebe sie, wie ich noch nie jemanden geliebt habe. Außer natürlich meine Kinder. Aber mein Verstand will Gewissheit: Wer sagt mir, dass es nicht wieder passiert?«

Lacroix nickte. Er entzündete seine Pfeife erneut und tat einen tiefen Zug.

»Ich habe Ihre Frau nur wenige Male kurz getroffen. Aber ich habe gesehen, wie sie Sie angesehen hat, jedes

Mal, wenn ich hingeschaut habe. Ich denke, hier ist das letzte Wort noch nicht gesprochen. Aber wichtiger als das, was Ihre Frau will, ist doch, dass Sie wissen, was Sie wollen, Rio. Ob Herz oder Verstand sich durchsetzt.«

»Ich bin mir bei Ihnen, Commissaire, nie sicher, ob es in Ihrem Leben solche Konflikte überhaupt gibt: Verstand und Herz scheinen immer eins zu sein.«

»Es freut mich, dass es so scheint, ich kann Ihnen aber versichern, dass es nicht immer so war.«

»Wissen Sie, es tut so gut, mit Ihnen darüber zu reden. Ich musste es Ihnen erzählen, weil ich immer so bewundere, wie Sie von Ihrer Frau schwärmen. Wie bei Ihnen alles perfekt zu sein scheint.«

»So viele Jahre, das hat uns zusammengeschweißt.«

»Ich würde nie danach fragen, weil ich mich nicht traue und es mich ja auch nichts angeht. Aber ich frage mich oft, wie Sie wären, wenn Sie Kinder hätten. Ob Sie dann auch so glücklich wären, als Paar. Oder ob Sie auch die Probleme von uns Normalsterblichen hätten.«

Lacroix lächelte still und sah sie an. »Rio, Sie können jederzeit zu mir kommen. Ich werde Ihnen immer zuhören und Ihnen einen Rat geben, wenn Sie mich danach fragen.«

»Das weiß ich, Commissaire. Und ich bin Ihnen dafür sehr dankbar.«

Sie lächelte ihn an, gerade als sie ein Geräusch hinter sich hörten. Ein Auto kam näher, und ein Mann stieg aus, als der Wagen noch gar nicht richtig zum Stehen gekommen war. Er war nicht sehr alt, vielleicht Mitte dreißig, hieb mit der Hand auf das Dach des kleinen Renault und schrie:

»Du verdammte Schlampe, du glaubst wohl, du kannst dir alles erlauben!«

Von drinnen kam eine schrille Entgegnung, die Lacroix nicht verstand. Es klang wie ein Fluch. Der Mann hieb noch mal aufs Dach.

»Ja, ja, brüll nur rum, dich fass ich sowieso nicht noch mal an, verpiss dich.«

Dann lachte er ein bitteres Lachen, drehte sich um und sah sie auf der Bank sitzen. Er hielt eine Flasche Rotwein in der Hand.

»Was glotzt ihr so?«, fragte er halblaut, wandte sich dann aber ab und nahm die Treppe runter zum Fluss.

Rio sah ihm nach und zog eine Augenbraue hoch. »Sehen Sie, Commissaire, die Liebe. Die Liebe macht die Menschen fertig.«

Sie mussten grinsen. Dann drehten sie sich wieder in Richtung Seine, Lacroix' Hand lag noch immer auf ihrem Arm. Er spürte, wie sich ihr Atem beruhigte. Sie rauchten schweigend weiter und schauten einvernehmlich auf den Fluss, der nur noch ein mäanderndes Dunkel war.

23

Sie hatten noch eine Weile geredet, dann hatte Rio sich in den Wagen der Zivilpolizei gesetzt, der auf dem Pont Neuf stand. Eine junge Frau mit einem älteren Mann auf der Brücke, und das mitten in der Nacht – das wäre zu auffällig gewesen. Lacroix sah, wie sie schlief, den Kopf gegen die Scheibe gelehnt.

Der herannahende Morgen ließ die Dunkelheit in aller Gemächlichkeit ziehen. Zwar kreisten noch immer Dutzende Mücken um die alten Laternen, doch es war, als beginne der Tag schon langsam seine Fühler auszustrecken. Lacroix schien es, als sei er der einzige Mensch auf der Welt. Vor drei Stunden war ganz Paris schlafen gegangen. Das allabendliche Fest war vorbei, die Passanten, Betrunkenen und eng umschlungenen Paare waren verschwunden.

Das Licht und die Luft waren so sanft, wie sie es in Paris nur in den frühen Morgenstunden waren, bevor der Lärm und die Abgase die Stadt in ein wildes Raubtier verwandelten. Jetzt aber war da nur das Fließen der Seine, das als gleichförmiges Rauschen zu ihm heraufklang. Selbst auf den Quais war noch kein Verkehr. Vorhin war eine Straßenkehrmaschine auf dem Quai de Conti entlanggefahren und hatte Wasser verspritzt, um den Rinnstein zu säubern. Das Geräusch hörte Lacroix oft morgens als Erstes, wenn sie die Fenster ihrer Wohnung in der Rue Cler über Nacht offen gelassen hatten. Jeden Tag wurde die feine Marktstraße geputzt und gewienert, dass es eine wahre Freude war.

Über ihm kreisten die ersten Möwen. Lacroix fühlte sich putzmunter, obwohl er die ganze Nacht kein Auge zugemacht hatte. Es schien ihm seine Pflicht zu sein als Leiter der Operation. Er war viel auf und ab gelaufen, aufmerksam oben an den Quais entlang, dort, wo er nicht gleich auffiel. Es war alles ruhig. Trotz ihrer Warnungen und dem Aufruf, die Nacht in einer Unterkunft zu verbringen, hatten Obdachlose unter den Brücken ringsum geschlafen, auf dem Boden liegend, auf dickem Karton und unter warmen Decken. Es waren weniger als sonst, aber sie waren da.

Unten sah er Paganelli und die anderen Kollegen liegen. Wahrscheinlich waren sie wirklich eingeschlafen, in den dicken alten Schlafsäcken, die sie aus dem Lager geholt hatten und die ihre Tarnung perfekt machen sollten. Die ganze Nacht war nichts passiert. Die Stadt hatte geschlafen, und Lacroix und sein Team hatten über sie gewacht. In einer Stunde würde die Sonne hinter Notre-Dame aufgehen, aus Richtung Bercy und dem Finanzministerium.

Der Täter war nicht gekommen. Kein Serienmörder. Lacroix hatte es gewusst. Die ruhige Nacht erhärtete den Verdacht gegen die Tschetschenen. Die Razzia in ihrer Wohnung hatte sie aufgescheucht, sie wussten, dass die Polizei ihnen auf die Schliche gekommen war. Gut möglich, dass sie sogar mit all dem Schutz- und Drogengeld die Stadt verlassen hatten. So einfach könnte es sein. Aber

Lacroix spürte, dass irgendetwas an seiner Theorie nicht passte.

Er brauchte dringend einen *café*, aber ein Blick in den Himmel sagte ihm, dass es noch eine gute Stunden dauerte, bis das Chai de l'Abbaye um sieben Uhr aufmachte. Selbst Yvonne lag wohl noch in den Federn.

Ein Schrei riss ihn aus seinen Gedanken. Es war eher ein Gurgeln. Es klang animalisch und war sofort wieder vorbei. Er kam aus Richtung Pont des Arts. Lacroix wusste, wie Todesangst klang. Er rannte zum Wagen und donnerte gegen die Scheibe, sodass Rio hochschrak und mit dem Kopf zurück gegen das Fenster knallte. Sie stieß die Tür auf und griff geistesgegenwärtig nach ihrer Waffe.

Sie hörten ein Platschen, ein lautes Geräusch, auch wenn es weit entfernt klang. Rio folgte ihm, und beide sahen, dass auch Paganelli hochgeschreckt war und die Kollegen weckte. Sie waren sofort auf den Beinen, mussten aber erst die Treppe von der kleinen Inselspitze hoch, um auf die andere Seite der Seine zu gelangen.

Lacroix und Rio waren hingegen schon die Treppe hinuntergeeilt und rannten in Richtung Pont des Arts und Quai Malaquais. Rio hatte Lacroix längst überholt, sie war nun ein gutes Stück vor ihm. Auf der anderen Seite des Flusses öffneten sich die Türen von zwei parkenden Wagen, Kollegen in Zivil stiegen aus und rannten in Richtung Fußgängerbrücke. Es musste aussehen wie im Film, dachte Lacroix, wie zig Polizisten, die Hände an den Holstern, durchs erwachende Paris rannten. Lacroix versuchte, zu beschleunigen, und schnaufte doch jetzt schon. Verdammt, er hätte noch mehr Leute …

Rio war als Erste am Ufer links des Pont des Arts. Sie blieb nur einen kurzen Moment stehen, blickte nach links und rechts, zog sich Jacke und Schuhe aus und sprang in die eiskalte Seine.

Lacroix kam eben erst an der Stelle an, die anderen waren noch weit hinter ihm. Er sah, was Rio gesehen hatte, und wusste, dass sie zu spät waren. Sie kraulte auf einen leblosen Körper zu, der von der Strömung immer weiter flussabwärts getrieben wurde. Aber Rio war nun fast bei ihm. Lacroix sah selbst aus dieser Entfernung, dass sich das Wasser dort, wo der Kopf des Mannes war, rot färbte. Als er erkannte, dass Rio ein Bein gegriffen hatte und den Körper in Richtung Ufer zog, blickte sich der Commissaire um. Hier war niemand. Er lauschte, ob er Schritte hörte, schlurfende Schritte gar. Aber das Rauschen des Flusses war zu laut. Er ging noch einen Schritt näher ans Ufer, um nach oben auf die Straße zu blicken. Auch dort war niemand. Der erste Gendarm erreichte die Stelle, an der Rio ins Wasser gesprungen war, Paganelli im Schlepptau.

»Paganelli, helfen Sie Rio. Und Sie alle, Sie rennen hoch auf den Quai de Conti und zwei Männer nach hinten in Richtung der Hausboote. Stoppen Sie jeden, der Ihnen begegnet. Achten Sie besonders auf alte Männer.«

Der Gendarm rannte los in Richtung Treppen, ein Mann folgte ihm, zwei anderen taten, wie der Commissaire befohlen hatte, und rannten in Richtung Pont du Carrousel, der Brücke, die zum Innenhof des Louvre führte.

Rio hatte den Oberkörper des Mannes umfasst und war

fast am Ufer angelangt. Sie hielt einen Arm hoch, damit Paganelli ihn greifen und den Mann hochziehen konnte. Lacroix trat dazu und half. Der Mann war nicht schwer, aber das Wasser hatte das Gewicht seiner Kleidung verdoppelt. Sie legten ihn ab. Sofort erkannte Lacroix das Gesicht wieder: Es war der Mann, der auf das Dach des Autos gehauen hatte. Der vollkommen betrunken gewesen war und offenbar am Ufer der Seine weitergetrunken hatte. Lacroix betrachtete seine Kleidung. Er war kein Obdachloser. Und dann sah er den Schnitt. Noch unsauberer als gestern. Er war nicht einmal über den kompletten Hals ausgeführt worden, sondern nur an einer Seite. Vielleicht gab es ja noch eine Chance. Lacroix suchte den Puls. Fehlanzeige.

Paganelli half Rio aus dem Wasser. Zitternd und tropfend stand sie da und sah auf den Mann am Boden. Sie schaute Lacroix an.

»Ist er …?«

Der Commissaire nickte.

»Ich irre mich nicht, oder?«

»Nein, Capitaine Rio, es ist der Mann.«

Paganelli schaute sie fragend an.

»Wir haben ihn gestern Abend auf der Brücke gesehen. Da hat er allerdings noch gelebt. Er ist kein Clochard, kein Zweifel.«

Sie hörten die Sirenen des Krankenwagens. Rio achtete nicht auf die Kälte, sie beugte sich über den Toten.

»Hier, sehen Sie. Er wurde noch an anderen Stellen verletzt.«

Auf den Mann war mehrfach eingestochen worden.

Weil die Schnitte nicht so tief waren wie der an der Kehle, war die Blutung durch die Kälte des Wassers gestoppt worden. Erst langsam begannen sie wieder zu bluten. Es betraf die Schulter, den Brustkorb und den Bauch. Es war ein ganz anderes Muster. Was war hier passiert?

»Paganelli, ich will sofort Docteur Obert hier haben. Holen Sie ihn aus dem Bett. Ganz egal. Ich will eine Obduktion. Und ich will bis heute Mittag wissen, ob der Mann betäubt wurde. Verdammt, wer hätte denn ahnen können, dass der Mörder noch am Morgen zuschlägt?«

Ein Auto bog in die kleine Uferstraße unter dem Pont des Arts. Die Kollegen konnten es nicht sein, sie hörten die Sirenen noch aus der Ferne. Paganelli griff zur Pistole. Die Tür des Kleinwagens öffnete sich, und ein Mann stieg aus, eine Kamera in der Hand. Er begann sofort zu fotografieren.

Es blitzte fünf- oder sechsmal, dann schrie Paganelli, die Hand vors Gesicht haltend: »Hey, hören Sie auf. Police nationale. Kommen Sie her.«

Er lief auf den Mann zu. Der machte kehrt, sprang ins Auto und startete den Motor. Mit quietschenden Reifen fuhr er rückwärts, ehe der Korse ihn erreichen konnte, und raste davon. Lacroix hatte ihn sofort erkannt: Rémy Merguez. Ein Fotograf, der hieß wie ein Würstchen – und sich sein mageres Brot mit derlei Fotos verdienen musste.

»Verdammter Wichser!«, schrie Paganelli ihm hinterher. Dann machte er eine wegwerfende Bewegung mit der Hand.

Lacroix zog seinen Mantel aus und legte ihn der zitternden Rio um, die sich neben den Toten gehockt hatte.

»Wir haben ihn gesehen. Vor ein paar Stunden.«

»Das stimmt, Capitaine.«

»Ich habe noch gelacht über die alberne Szene, die er veranstaltet hat. Was hat er hier so lange gemacht?«

»Keine Ahnung«, antwortete Lacroix. »Aber wir müssen es herausfinden. Und zwar zügig.«

Paganelli stand da, und Lacroix bemerkte, dass er nervös war.

»*Allez*, Brigadier, dann gehen Sie eben mit auf die Suche nach dem Mann, los!«

Der Korse rannte sofort die Treppen hoch, um die Gendarmen bei der Fahndung zu unterstützen. Der Krankenwagen bog um die Ecke und raste zu ihnen herunter, zwei Sanitäter stiegen aus und kamen auf sie zu.

»Eine Decke für meine Kollegin«, rief Lacroix ihnen entgegen, und der eine machte sofort kehrt und brachte gleich darauf eine Aluminiumfolie und eine warme Decke. Rio wickelte sich fest darin ein und sah auf den Fluss.

»Warum wurde er hineingestoßen?«

»Als würde der Täter immer mehr von seinem Plan abweichen.«

»Was meinen Sie, Commissaire?«

»Ich weiß es noch nicht. Aber das hier sieht aus wie ein Schlachtfeld.«

Er wies auf das Opfer. Den Mann, der vor vier Stunden sehr leidenschaftlich gelebt hatte und nun von den Sanitätern mit einer weißen Plane bedeckt wurde. Lacroix hatte keinen Zweifel daran, dass gleich noch mehr Paparazzi auftauchen würden. Es war widerlich.

Es blieb abzuwarten, wie die Frau im Auto reagierte, wenn sie das Foto ihres toten Mannes in der Zeitung sah. Wenn sie denn überhaupt seine Frau war. Lacroix ärgerte sich, dass er dem Kennzeichen keine Beachtung geschenkt hatte.

»Haben Sie sich das Kennzeichen gemerkt, Rio?«

»Leider nicht, Commissaire.«

Er beugte sich hinunter und nahm die Plane beiseite, um die Taschen des Mannes zu durchsuchen. Aber da war nichts, keine Geldbörse, kein Ausweis, kein Schlüssel. Das würde ihre Arbeit deutlich erschweren.

Mittlerweile glich der Quai einem riesigen Parkplatz. Immer mehr Polizeifahrzeuge kamen, und dann bog endlich auch der ihnen allen wohlbekannte Daimler von Docteur Obert um die Ecke.

»Lacroix«, rief der schon von Weitem. »Ich habe gestern Abend schon überlegt, ob ich mich überhaupt hinlegen soll.«

»Ihnen auch einen guten Morgen, Docteur«, gab Rio knapp und bissig zurück, weil ihr Commissaire mit gleichmütiger Miene schwieg.

»Und Sie waren schon baden, Madame Mayotte?«, fragte Obert, der unzählige Marotten hatte. Eine davon war, die Polizisten mit ihrer Herkunft anzusprechen. Nur bei Lacroix wagte er es nicht.

»Ich habe gehört, dass der Bürgermeister plant, die Seine bald wieder so sauber zu haben, dass wir alle darin baden können. Na, mal sehen. Hoffen wir, dass auch Ihre Frau sich dafür starkmacht, Commissaire. Nun gut, genug geplaudert, was haben wir?«

»Einen halben Schnitt und einen ganzen Toten«, gab Rio zurück.

Ein Sanitäter hob die Plane ein Stück an und schlug sie zurück.

»Das sieht aber verdammt nach einem Kampf aus. Das sehe ich ja von hier«, dabei zeigte er auf die zerrissene Kleidung, durch die noch immer Blut austrat. »Sehen Sie, die Schnitte, das sind Abwehrverletzungen. Sie beginnen hier tief und werden dann immer zerrissener. Sehr merkwürdig.«

Lacroix war beeindruckt von Oberts Schnelligkeit und Geistesgegenwart. Er war der erfahrenste Gerichtsmediziner in Paris, und Lacroix wollte mit keinem anderen arbeiten, trotz seines merkwürdigen Humors.

Alle drehten sich um, als sie Lärm von oberhalb der Mauer vernahmen. Ein Mann schrie einen anderen an, der schrie zurück und fluchte. Lacroix erkannte Paganellis Stimme sofort. Sie sahen, wie er einen bärtigen Mann die Rampe hinunterzerrte. Ein älterer Herr mit Mantel. Der war zerrissen, offenbar hatte es ein Handgemenge gegeben. Darunter trug er einen schwarzen Anzug mit weißem Hemd und schwarzer Krawatte. Er lief ganz normal.

»Eine Unverschämtheit ist das, lassen Sie mich los!«, schrie er Paganelli an, doch der zog ihn hinter sich her, bis sie vor Lacroix standen.

»Wer sind Sie, Monsieur? Ach, doch, Sie kenne ich aus der Zeitung. Commissaire Lacroix. Ich sage Ihnen mal was, Sie können sonst wer sein. Was soll das, mich hier so abzuführen? Ich werde Sie anzeigen! Sie alle!« Dabei zeigte er in die Runde, bis sein Blick an der immer noch zitternden Rio hängen blieb. »Sie vielleicht nicht, Madame, haben die Kerle Sie auch verhaftet?«

»Monsieur, bleiben wir erst mal ganz ruhig. Paganelli, was ist passiert?«

Paganelli ließ den Mann nicht los und sagte um Atem ringend: »Ich habe die Straße abgesucht. Und da war er auf der anderen Straßenseite. Er ist schnell gelaufen.«

»Ich wollte meinen Bus nicht verpassen, Sie Idiot. Ich muss zur Arbeit.«

»Bitte, Monsieur. Meine Mitarbeiter sind hervorragende Polizisten und sicher keine Idioten. Paganelli?«

»Ich habe ihn gerufen, und er ist einfach weitergelaufen. Dann hat er sich umgedreht, und als er mich gesehen hat, ist er losgerannt. Und dann habe ich mich auf ihn geworfen und ihn hierhergebracht.«

»Geschlagen hat er mich. Ich bin weggelaufen, weil ich dachte, ein Junkie verfolgt mich. Meinen Sie, ich lasse mich am helllichten Morgen ausrauben?«

Lacroix musterte seinen Brigadier und konnte die Reaktion des Mannes verstehen. Paganelli sah wirklich mitgenommen aus nach der langen, kalten Nacht auf den harten Steinen der Quais. Sein Bart war nachgewachsen, er trug noch die alte Kleidung, die ihn als Obdachlosen ausgeben sollte, und seine Augen waren müde und blutunterlaufen. Er schaute auch den älteren Herrn noch einmal an und war sich sicher, dass er keinerlei Ähnlichkeit mit dem Mann auf dem Video hatte.

»Monsieur, entschuldigen Sie bitte. Sie sehen einem Zeugen sehr ähnlich. Es war meine Anweisung, Sie zu suchen. Verzeihen Sie. Hier«, er holte sein Portemonnaie hervor und reichte dem Mann einen 50-Euro-Schein, »nehmen Sie sich ein Taxi. Für die Unannehmlichkeiten möchte ich mich in aller Form entschuldigen. Und den Mantel lassen Sie reparieren, die Préfecture de Paris wird die Rechnung übernehmen.«

Paganelli ließ von ihm ab, und der alte Mann schüttelte sich.

»Eine Unverschämtheit ist es trotzdem. Aber gut, ich nehme Ihre Entschuldigung an, Sie machen ja auch nur Ihre Arbeit. Aber Ihre Kollegen …«, dabei sah er Paganelli herausfordernd an.

»Paganelli, begleiten Sie den Monsieur nach oben. Bitte geben Sie uns noch Ihre Personalien, damit wir wissen, wem wir die Reparatur des Mantels erstatten müssen.«

Nur für alle Fälle.

Der alte Mann und der Korse verschwanden, und Paganelli kam einige Minuten später kleinlaut zurück.

»Der war echt fit für sein Alter, der hat mir eine verpasst. Und dann habe ich ihn zu Boden geworfen. Er hat doch so ausgesehen wie der Mann auf dem Phantombild, oder nicht?«

»Aber er hat doch gar nicht gehumpelt!«, entgegnete Rio.

»Ich habe mir das Humpeln auf dem Video angeguckt«, sagte der Korse. »Und ich finde, es sieht merkwürdig aus. Jemand, der ein Bein nachzieht, tut das viel flüssiger. Auf dem Video sieht es aus, als würde der Mann das Humpeln imitieren. Deshalb hätte er es sein können.«

Lacroix nickte. Paganelli hatte recht.

»Bringt ihr das hier zu Ende? Ich brauche einen *café*.«

»Wie machen wir weiter, Commissaire? Wollen Sie sich ausruhen? Eine Stunde schlafen? Sie waren die ganze Nacht wach.«

»Noch nicht, Rio, noch nicht. Wir sehen uns in zwei Stunden im Kommissariat. Wir müssen herausfinden, wer der arme Kerl hier ist.«

Das unglückliche Ende des Malers

24

Yvonne winkte schon, als sie Lacroix vorm Fenster sah. Außer ihm war noch keiner der Troika anwesend. Überhaupt war er der erste Gast.

»*Mon commissaire*, guten Morgen«, rief sie durch das ganze Bistro, kaum dass er eingetreten war, um gleich darauf den Hörer zuzuhalten, den sie in der Hand hielt. Er durchquerte den leeren Raum. Sie zeigte auf den Hörer, den sie an ihn weiterreichte, nicht ohne ihm zuzuflüstern: »Quai des Orfèvres.«

»Lacroix?«

»Commissaire, verdammt, das gibt es doch nicht! Was ist denn da unten an den Quais los?«

»Es gibt einen neuen Toten.«

»Um Gottes willen, Lacroix, das hatte ich befürchtet. Das Wahnsinnsaufgebot hat mich geweckt – das Blaulicht hat mein ganzes Schlafzimmer beleuchtet.«

Der Commissaire général hatte eine unglaublich große Wohnung am Seineufer gegenüber der Île de la Cité mit einem atemberaubenden Blick über die Stadt.

»Sie hätten runterkommen sollen, Arnaud. Es war ein beunruhigender Anblick, dieser Tote.«

»Ich konnte nicht, Lacroix, ich hatte …«

Na klar, Mercier, der alte Schwerenöter, hatte den China Club nicht allein verlassen. Was für ein Leben, dachte Lacroix kopfschüttelnd.

»Es ist sehr wahrscheinlich das dritte Opfer desselben Täters. Auch wenn die Vorgehensweise wieder eine andere war.«

»Lacroix, ich habe es Ihnen doch gesagt. Warum konnten wir ihn nicht aufhalten?«

»Er hat später zugeschlagen als bisher. Und viel weiter westlich. Wir hatten alles rund um den Pont Neuf im Blick. Das muss er bemerkt haben.«

»Es ist ein Serientäter, Lacroix. Es ist *der* Serientäter. Haben Sie sich die Akten von damals besorgt? Wir müssen den Fall neu aufrollen. Wissen Sie, was gleich los sein wird, wenn ich ins Büro komme? Der Bürgermeister wird ausrasten, und für die Presse ist es ein gefundenes Fressen. Herrgott, Lacroix, das ist eine Katastrophe!«

»Wir werden den Kerl kriegen. Ich komme später zu Ihnen. Sagen Sie der Presseabteilung, sie sollen die Journalisten bis dahin vertrösten. Dann rede ich mit ihnen.«

»Fangen Sie an, Lacroix! Ermitteln Sie! Herrgott.«

Mercier hatte aufgelegt.

»Mein armer Commissaire«, sagte Yvonne, legte ihm beruhigend eine Hand auf die Schulter und schob eine kleine dampfende Tasse vor ihn. »So früh am Morgen und schon so schlechte Nachrichten …«

»Es ist wirklich …«, schnaufte Lacroix.

Yvonne fragte ganz leise: »Noch einer, wirklich? Die gleiche Methode?«

Sie zitterte leicht, holte eine Zeitung hinterm Tresen hervor und legte sie vor ihn.

»Ich wollte dir eigentlich nicht gleich den Morgen versauen.«

Es war *Le Parisien*. Auf der Titelseite prangte in riesigen Buchstaben:

DER CLOCHARD-SCHLÄCHTER VOM PONT NEUF

Lacroix schloss die Augen. Bevor er das lesen konnte, brauchte er einen *café*. Klein und stark, wie er ihn am liebsten mochte. Er griff nach dem Korb auf dem Tresen, nahm sich ein ofenfrisches Croissant und riss ein Stück ab.

Erst dann nahm er die Zeitung und las:

Treibt ein Serienmörder an den Quais sein Unwesen? Pariser Polizeilegende jagt den Täter – bisher ohne Erfolg.

Romy Schneider / Fotos: Rémy Merguez

Paris. Es ist der zweite Mord mitten in der Hauptstadt. Direkt am Seineufer ist in der zweiten Nacht in Folge ein Obdachloser ermordet worden. Schon vorgestern Morgen wurde ein bekannter Metro-Musiker von einem Unbekannten getötet. Nach Recherchen dieser Zeitung sind dabei die Einnahmen des Opfers und sein Instrument verschwunden. Nach dem derzeitigen Stand der Ermittlungen gibt es keine Zeugen.

Ähnliches spielte sich in der Nacht zu gestern ab, und zwar fast an der gleichen Stelle, wieder unter dem Pont Neuf. Dabei starb ein Obdachloser aus Nord-Pas-de-Calais. Die Todesursache war die gleiche: Polizeikreise bestätigten uns, dass beiden Männern die Kehle durchgeschnitten wurde.

Das wirft Fragen auf: Treibt ein Serienmörder sein Unwesen an der Seine? Jetzt, wo sich Paris als Vorzeigestadt für Olympia bewirbt? Doch der oder die Täter müssen sich warm anziehen. Eine Pariser Legende ist ihnen auf der Spur: Commissaire Lacroix, Leiter des Kommissariats im Fünften, jagt den Mann, den wir von nun an den ›Clochard-Schlächter vom Pont Neuf‹ nennen werden. Lacroix bestätigte dieser Zeitung, dass er in dem Fall ermittelt und dass auch er schon die Idee eines Serienmörders hatte, der Aufmerksamkeit erregen will. Lacroix gilt als Ikone der Pariser Polizei. Er löste mehrere aufsehenerregende Fälle nur durch seine Auffassungsgabe und sein Geschick in Vernehmungen.

In der nächsten Ausgabe werden wir Ihnen eines der seltenen Interviews mit Commissaire Lacroix präsentieren, in dem er exklusiv mit uns über den aktuellen Ermittlungsstand sprechen wird. Doch bis dahin fragt sich Le Parisien*: Was ist, wenn Paris heute Morgen erwacht? Ist dann ein weiterer Mensch tot?*

Ja. So war es. Romy Schneider hatte ihren Job gemacht, und Lacroix musste sich die Frage stellen, ob für ihn dasselbe galt. Obwohl er es besser wusste. Und obwohl er, der nie aus der Haut fuhr, beim Lesen den dringenden Wunsch verspürt hatte, mit der flachen Hand auf den Tresen zu hauen: der »Clochard-Schlächter«, was für ein Blödsinn! Noch dramatischer hätte sie es nicht formulieren können. Ein Geschenk für einen Mörder, der sich vielleicht genau danach sehnte: nach Aufmerksamkeit, nach Öffentlichkeit. Nach einem solch hirnrissigen Titel. Und was war das für ein Irrsinn, zu schreiben, die Mordserie käme ungelegen, weil Paris sich für die Olympischen Spiele bewerben würde? Wäre sie in sportfreien Zeiten in Ordnung?

Lacroix sehnte sich zurück nach Polizeireporter Havrincourt, dem alten Fuchs – Gott, hab ihn selig –, der immer erst gedacht und dann geschrieben hatte. In ein paar Stunden würde Lacroix Romy Schneider treffen, bis dahin würde er sich etwas einfallen lassen.

»Magst du etwas essen? Wenn es schon ein so langer Morgen war? Und dann erzähl mir alles.«

»Es war eine lange Nacht. Ich war nicht im Bett. Machst du mir ein *omelette mixte*? Und ich könnte einen Pastis vertragen.«

»Kommt sofort.«

Lacroix griff noch einmal zum Telefonhörer und wählte die einzige Nummer, die er neben der seines Kommissariats auswendig konnte. Es klingelte. Und klingelte. Aber Dominique nahm nicht ab. Komisch. Nach dem zehnten Klingeln legte er auf. Wie lange hatte er schon nicht mehr mit seiner Frau gesprochen?

Yvonne stellte den Pastis vor ihm ab: das kleine schmale Glas mit der Aufschrift *Pernod*, daneben eine Karaffe mit Wasser und einen kleinen metallenen Eimer mit Eis.

»Merci, ma chère«, sagte er und begann, den Aperitif vorzubereiten. Es kam ihm vor, als sei es mitten in der Nacht. Da konnte er auch trinken. Er nahm mit der kleinen silbernen Zange zwei Eiswürfel und ließ sie langsam in das Glas gleiten. Dann nahm er den ersten Schluck

pur, bevor er Wasser hinzugab. Der Pastis tat sofort seine Wirkung. Lacroix spürte, wie er von innen sowohl wärmer als auch wacher wurde.

»Noch ein Toter, noch mal derselbe Täter, würde ich sagen«, begann er, während Yvonne Vorbereitungen für die zahlreichen Frühstücksgäste traf, die in spätestens zehn Minuten hereinschneien würden.

»Wieder die Kehle?«

Lacroix nickte.

»Alain hat gestern Abend erzählt, dass die Obdachlosen alle Angst hätten. Zumindest die, die er getroffen hat. Die hier in der Straße betteln. Niemand schlafe mehr unten am Fluss.«

»Das stimmt leider nicht. Ich habe einige gesehen. Aber der Tote war sehr wahrscheinlich kein Obdachloser.«

»Was?«

Lacroix fasste die Geschehnisse des Morgens kurz zusammen.

Als die Klingel ertönte, verschwand Yvonne kurz in der Küche, rief ihrem Mann im Rausgehen ein *»Merci, mon cher«* zu und stand mit dem Omelett vor Lacroix. »Iss erst mal was.«

Sofort stieg ihm der Duft des frischen Pfeffers auf dem weichen Ei in die Nase. Yvonnes Mann wusste, wie Lacroix sein Omelett am liebsten aß: Das Ei war nicht richtig durchgebraten, der Käse schmolz dennoch in der Mitte und wurde zu einer zähflüssigen aromatischen Masse – und darüber war so viel frischer schwarzer Pfeffer gemahlen, dass der erste Bissen zur Herausforderung wurde. Genau so liebte Lacroix es.

Gerade als er beginnen wollte, kamen die ersten Gäste hinein. Es waren zwei Männer von der Müllabfuhr, die in Paris in der Regel im Morgengrauen unterwegs war, wenn der Verkehr noch nicht ganz so dicht war. Sie wollten wohl ihren letzten *café* vorm Feierabend trinken, dachte Lacroix, doch die Männer kamen direkt auf ihn zu.

»*Excusez*, Monsieur, sind Sie Commissaire Lacroix?«, fragte der Kleinere der beiden, ein Mann Anfang vierzig mit unsauberer Haut, und schaute fragend zu seinem älteren Kollegen, der neben ihm stand. Beide trugen die grüne Uniform der Pariser Müllabfuhr.

»Ja, Jacques, er ist es. *Bonjour*, Commissaire«, sagte er.

»*Bonjour*, Messieurs. Was kann ich für Sie tun?«

»Wir würden Ihnen gern etwas geben«, begann der jüngere der beiden Männer.

Lacroix war vorher schon aufgefallen, dass er eine Plastiktüte in der Hand hielt.

»Unsere Tour führt an der Rue de Seine vorbei, und heute Morgen haben wir das Blaulicht gesehen. Dann haben wir das hier gefunden und dachten, es könnte Ihnen vielleicht helfen.« Der Mann sprach schnell und atemlos, und sein Kollege wartete, bis er fertig war, um dann deutlich ruhiger zu ergänzen:

»Was Jacques Ihnen sagen will: Neben einer der Mülltonnen, die wir geleert haben, lag das hier. Mein Kollege hat es aufgehoben, und wir wollten es zum Fundbüro bringen, das machen wir immer so. Aber dann hat er gesehen, dass seine Handschuhe ganz rot waren, und dann habe ich gesagt: Jacques, das ist Blut.« Er stieß seinem

Kollegen mit dem Ellenbogen in die Seite. »Nun, zeig es dem Commissaire.«

Jacques überreichte dem Commissaire ein Portemonnaie, das die Männer in eine Plastiktüte getan hatten.

»Sie haben an alles gedacht. Vielen Dank!«

»Meinen Sie, das gehört einem der Toten?«

»Haben Sie hineingeschaut?«

Jacques blickte zu seinem Kollegen. Dann nickte er. »Ja, tut mir leid. Aber ich habe Handschuhe getragen.«

»Ist ein Ausweis drin?«

Wieder nickte Jacques und schaute zu Boden. »Auch Visitenkarten, ein Mann aus Paris, ein Handwerker.«

»Gut, haben Sie vielen Dank!«

»Gern, Commissaire.«

»Yvonne, gib den Herren bitte, was sie trinken und essen mögen. Die Préfecture zahlt.«

»Danke, Commissaire, *merci*, das ist sehr freundlich.«

»Sagen Sie, wie haben Sie mich gefunden? Ich meine: hier.«

Der Ältere antwortete mit einem wissenden Lächeln. »Wir sind ab und zu hier im Bistro, wenn wir Schicht haben. Da habe ich Sie schon mehrmals gesehen. Aber auch wenn ich Sie noch nie gesehen hätte: Sie sind Commissaire Lacroix, Monsieur. Sie sind eine Legende! Wir lesen alles über Ihre Fälle, meine Frau und ich. Und natürlich weiß man, wo die wichtigen Leute der Stadt zu Mittag essen.«

Lacroix nickte ihm zu, er mochte es nicht, mit seiner vermeintlichen Prominenz konfrontiert zu werden. Es machte ihn verlegen. Dann wandte er sich der Tüte zu, die er vor sich auf den Tresen gelegt hatte. Eigentlich wollte er nicht riskieren, mögliche Fingerabdrücke zu verwischen, aber er musste wissen, ob es dem Toten gehörte. Er nahm seine Serviette und öffnete das Portemonnaie. Der Ausweis und die Visitenkarten steckten fein säuberlich nebeneinander vorne in der Sichttasche. Das Foto zeigte eindeutig den Mann, der heute Morgen vor ihnen auf den Steinen des Quais gelegen hatte.

»Laurent Pascher«, las er, »*Entreprise de peinture*, 154, Rue d'Alésia, 75014 Paris.« Ein Maler und Lackierer aus dem 14. Lacroix sah das Portemonnaie durch, die *Carte Bleue* war da, genauso wie der Führerschein. Es waren nur wenige Münzen in der Börse, keine Scheine. Raub? Lacroix kratzte sich am Kopf. Das passte alles nicht zusammen. Wer raubte erst einen Obdachlosen aus, der verhältnismäßig vermögend war, dann einen armen Obdachlosen, der keinen Cent in der Tasche hatte, und dann einen Handwerker, bei dem es vielleicht etwas zu holen gab, dessen Portemonnaie er aber samt Kreditkarte in den Müll warf? Hier passte aber auch gar nichts zusammen.

Er sah, wie Yvonne zwei dampfende Teller vor den Männern abstellte. Zweimal *Saucisses aux lentilles du Puy*, grobe Würste vom Land mit Linsen aus der Auvergne. Ein echtes Arbeitergericht, das auch Lacroix gern aß. Sein Omelette wurde kalt. Ärgerlich.

»*Bon appétit*, Messieurs, können Sie mir noch sagen, wo genau Sie das Portemonnaie in der Rue de Seine gefunden haben?«

»Das war an der Ecke zur Rue de l'Echaudé, müsste so Nummer 49 oder 51 gewesen sein«, sagte der ältere Mann.

»Haben Sie die restlichen Mülltonnen denn geleert? Trotz des Fundes?«

Die Männer nickten und sahen zu Boden, als fürchteten sie, etwas falsch gemacht zu haben.

»Die Rue de l'Echaudé führt doch auf den Boulevard, oder?«

»Genau, Commissaire, so ist es. Haben Sie einen Verdacht? Hat der Clochard-Schlächter das Portemonnaie dort weggeworfen?«

Natürlich kannten auch die Müllmänner die Schlagzeile des Tages. Romy Schneider hatte wirklich ganze Arbeit geleistet, dachte Lacroix.

»Das gilt es jetzt herauszufinden.«

Er trat hinter die Bar. Yvonne war längst auf der Terrasse und bediente die Frühstücksgäste. Lacroix griff nach dem Telefonhörer und rief im Kommissariat an.

Paganelli erkannte die Nummer vom Chai und nahm sofort ab.

»Ja, Chef?«

»Wir haben den Namen des Opfers. Laurent Pascher, ein Handwerker aus dem Vierzehnten. Finden Sie alles über ihn heraus. Ob er eine Frau hatte. Und Kinder. Rio soll mich hier abholen, wenn sie sich aufgewärmt hat. Ich fahre mit ihr zur Firma des Opfers.«

»In Ordnung.«

»Und schicken Sie eine Einheit der Spurensicherung in die Rue de Seine. Die Mülleimer sind zwar frisch geleert, aber sie sollen die ganze Straße absuchen, den Rinnstein, alles.«

»Verstanden.«

»Und, Paganelli?«

»Ja?«

»Wir brauchen die Aufnahmen der Überwachungskameras in der Gegend. Am Boulevard, an der Metro Mabillon, Odéon und Saint-Germain-des-Prés. Auch private Läden, die eine haben.« Manchmal war die technische Moderne doch gar nicht so schlecht.

»Wen suchen wir?«

»Den Mann vom Phantombild.«

»Oder die Tschetschenen?«

»Oder die Tschetschenen. Und bitten Sie Brigadier Lemaîre, er möge sich beeilen.«

»Richte ich ihm aus. Und Brigadier Lemaître, der dafür zuständig ist, sag ich es auch.«

»Sehr witzig, Paganelli.«

»Ich weiß. Bis nachher.«

25

Ein moderner Neubau mit Autowerkstatt, daneben eine BP-Tankstelle. 154, Rue d'Alésia. Südliche Stadtgrenze, westlich der Place d'Italie. Vor vier Jahrzehnten waren diese Viertel, die noch innerhalb des Périphérique lagen, doch aussahen, als wären sie nicht mehr Teil des Stadtgebiets, die Gegenden gewesen, in denen die authentischsten Pariser lebten. Die Handwerker, die Marktleute, die Einwanderer aus Fernost. Chinatown war hier in der Nähe. Doch die Stadt hatte dieses Quartier wie so manche im Norden vergessen. Es waren eintönige Betonwüsten geworden, Wohnquartiere für die sozial Schwachen.

Lacroix mied diese Viertel, so gut es eben ging. Sein Paris war ein anderes. Die Haussmann'schen Gebäude der Innenstadt mit den schmalen Balkonen. Die Prachtboulevards. Die alten Holztische und Korbstühle vor den Cafés. Davon war hier nichts mehr zu sehen, obwohl sie mit dem Auto gerade einmal zehn Minuten gebraucht hatten. Normale Menschen, die nicht wie der Henker über die Busspur fuhren, wären allerdings eine halbe Stunde unterwegs gewesen.

»Capitaine Rio, wie geht es Ihnen? Es war eine aufreibende Nacht.«

»Es war eine willkommene Abwechslung«, antwortete sie, immer noch mit roten Wangen von der aufregenden Fahrt. »Na ja, das Bad in der Seine hätte ich mir sparen können. Obwohl – selbst das hatte was. So kann ich den Jungs was erzählen. Und vielleicht erzählen sie meine Heldenstory dann Cynthia. Eine Leichenbergung im Fluss – das kann ihr eine Barkeeperin nicht bieten.« Die Bitterkeit in ihrer Stimme erschreckte Lacroix.

Neben der Werkstatt befand sich ein niedriges Häuschen, die Eingangstür stand offen, darüber war ein Schild befestigt: *Renovation Pascher*. Ein kleiner Lieferwagen mit offener Heckklappe stand davor. Paganelli hatte über Funk durchgegeben, dass von dem Opfer nur die Firmenanschrift, aber keine Privatadresse vorlag. Merkwürdig, aber nicht unüblich. Das französische Meldewesen war lax. Lacroix wollte eben anklopfen, als ein junger Mann mit einer Kiste aus der Werkstatt kam.

»Monsieur, *bonjour*, das ist Capitaine Rio, und ich bin Commissaire Lacroix vom Kommissariat im Fünften. Und Sie sind …«

Der junge Mann blickte die beiden Beamten fragend an, als wisse er nicht so recht, was er mit der Kiste machen sollte, in der mehrere kleine Farbeimer standen.

»Carlo.«

»Können Sie uns sagen, wo Laurent Pascher wohnt?«

»Wieso?«

»Weil wir seine Familie suchen.«

»Na und? Was hab ich damit zu tun?«

»Écoute, mec«, sagte Rio. »Ich weiß, du findest uns blöd. Aber wir sind nicht hier, weil wir dir Ärger machen wollen. Andererseits: Wenn du mich weiter so freundlich darum bittest, dann kannst du gleich richtig Ärger kriegen. Heute ist nämlich nicht mein Tag.« Sie sprach mit dem

jungen Mann im Slang der Vorstadt. Manchmal wirkte das Wunder. »Wir wollen einfach wissen, wo die Frau deines Chefs wohnt. Und zwar möglichst jetzt, nicht erst im Kommissariat. Wir haben nämlich keine Zeit.«

»Was ist denn mit Laurent?«

»Wo wohnt sie?«

Er zuckte erst mit den Schultern und wies dann mit seinem Finger auf das Hochhaus.

»Hier im Haus?«

»Ja.«

»Etage? Wohnung?«

»Zweite Etage, Wohnung Nummer 13, glaub ich. War nicht oft oben.«

»Danke. Und du bleibst hier, bis wir wieder da sind. Verstanden?«

Der Junge nickte widerwillig, murmelte dann: »Hab eh zu tun, was denkt die denn?«

Dann ging er zum Auto, stellte die Kiste hinein und schloss den Kofferraum, um anschließend wieder in der Werkstatt zu verschwinden.

Am Klingelschild standen mehr als fünfzig Namen. Es war ein großer Wohnblock. Gegenüber waren es sicher viermal so viele. Mittlerweile war der Anteil der Familien Blanc und Martin genauso groß wie der Anteil derer, die Abdelkader oder Mohamed hießen.

Lacroix klingelte bei dem abgewetzten Schild *Pascher*. Der Summer wurde gedrückt, und Rio öffnete die Tür. Zwei Etagen weiter oben war die Tür versperrt. Der Commissaire klingelte, und eine Frau öffnete. Lacroix ärgerte sich einmal mehr, dass er der Szene am Kleinwagen gestern Nacht nicht mehr Beachtung geschenkt hatte. Er konnte nicht mit Sicherheit sagen, ob die Frau, die vor ihnen stand, diejenige war, die gestern den Clio gefahren hatte. Sie war Mitte, Ende dreißig, hatte blonde, strähnige Haare, dunkle Augenringe und trug eine Jogginghose und ein Nachtoberteil mit Spitze an den Ärmeln.

»*Bonjour*, Madame Pascher?«

Sie nickte. Dann musste sie gähnen.

»Wir sind von der Police nationale, das ist Capitaine Rio, ich bin Commissaire Lacroix. Können wir reinkommen?«

Sie winkte sie hinein, immer noch war ihr Blick teilnahmslos. In der Wohnung roch es nach Cannabis, doch sie schien nicht in Sorge zu sein, dass die Beamten wegen einer Drogenrazzia hier waren. Die Wohnung war spartanisch eingerichtet, zweckmäßige Möbel, aber es war sauber. Der Blick aus dem Fenster fiel in den Wohnblock gegenüber.

Die Frau setzte sich auf die Couch, gähnte wieder, Rio und Lacroix nahmen auf zwei Sesseln Platz.

»Also? Was ist passiert?«

»Wir haben eine sehr traurige Nachricht, Madame, mit der wir Sie an diesem Morgen aufsuchen müssen. Ihr Mann, Laurent Pascher, wir haben ihn tot aufgefunden.«

Die Frau schaute erst Lacroix an, der ihr die Nachricht überbracht hatte, dann Rio. Ihr Blick war immer noch teilnahmslos, vielleicht war sie auch geschockt.

»Wie …?«, war alles, was sie herausbrachte.

»Er wurde ermordet. Am Ufer der Seine. Ich weiß nicht, ob Sie in den letzten Tagen Zeitung gelesen haben?«

»Aber … aber, das waren doch Clochards«, sagte sie, und ihr Blick wurde noch starrer.

»Das stimmt, Madame. Wir würden gern rausfinden, was Ihr Mann dort gemacht hat, am Ufer der Seine, mitten in der Nacht«, sagte Rio.

»Ist er denn, ich meine, haben sie ihm auch …«, sie legte ihren Finger an die Kehle. »Wie bei den anderen?«

Rio wartete kurz, dann deutete sie ein Nicken an. Die Frau musste kurz grinsen, ihr Gesicht war für ein paar Sekunden merkwürdig entstellt.

»O mein Gott, wirklich? Sie werden lachen – oder vielleicht auch nicht –, aber ich habe mir schon so viele Nächte ausgemalt, wie ich ihn … Ich meine, auf welche Art ich ihn … Ganz langsam, um ihn zu quälen. Dabei habe ich ihm in die Augen gesehen, damit er wusste, dass ich es war, die ihn leiden ließ. Nachdem er mich so lange hat leiden lassen.« Sie starrte Lacroix an. »Aber wenn es dann passiert, ich meine, jetzt in diesem Moment, da fühlt es sich ziemlich anders an, als ich es mir vorgestellt hatte. Wissen Sie? Das ist wie in einem Film.«

Die Frau stand völlig neben sich. Lacroix überlegte, ob sie womöglich bekifft war.

»Ich möchte Ihnen unser aufrichtiges Beileid aussprechen, Madame. Und darf ich Sie fragen, warum Sie Ihrem Mann den Tod wünschten? Sie müssen nichts sagen, wenn Sie sich selbst damit belasten würden.«

Diesmal lachte sie lauter, die Verbitterung sprach aus ihr.

»Meinem Mann. Meinem Mann. Diesem Arschloch, das nie hier war. Früher wollte er die ganze Zeit vögeln.

Der alte Sack. Als ich jung war und ihm diese Jugend geschenkt habe. Ich musste ihm ständig zu Diensten sein. Kochen. Backen. Die ganze Scheiße. Und dann bin ich älter geworden, und was macht er? Nimmt sich eine, die noch jünger ist – und die wahrscheinlich auch nicht ständig mit dem alten Sack pennen will. Und der ganze Scheiß beginnt von vorn.«

Die Geschichte sprudelte aus ihr heraus, als hätte sie sie lange geübt.

»Hatte er eine Affäre?«

»Was weiß ich, was das war. Ich habe das Flittchen nur einmal gesehen. Aber was soll's. Ich bin ihr nicht böse. Er kann ja ganz charmant sein, der Wichser. Also, ich meine, er konnte. Der hat sie sicherlich umgarnt, wie er mich umgarnt hat. Sie kannte ihn ja nicht. Wissen Sie, wie er mich gekriegt hat, damals in der Bar? Er hatte irgendwelche coolen Klamotten an, die teuer aussahen. Und er hat gesagt, er sei Maler. Ich dachte an ein Atelier, dachte, dass er mich malen könnte. Am nächsten Tag hat er mir dann gesagt, was für ein Maler er ist. Zwei Monate später war ich schwanger.«

Dass in dieser furchtbaren Atmosphäre wirklich ein Kind lebte, wollte Lacroix sich lieber nicht vorstellen.

»Das war vor zehn Jahren. Und seit zwei Jahren betrügt er mich ständig. Seit ein paar Wochen oder einem Vierteljahr offenbar mit derselben.«

»Wissen Sie, wie sie heißt?«

Madame Pascher schüttelte den Kopf. Sie hatte sich in diesem Leben eingerichtet. In diesem Wohnzimmer, das die Bitterkeit und Trostlosigkeit der fehlenden Liebe atmete, mit dem viel zu großen Fernseher, der stumm vor sich hin lief, den schmutzigen Gardinen vor dem zu kleinen Fenster, der Wohnung des Malers, die selbst neue Farbe nötig gehabt hätte. Die Tristesse schien selbst das Licht von draußen einen Hauch dunkler zu machen.

»Haben Sie ihn gestern gesehen? Mit ihm gesprochen?«

Sie antwortete nicht sofort. »Gestern? Er war am Morgen kurz hier. Ich weiß nicht, ob er hier geschlafen hat. Er schläft oft auf der Couch. Ich habe ihn gehört, als er Kaffee gekocht hat. Aber gesprochen? Nein.«

»Haben Sie eine Idee, wieso er mitten in der Nacht an der Seine gewesen sein könnte?«

»Ich weiß schon lange nicht mehr, wo er wann mit wem ist.«

»Haben Sie vielen Dank, Madame.«

Sie richtete sich auf, als sei ihr etwas in den Sinn gekommen. Sie erschien dadurch mit einem Mal viel größer.

»Commissaire, wie ist das? Nenne ich mich nun wieder Mademoiselle? Wissen Sie, wie das ist? Rechtlich, meine ich?«

Lacroix sah verwirrt drein, antwortete dann nach kurzer Zeit: »Wenn Sie verwitwet und dadurch nicht mehr verheiratet sind, dann eigentlich schon. Aber ich bin mir nicht sicher. Die Frauenrechtler mögen das Wort *Mademoiselle* ja ohnehin nicht, vielleicht ist es längst abgeschafft. Dieses moderne Hin und Her, ich kann es Ihnen gar nicht sagen.«

Rio sah ihn nach dieser umständlichen Erklärung etwas skeptisch von der Seite an.

»Wir informieren Sie, wann Sie die Beisetzung Ihres Mannes planen können«, sagte sie.

»Und suchen Sie nun seine Geliebte?«

»Das werden wir«, antwortete die Capitaine.

»Richten Sie ihr schöne Grüße aus.«

26

Das ungefilterte Tageslicht beruhigte Lacroix, aber Madame – oder Mademoiselle – Pascher tat ihm leid. Sie saß nun dort oben in ihrer Wohnung, ganz allein. Sie war auch vorher einsam gewesen, der Mann immer irgendwo bei einer anderen. Doch nun war die Einsamkeit nicht mehr abwendbar, und alles war nur noch schlimmer.

Der Verkehr rauschte an dem Wohnblock vorbei, zwei Autofahrer lieferten sich ein Hupduell vor der Ampel zur Rue Raymond Losserand. Der Lieferwagen stand immer noch da, die Hecktür war wieder offen, darin der Junge, sein Handy in der Hand.

Seine Gesichtsfarbe hatte sich verändert, genau wie seine Haltung. Die straffen Schultern hingen nun herab, und er sah blass aus. Lacroix trat zu ihm, die Pfeife, die er eben entzünden wollte, steckte er unverrichteter Dinge wieder in die Tasche.

»Monsieur, geht es Ihnen gut?«

»Was? Nein, nein, also …«, stotterte er. Er sah die breite Straße entlang, als müsste er sich orientieren, der Blick unstet und traurig.

»Monsieur, was ist los?«

»Ich …«, er blickte auf sein Handy, als würde er überlegen und das Gerät brauchen, um sich zu konzentrieren. »Aicha, sie hat eben …«, wieder brach er ab, und Rio verlor die Geduld.

»*Mec,* nun erzähl schon, was los ist. Wer ist Aicha?«

Lacroix war ihr dankbar.

»Meine Schwester, sie hat geschrieben, dass sie sich Sorgen macht. Laurent, also Monsieur Pascher, reagiert nicht mehr auf ihre Nachrichten. Seit gestern Nacht. Und sie ist voll in Panik deshalb.«

»Was hat Ihre Schwester mit Monsieur Pascher zu tun?«, fragte Lacroix.

Der Junge schaute wütend, sein Blick richtete sich auf Rio, als wollte er nur mit einer Frau über seine Schwester sprechen.

»Ich habe ihr gleich gesagt, dass das keine gute Idee ist. Ich weiß ja, wie Monsieur Pascher mit seiner Frau umgeht. Aber sie hat gesagt, dass er so viel Kohle hat und ihr Geschenke macht. Dass sie gar nicht anders kann, als mit ihm zusammen zu sein.«

»Ihre Schwester hatte eine Affäre mit Ihrem Chef, Monsieur?«

»Wir waren mal zusammen weg, nach der Arbeit. Und danach haben sie sich öfter mal getroffen. Sie hat mir nichts davon erzählt. Und er auch nicht. Das war echt eine miese Nummer.«

»Wie lange geht das schon?«

»Was weiß ich … eine Weile. Aber was ist denn jetzt mit Laurent?«

»Er ist tot«, sagte Rio. »Gestern Nacht wurde er umgebracht.«

Der Junge ließ sein Telefon fallen. Mit einem metallenen Knall landete es auf dem Bürgersteig, das Geräusch deutete darauf hin, dass nicht viel zu retten war.

»Tot? Wir haben doch gestern noch …«

»Es tut uns leid, Monsieur«, sagte Lacroix. »Wir wissen noch nicht, was passiert ist. Können Sie uns bitte sagen, wo wir Ihre Schwester finden? Sie war also gestern Abend mit ihm zusammen?«

»So steht es hier.« Er hob sein Handy auf und betrachtete das Spinnennetz, das einmal das Display gewesen war. »Das kann nicht sein. Sie hat geschrieben, dass es ihm gestern gut ging.«

»Was fährt Ihre Schwester für ein Auto?«

»Einen Clio. Grün.«

Sie war es. Kein Zweifel. Ein Blick zu Rio genügte.

»Wo finden wir sie?«

»Sie wohnt in Kremlin-Bicêtre.«

Ein Vorort, einige Minuten südlich des Périphérique. Viel Grau, wenig Grün. Viel Armut, wenig Lichtblicke.

»Geben Sie uns bitte die genaue Adresse«, befahl Rio. »Wir müssen mit ihr sprechen. Wenn Sie mögen, können Sie mitkommen.«

Der Junge nickte.

»Sie hatten kein Problem damit, dass er mit Ihrer Schwester geschlafen hat?«

»Sagen Sie das nicht so«, rief er, die Stimme voller Wut. Hatte er zunächst noch versucht, sich gewählt auszudrücken, konnte er jetzt nicht mehr verbergen, dass er inmitten einer Betonwüste in den Banlieues aufgewachsen war. »Ich fand das nicht cool«, sagte er, und sein langsames Sprechen verriet, dass er sich zur Contenance rief, »aber meinen Sie, ich würde ausrasten? So bin ich nicht. Er war mein Boss.«

»Haben Sie vielen Dank, Monsieur. Nehmen Sie doch das Angebot meiner Kollegin an und fahren mit ihr zu Ihrer Schwester.« Und nach einer Pause an Rio gewandt: »Können Sie das übernehmen, Capitaine? Bringen Sie sie ins Kommissariat. Ich spreche am Nachmittag mit ihr. Vorher muss ich nachdenken und mich ausruhen. Das sollten Sie dann später auch tun, wenn ich die Dame vernehme. Die kommende Nacht wird wieder lang.«

Er wartete ihr Nicken ab, nichts anderes hatte er erwartet, dann wandte er sich um, nahm die Pfeife aus seiner Manteltasche, die längst erkaltet war, und konnte es kaum abwarten, den Geruch der Wohnung und den Blick des Jungen aus dem Kopf zu kriegen. Mit einer kleinen Rauchwolke hinter sich ging er langsam die Rue d'Alésia hinunter, um kurz darauf in Richtung Denfert-Rochereau links abzubiegen.

27

Er war keine Minute zu früh im Chai. Romy Schneider saß schon auf dem rot bespannten Hocker an der Bar, auf dem sonst immer er saß. Allein das war schon eine Unverschämtheit. Sie trank ein Glas Weißwein und blätterte in der *Vogue*. Als er eintrat, eilte ihm Yvonne entgegen.

»Lacroix, kauf dir bitte endlich ein Handy! Der Laden brummt, und ich spiele seit zwei Stunden deine Sekretärin.«

»Ich wünsche dir auch einen schönen Tag.«

Yvonne zwang sich zu einem schiefen Lächeln. »Also: Da vorn sitzt eine junge Frau. Die von gestern. Dann hat Commissaire général Mercier für dich angerufen. Die Pressekonferenz ist heute Abend um halb acht. Er erwartet dich, du musst sie leiten. Deine Frau hat vor zwanzig Minuten angerufen, und ich habe ihr gesagt, du seist noch nicht hier. Es klang, als sei sie am Bahnhof. Und … War noch was? Ach ja: Docteur Obert. Aber der wollte mir nicht sagen, was los ist. Er erwartet dich in der Gerichtsmedizin.«

Lacroix seufzte. Ein Besuch im Leichenschauhaus fehlte ihm gerade noch.

»*Merci, ma chère.* Tut mir leid, dass es heute etwas viel war.«

»Schon gut. Was trinken?«

»Ein Bier. Und wenn ich mit der Dame an der Bar fertig bin, nehme ich das dunkle Brot mit *fromage de chèvre*.«

Das Chai de l'Abbaye war für seine überbackenen Brote bekannt. Eine einfache Mahlzeit, die allen schmeckte: armen Postboten und reichen Bänkern.

Lacroix steuerte auf die Journalistin zu, die aufsah und sogleich ein gewinnendes Lächeln aufsetzte.

»Commissaire. Sie sind hier, ich bin hier. Gut. Also sind Sie nicht sauer?«

»Mademoiselle Schneider, *sauer* ist keine Kategorie, in der ich denke.«

»Wie fanden Sie meinen Artikel?«

»Unverantwortlich.«

»Wieso?«

»Weil er etwas suggeriert, das nicht zutrifft.«

Sie stutzte. »Habe ich was verpasst, Commissaire? Sie haben heute Morgen noch eine Leiche gefunden. Und Sie sahen nicht besonders glücklich aus, wenn ich den Fotos glauben darf. Ich hatte also recht, als ich prophezeit habe, dass der Serienmörder ein weiteres Mal zuschlagen wird.«

»Wären Sie traurig gewesen, wenn es kein nächstes Opfer gegeben hätte?«

»Ach, kommen Sie, Commissaire …«

»Mademoiselle, ist Ihnen wirklich ernsthaft an einer Zusammenarbeit gelegen? Es hat eher den Anschein, als würden Sie einfach Ihr Ding durchziehen und sich profilieren wollen.«

»Commissaire Lacroix, ich bitte Sie, natürlich möchte ich mit Ihnen zusammenarbeiten. Aber es muss mir als

Journalistin doch gestattet sein, auch mal nachzufragen. Wenn alles so ist, wie es derzeit aussieht. Sie wissen von dem Fall von 1988?«

Yvonne stellte das frisch gezapfte Bier vor ihm ab.

»Erzählen Sie mir davon«, schaffte er gerade noch zu sagen, bevor er gierig einen großen Schluck trank. Sofort beruhigte sich der Vulkan in seinem Inneren, der kurz davor gewesen war auszubrechen. Das kam nicht sehr häufig vor, aber wenn es passiert wäre, hätten sie das Chai evakuieren müssen.

Sie grinste und setzte sich aufrecht hin, damit sie so groß war wie er, der müde und in sich zusammengesunken auf seinem Hocker hing.

»Sie veräppeln mich, Commissaire. Aber schön, ich spiele das Spiel mit. Drei Nächte, drei Morde. Alle mit einem Rasiermesser. Alle Opfer waren Clochards, alle starben unter den Seine-Brücken. Trotz Großfahndung blieb der Täter unauffindbar. Verschiedene Zeugen wollten damals einen jungen Mann in der Nähe der Tatorte gesehen haben, der jetzt bestimmt siebzig sein müsste. Nicht unmöglich, dass er wieder zugeschlagen hat. Nun werden Sie sich fragen: Warum diese lange Pause? Was hat er in der Zwischenzeit gemacht?«

Sie war eine Plage, diese Journalistin, aber sie war auch gut, hatte ihre Hausaufgaben gemacht. Lacroix nickte zustimmend, während er sein Bier in einem Zug lehrte und Yvonne mit einem kurzen Blick um ein neues bat.

»Commissaire, sagen Sie mir: Haben Sie einen Verdacht? Ich habe gehört, dass es ein Bild des Täters gibt. Spielen Sie es mir zu. Bitte …«

»Wir haben uns dagegen entschieden, es zu veröffentlichen. Noch ist völlig unklar, ob ein Zusammenhang zwischen dem Mann und den Taten besteht.«

»Es gibt also wirklich ein Phantombild? Schicken Sie es mir!«

»Morgen, Mademoiselle, morgen. Wenn Sie mir versprechen, dass Sie heute Nacht nicht auf der Lauer liegen, erst recht nicht am Ufer der Seine. Und wenn morgen nicht das Wort *Schlächter* in der Zeitung steht.«

Sie überlegte, wieder war sie rasend schnell.

»Ich kann ihnen beides zusagen. Wenn es der Serienmörder von damals ist, dann wird er nicht wieder zuschlagen. Also muss ich auch nicht die Nacht am Fluss verbringen. Das ist gut. Sie sollten übrigens auch mal schlafen. Und für *Schlächter* schau ich ins Synonymwörterbuch.«

Lacroix wollte eben etwas erwidern, als das Telefon klingelte. Yvonne winkte ihn zu sich. Er nahm ihr den schwarzen Hörer aus der Hand. Mit der Hand auf der Muschel rief er der Journalistin über den Tresen zu:

»Mademoiselle, wir sind dann fertig, ich möchte jetzt in Ruhe essen. Haben Sie einen schönen Tag!«

Dann drehte er sich weg, nahm den Hörer ans Ohr und hörte auf der anderen Seite der Leitung ein lautes Rauschen.

»Lacroix?«

»*Chéri*, ich bin es.« Sie war unglaublich schwer zu verstehen.

»Dominique, wie geht es dir?«

»Wie geht es dir, mein Liebling? Bist du sehr müde?«

»Es geht, sag, wo bist du? Sehen wir uns heute Abend? Ich werde die Nacht wieder draußen sein müssen, aber wir könnten …«

Sie unterbrach ihn, er verstand sie kaum, die Verbindung brach immer wieder ab.

»Ich musste heute Morgen ganz früh los. In Le Havre ist doch diese Sitzung der Bürgermeister der *Républicains*. Ein elendig fades Treffen wird das. Und ich vermisse dich schon jetzt schreckl…«

Die Verbindung wurde unterbrochen, bevor er etwas erwidern konnte. In diesem Moment verfluchte er das Handy seiner Frau. Er fühlte sich jetzt noch einsamer als vor zwei Minuten, als er noch nicht mit ihr gesprochen hatte.

Im genau richtigen Moment stellte Yvonne das knusprige Brot vor ihm ab. Der Ziegenkäse, von der Rolle geschnitten, war auf dem dunklen *Pain Poilâne* geschmolzen und dampfte, die Hitze des Grills hatte ihn an den Rändern dunkelbraun werden lassen. Darunter kamen drei Scheiben geräucherter Gänsebrust zum Vorschein, zusammen mit klein gehackten frischen Walnüssen. Ein Moment zum Durchatmen. Lacroix griff zum Besteck.

28

Wenn die Seine Hochwasser führte, mussten die Leichen im Institut médico-légal eine Etage höher gebracht werden, so nah lag das Leichenschauhaus der Pariser Polizeipräfektur am Fluss. Gott sei Dank kam das nur alle Jubeljahre mal vor.

Der kleine Spaziergang hatte Lacroix gutgetan. Er war den Boulevard Saint-Germain hinuntergegangen, an der Université vorbei, hatte am Jardin des Plantes den Fluss überquert und den Blick in beide Richtungen genossen: Stadteinwärts begann in Sichtweite die Île de la Cité. Dort hatte er in den letzten Nächten für seinen Geschmack etwas zu viel Zeit verbracht. Stadtauswärts ragte das Finanzministerium als gläserner Koloss empor, und die beiden Schornsteine hinterm Périphérique stießen das aus, was die Pariser als Wolken bezeichneten. Über den benachbarten Viadukt fuhr die türkis-weiße Bahn der Linie 5.

Lacroix fragte sich, wie viele Jahre er nicht mehr Metro gefahren war. Doch der Anblick der kleinen ruckeligen Bahn in den vertrauten *RATP*-Farben war aus dem Pariser Stadtbild ebenso wenig wegzudenken wie der Eiffelturm. Er nahm mehrere tiefe Züge aus seiner Pfeife, eher er sie löschte und noch einmal den Himmel betrachtete. Der rauchige Geschmack auf der Zunge und das Licht in den Augen – beides würde ihm helfen im feuchten Keller von

Docteur Obert. Er ging am Aufzug vorbei und stieg die Treppe hinab.

»Ich erkenne Sie am Gang, Lacroix. Wir sind wie ein altes Ehepaar.«

Docteur Obert schaute nicht mal auf, als der Commissaire durch die offene Glastür trat und versuchte, den Leichen auf den Tischen nicht zu nahe zu kommen.

»Docteur, Sie wollten mich sprechen?«

»Ich war richtiggehend erstaunt, Sie um Punkt zwölf nicht im Chai zu erreichen. Aber Madame Abeille hat es Ihnen ja ausgerichtet. Ihr Netzwerk ist wirklich Gold wert. Ich muss unbedingt auch bald mal wieder persönlich dort vorbeischauen. Das *filet de bœuf* fehlt mir.«

»Sie sind stets mein Gast, Docteur.«

Der Gerichtsmediziner zeigte auf die drei Leichen vor ihnen. Lacroix hatte über die Jahre gelernt, mit dem Tod und seinen zurückgelassenen Körpern umzugehen. Die Demut und die pietätvolle Gleichmütigkeit, mit der er die Leichen betrachtete, hatten sich in den letzten zwanzig Jahren wie eine zweite Haut über ihn gelegt und schützten ihn auch in diesem Moment.

»Sehen Sie, ich habe sie alle drei noch mal nebeneinandergelegt. Wenn Sie sie so sehen, werden Sie zu dem gleichen Ergebnis kommen wie ich. Beginnen wir ganz links.«

Lacroix folgte ihm und ging zum anderen Ende des schmucklosen Raums, den nur drei kleine Souterrain-Fenster ganz oben an der Wand erhellten.

»George Maille«, kommentierte Docteur Obert, als Lacroix erst das Gesicht des Toten betrachtete und dann den sauberen Schnitt von links nach rechts. »Ein Schnitt, nicht ausgefranst. Glatt durchgezogen. Die Haut war ganz sauber aufgetrennt, genauso wie die Sehnen und Muskeln darunter. Der Musculus sternohyoideus«, erklärte Docteur Obert, »der Brustbein-Zungenbein-Muskel. Ist fürs Schlucken besonders wichtig. Nun nicht mehr. Und wir wissen, dass er mit reichlich Betäubungsmittel außer Gefecht gesetzt war. Gehen Sie weiter.«

Lacroix ging zum nächsten Opfer. Der Mann sah deutlich jünger aus als George Maille. Er wirkte massiver, die Statur war sehr männlich, er war weniger schmächtig als der Musiker.

»Bertrand Valls.« Wieder Oberts Stimme, die Lacroix' Blick lenkte. »Beim zweiten Opfer musste der Täter ein zweites Mal ansetzen. Sie sehen einen Schnitt hier in der Mitte, genau am Kehlkopf. Es sieht aus, als sei der Täter abgerutscht. Genau daneben gibt es eine zweite, tiefere Einstichstelle. Als habe er den Schnitt genau dort weiterführen wollen. Der Mann war nicht betäubt, was die Erklärung für den unsauberen Schnitt sein könnte.«

Lacroix speicherte auch diese Information noch einmal ab, obwohl er es natürlich schon wusste.

»Hat er sich gewehrt? Wurde deshalb ein zweites Mal angesetzt?«

»Sehr gut möglich. Gehen Sie weiter. Laurent Pascher, das dritte Opfer.«

Lacroix zuckte kurz zusammen, als er die Vielzahl der Schnitte und Stiche am Oberkörper des Mannes sah. Nicht nur seine Kehle war sehr unsauber durchtrennt worden, immer wieder war neu angesetzt worden, auch am Brustbein und am Bauch waren große Schnitte zu sehen, die aber nicht so tief gingen wie an der Kehle. Womöglich hatte die Kleidung sie abgefangen.

»Was denken Sie?«, fragte Docteur Obert.

»Es sieht aus, als habe sich die Technik des Täters von Opfer zu Opfer verschlechtert.«

Der Gerichtsmediziner schlug auf seinen Geräteschrank, der ein metallisches Knallen von sich gab.

»Als könnten Sie meine Gedanken lesen! Ich sag's ja: wie ein altes Ehepaar. Genauso sieht es aus. Beim ersten Opfer ist er sehr akkurat vorgegangen, und dann wurde es von Mal zu Mal schlimmer. Bis zu dieser Verstümmelung«, er zeigte auf Laurent Pascher. »Das war ein Gemetzel. Und das, obwohl das dritte Opfer wieder betäubt wurde.«

Lacroix horchte auf.

»Wir haben den gleichen Stoff in seinem Blut gefunden wie bei Maille. Handelsübliche K.-o.-Tropfen. Er hatte auch reichlich Rotwein getrunken.«

»Wir haben keine Flasche gefunden.«

»Die liegt wohl in der Seine.«

»Da haben Sie sicher recht.« Lacroix sinnierte.

»Denken Sie laut, Commissaire. Sie wissen, ich bin beinahe genauso ein helles Köpfchen wie Sie.«

»Einer wird betäubt. Sauberer Schnitt. Einer wird nicht betäubt. Unsauberer Schnitt. Der Dritte wird wieder betäubt. Und dann ist es ein Gemetzel, wie Sie sagen.«

»Ich muss Sie korrigieren: Der Täter hat versucht, Laurent Pascher zu betäuben. Aber entweder war die Menge zu gering, oder er hat nicht lang genug gewartet. Pascher war viel jünger und größer als George Maille. Es hätte eine deutlich höhere Dosis gebraucht, um ihn tief einzuschläfern. Er war gut in Form.«

»Meinen Sie, der Täter stand unter Zeitdruck?«

»Sie waren alle da draußen und haben aufgepasst. Ich denke, das könnte der Grund gewesen sein.«

»Vielen Dank, Docteur.«

»Gern geschehen, Lacroix. Wenn mir noch etwas auffällt, rufe ich im Chai an.«

»Oder Sie kommen vorbei, auf ein Rinderfilet.« Lacroix ging zur Tür, drehte sich dann aber noch einmal um. »Docteur? Eine Frage noch. Können Sie sich erinnern … 1988?«

»Der Clochard-Mörder?«

»Genau der.«

»Ich wollte mir gleich nach der ersten Leiche die Akte aus der Polizei-Registratur kommen lassen, aber sie war ausgeliehen. Ich nehme mal stark an, Sie haben sie? Ich habe schon überlegt, ob ich die Geschichte an *Le Parisien* verkaufe.« Der Gerichtsmediziner grinste.

»Was denken Sie?«

»Ich war damals ganz jung dabei, na ja, nicht mehr ganz jung. Aber als junger Gerichtsmediziner. Ich habe mir zwei der Toten angesehen. Sagen wir so: Meine Erinnerung ist dunkel, aber es könnte sein. Es war damals ein Rasiermesser, und es ist heute ein Rasiermesser. Ohne Zweifel. Das Vorgehen ist sehr ähnlich. Bis auf die vielen Schnitte bei Pascher.«

»Der alte Täter war genauer?«

»Er wich nicht von seiner Methode ab.«

»Die Opfer damals wurden nicht betäubt, oder täuscht mich meine Erinnerung? Die Akten sind ungenau.«

»Die Opfer schliefen, aber waren im Moment des Todes bei vollem Bewusstsein. Das war es ja, was die Leute so nervös gemacht und warum die Presse sich so auf die Fälle gestürzt hat. Diese Grausamkeit und Brutalität.«

»Kann ein alter Mann, der der Täter heute sein müsste, diese Morde begehen? Auch den an einem stämmigen Mann wie Valls?«

»Ich hatte schon ganz Große auf dem Tisch, die von ganz Kleinen ermordet wurden, ganz Dünne von ganz Dicken, ganz Junge von ganz Alten. Unmöglich ist es nicht. Der Überraschungseffekt lähmt uns. Genau wie die Erkenntnis, sterben zu müssen. Und vielleicht war das der Grund, warum der Alte dachte, er müsse seine Opfer heute betäuben.«

»Wenn ich Sie richtig verstehe: Sie denken, es könnte der alte Täter sein?«

»Ich bete, dass es für das alles eine einfache andere Erklärung gibt. Auch wenn es im Moment schwierig ist, daran zu glauben.«

»Haben Sie vielen Dank, Docteur«, sagte Lacroix und schaffte es nicht, ein Gähnen zu unterdrücken.

»Ab ins Bett mit Ihnen, Commissaire. Sie sind zu alt, um sich die Nächte um die Ohren zu schlagen.«

»*Merci*, Docteur.« Lacroix wandte sich zum Gehen.

»Warten Sie …«

Lacroix drehte sich noch einmal um.

»Was ich mich gefragt habe: Wo ist eigentlich Ihr Hut? Bei der Kälte …«

Der Commissaire griff sich an den Kopf. Er hatte gemerkt, dass er fror, aber nicht weiter darüber nachgedacht. Er hatte seinen Hut im Chai vergessen. Er gehörte wirklich ins Bett.

Die Journaille jagt den Serienmörder

29

Lacroix erwachte von Gesprächen und lautem Gelächter unter seinem Fenster. Ihr Haus mit der Nummer 47 in der Rue Cler lag vis-à-vis dem Café Central und dem Café du Marché. Die Pariser waren um halb fünf aus den Büros geströmt und genossen jetzt ihren Feierabend. Die kleine Fußgängerzone, in der sie wohnten, war das Epizentrum des abendlichen Ausgehens östlich des Eiffelturms.

Er hatte eine Stunde länger geschlafen, als er beabsichtigt hatte. Die Geliebte des Malers würde sicherlich schon warten. Er brauchte dennoch erst mal einen *café*. Lacroix zog sich einen dicken Wollpullover unter den Mantel. In der kommenden Nacht würde es noch kälter werden, bestätigte der Moderator von *France Inter*. »… Wind aus Nordost. Tiefstwerte in der Nacht 7 Grad. Morgen zu Tagesbeginn klart es auf, später zieht die Wolkendecke zu, und es könnte Regen geben …«

Lacroix hoffte, dass diese Nacht ein besseres Ende nehmen würde als die drei vorherigen. Er sah sich in der Wohnung um. Das leichte Sommerkleid mit den Blumen, das Dominique zum Einmotten an die Tür des Schlafzimmers gehängt hatte. Die Hortensien, die Lacroix vor zwei Tagen gekauft hatte und die nun durch die Heizungsluft in der Wohnung voll aufgeblüht waren. Der Geruch nach Verveinetee, der auf Dominiques morgendliche Anwesenheit hindeutete. Sie war seine geistige Nahrung. Sie fehlte ihm. Doch er war kein Mann, der sich in der eigenen Bedürftigkeit erging.

Er nahm einen anderen Hut, weil er es nicht schaffen würde, im Chai vorbeizugehen, stieg die enge Holztreppe mit dem wackeligen Geländer hinunter und überquerte die Straße. Vor den Cafés saßen die Pariserinnen und Pariser, anscheinend unbekümmert von Verbrechen, Terror und hohen Mieten, und führten allabendlich das gleiche Schauspiel auf: den Crémant in der linken, die Gauloises rouge in der rechten Hand, den Mund niemals geschlossen, in steter Konversation über Politik, die neue Affäre aus Boulogne-Billancourt oder die Arbeit bei *Vente-privée*. Eine Marke, die Lacroix natürlich nicht kannte, er schnappte den Namen nur immer wieder auf, im Glauben, es sei eine Kleinanzeigenbörse, dabei war es irgendein moderner Internethändler, wie er sich hatte sagen lassen.

Er genoss für einen Moment ihre Sorglosigkeit, die sich auf ihn übertrug. Im Café Central trank er am Tresen stehend einen *café serré*. Dabei bemühte er sich sehr, den Blick nicht auf die Titelseite des *Parisien* fallen zu lassen. Doch als er durch das siebte Arrondissement ging und sich von Minute zu Minute der Abend weiter über die Stadt senkte und die Schatten länger wurden, verdichtete sich die Ahnung, dass eine weitere lange Nacht auf ihn wartete. Er näherte sich dem Kommissariat.

Eric wollte eben Feierabend machen und zog den Rollladen des Kiosks herunter. Lacroix nutzte den Moment, um sich vorbeizustehlen. Er hatte keine Lust, sich zu unterhalten. Er stieg die Treppen hoch, langsam, nickte dem Wärter zu, der eben das Museum der Pariser Polizei absperrte.

Lacroix war der Ermittlungen in diesem Fall so müde. Die vielen schlechten Gedanken der Menschen, der verlassenen Frau, der armen Obdachlosen – und er fand einfach keinen Anknüpfungspunkt. War es wirklich ein verrückter alter Mann, der wahllos Menschen umbrachte, aus reiner Tötungslust? Oder wäre es besser, wenn zwei Brüder aus dem Osten aus reiner Habgier töteten? Er fühlte sich gerade unendlich einsam, hilflos. Die Stadt lag wie ein schwarz-weißer Schatten hinter ihm, vorbei der Moment der kurzen Euphorie vorhin in seinem Quartier.

Im Großraumbüro kam ihm Paganelli entgegen.

»Ausgeschlafen, Chef? Ich fühle mich wie neugeboren. Zwei Stunden Schlaf und drei Energydrinks wirken Wunder. Rio hat sich hingelegt, und Aicha sitzt im Vernehmungsraum. Nervös wie ein Reh auf der Autobahn. Soll ich mitkommen?«

»Sie sind ja gesprächig wie ein Reh unter Rehen, Brigadier. *Merci*, ich gehe zu ihr. Und Sie sollten wirklich nicht dieses Zeug trinken, das riecht, als sei es zur besseren Hygiene in Zugtoiletten gedacht.«

Normalerweise mischte Lacroix sich nicht in die Angelegenheiten seiner Kollegen ein, aber dieser Geruch … Er spürte Paganellis Blick in seinem Rücken und durchquerte den Raum. Er wollte noch zwei Minuten allein sein, bevor die Nacht begann.

30

»Was ist mit ihm?«

Der Blick der jungen Frau glich wirklich dem eines Rehs im Scheinwerferlicht. Ihre Augen huschten unruhig hin und her, dabei gab es in dem kargen Vernehmungsraum nichts zu sehen. Außer den Kacheln an der Wand und der Scheibe aus Spiegelglas, hinter der sich der Beobachtungsraum befand.

Rio war bei der Frau die harte Linie gefahren. Sie hatte sie in ihrer Wohnung aufgesucht und gebeten mitzukommen. Auf der Fahrt zum Kommissariat hatte sie nicht mit ihr gesprochen, genau wie im Vernehmungsraum. Alle Fragen hatte sie abgeblockt. Sie wollte Angst schüren. Die Spannung aufrechterhalten. Um ihm, Lacroix, das Feld zu bereiten. Es war nicht seine Methode, aber manchmal war sie sehr wirkungsvoll.

»Laurent Pascher ist tot. Es tut mir sehr leid.«

Sie brach in Tränen aus, starrte ihn an, ungläubig. »Wieso? Wieso?«, schrie sie immer wieder, es war ein Flehen, ein Drängen, offenbar hatte sie den Malermeister wirklich sehr gerngehabt.

»Sie haben sich gestritten?«

Sie beruhigte sich innerhalb eines Augenblicks, das Misstrauen gegenüber der Staatsmacht saß so tief, dass sie sofort fürchtete, verdächtigt zu werden.

»Woher wissen Sie das?«

»Wir haben die Gegend observiert und saßen zufällig mitten auf dem Pont Neuf, als er aus Ihrem Auto gestiegen ist und Sie beschimpft hat.«

Aicha sah ihn an, doch ihr Blick war gleichzeitig weit weg, als erinnerte sie sich.

»Das stimmt. Ich … Wir hatten einen Streit. Ich wollte ihn zwar weiter treffen, aber nicht mehr bei mir zu Hause. Mein Bruder war nicht einverstanden. Er hat sich tierisch aufgeregt. Ich wollte auch nicht mehr mit ihm … wie soll ich sagen …«

»Ich verstehe«, sagte Lacroix.

»Wir wollten noch was trinken gehen, irgendwo im Zehnten. Doch unterwegs haben wir wieder gestritten. Und dann ist er ausgestiegen. In der Nähe vom Pont Neuf.«

»Einfach so?«

»Es war ein heftiger Streit. Das kam häufiger vor. Ich fand es immer sehr romantisch, dass wir uns so zoffen konnten.«

Der Commissaire betrachtete sie genau, als sie weitersprach.

»Aber auf der Brücke war er echt sauer. Er hatte viel zu viel getrunken.«

Lacroix nickte. »Und dann haben Sie ihn einfach gehen lassen?«

Sie schien aufstehen zu wollen, aber dann beugte sie sich doch nur vor, jetzt wieder drängend: »Nur kurz, Commissaire. Ich habe ihn weggehen sehen, die Treppe runter, und dann bin ich losgefahren. Aber nur ein Stück, vielleicht fünf Minuten oder so. Ich wollte nach Hause, aber dann hat mir das keine Ruhe gelassen. Er war ziemlich betrunken, und ich wollte nicht, dass er in die Seine fällt.«

Lacroix wurde bewusst, dass sie das sagte, ohne zu wissen, dass sie sein Ende vorausgesehen hatte.

»Ich bin zurückgefahren, wollte ihn suchen.« Sie warf ihre dunkelbraunen Haare zurück, die riesigen braunen Augen wieder ganz klar. Sie sah jung aus, sehr schön, mit ihren schmalen Schultern und der reinen Haut. »Wir haben oft zusammen an der Seine gesessen. Also habe ich vor dem Pont des Arts geparkt und über die Quaimauer gesehen. Und da saß er auf den Steinen, an die Mauer gelehnt, und sein Kopf hing so zur Seite.« Sie schluckte. »Er schlief. Das hat mich so wütend gemacht. Ich habe gedacht, er würde sich freuen, wenn ich zurückkomme, damit wir weiterreden können. Unser Problem klären. Und dann sitzt der da und pennt, weil er so besoffen ist. Ich habe kehrtgemacht und bin abgehauen. Ich dachte mir, scheiß drauf. Er kann mich mal.« Sie klang entrüstet.

»War er allein?«

»Da war niemand weit und breit.«

»Und dann sind Sie weggefahren.«

»Genau.«

»Und dann?«

»Irgendwann dachte ich: Er kann da doch nicht sitzen bleiben. Ist ja auch schon richtig kalt nachts. Dann habe ich ihm geschrieben. Aber er hat nicht geantwortet. Seitdem hat er nicht mehr geantwortet …« Sie begann zu schluchzen, weil sie wohl zu ahnen begann, dass er nie wieder antworten würde.

»Mademoiselle, haben Sie vielen Dank. Wenn Ihnen noch etwas einfällt, melden Sie sich bitte, meine Kollegin gibt ihnen gleich die Nummer und bringt Sie nach Hause.«

Er stand auf und verließ gedankenverloren den Raum. Die junge Frau war zu früh an der Brücke gewesen, um den Mörder zu sehen. Sie würde nicht helfen können. Es war wie verhext.

Paganelli wartete vor der Tür auf ihn.

»Was ist?«

»Kommen Sie!«

Sie gingen in das Großraumbüro, und Lacroix erblickte den jungen Kollegen von gestern.

»Oh, Brigadier Lemaître …«

»Wir haben ihn, Commissaire.«

»Wen genau?«

»Na: ihn!«

Lacroix blickte auf den Bildschirm. Am oberen Rand stand *»Metro Mabillon: Außenkamera Rue de Montfaucon.«* Der Bildausschnitt zeigte eine nächtliche Straße, doch im Hintergrund erkannte Lacroix, dass der Tag langsam begann.

Zunächst war kein Mensch zu sehen, doch dann näherte sich eine Gestalt, und der Commissaire erkannte den Mann sofort. Den langsamen Gang. Das steife Bein, das er nachzog. Ja, ein wenig unecht sah es aus. Derselbe Mantel wie am Vortag. Der Gang direkt an der Kamera vorbei. Kein Rucksack. Nichts. Verdammt, es könnte tatsächlich so gewesen sein. Das Gesicht war leider nicht so gut zu erkennen.

»Können wir näher ran?«

»Die Kameras der Metro haben eine schlechtere Auflösung als die städtischen. Tut mir leid, Commissaire.«

»Es ist derselbe Mann, oder?«

»Kein Zweifel.«

»Hier, Commissaire. Ich habe ihn mit dem Phantombild des Mannes von 1988 verglichen. Es ist natürlich schwer zu sagen, aber ja: Es könnte derselbe Mann sein, dreißig Jahre älter.«

Lacroix warf nur einen kurzen Blick darauf.

»Sie haben das Foto längst gesehen, oder?«

Lacroix grummelte, zog sich in sein Büro zurück und ließ Rio wecken. Jetzt war es an der Zeit. Nur wenige Minuten später stand sie in seinem Büro.

»Ich würde Sie gern um etwas bitten. Sie müssen gleich zur Cour Saint-Pierre im Siebzehnten fahren. Eine kleine Wohnstraße. Sie müssen mit jedem Anwohner sprechen. Es geht um Folgendes …«

Er schloss die Tür. Er wollte erst mal nur Rio in seine Überlegungen einbeziehen. Es war eine vage Idee, und sie sollte ihr nachgehen, ohne dass der Rest des Kommissariats etwas davon mitbekam. Zehn Minuten später verließ Rio das Büro und zog sich an, bereit für eine lange Vorortrecherche.

31

Lacroix war nicht der Typ, der sich unauffällig mit einem Taxi nähert und durch den Hintereingang schleicht. Es entsprach schlicht nicht seinem Stil. Er hatte nur zehn Minuten gebraucht, den Pont Neuf hatte er keines Blickes gewürdigt, und ging nun gemächlichen Schrittes auf den Haupteingang des Polizeipräsidiums zu. Den Hut tief ins Gesicht gezogen, den Mantel geschlossen, die Pfeife zog vorzüglich, geradeso, als sei er zum Kampf bereit.

Der erste Kameramann, der ihn erblickte, tippte seinen Reporter an und zischte: »Da kommt er!«

Es dauerte nur Sekunden, dann stürzte die Meute los, versperrte Lacroix den Weg und den Quai gleich mit. Er sah die Kameras, die Mikrofone der Radioreporter, die erhitzten Gesichter der Zeitungsjournalisten, die vor ihm standen. Romy Schneider entdeckte er nirgends.

»Commissaire Lacroix, Commissaire Lacroix«, rief einer, »der dritte Mord, und Sie lassen uns hier ewig warten. Warum hat das so lange gedauert?« Der Mann klang ehrlich aufgebracht, Lacroix konnte ihn nicht sehen, weil die Kameras ihn verdeckten.

»*Messieurs-dames*, ich werde Ihnen gleich alle Fragen beantworten.«

Er versuchte, sich an den Journalisten vorbeizuschieben, als eine junge Reporterin rief: »Commissaire, ist der

Serienmörder von 1988 wieder aktiv? Der ›Clochard-Schlächter vom Pont Neuf‹? Wir müssen doch die Bevölkerung warnen!«

Lacroix hielt kurz inne und hob den Kopf, er schaute in Dutzende Kameraobjektive. Er nahm einen tiefen Zug von seiner Pfeife, senkte den Kopf wieder und ging, ohne ein weiteres Wort zu sagen, in das Gebäude. Die Polizistin an der Pforte sah ihn respektvoll an und versperrte den Journalisten hinter ihm den Weg. Er hörte sie drinnen noch rufen.

»Der Clochard-Schlächter vom Pont Neuf«, murmelte er zu sich selbst, als prüfte er, wie sich diese Formulierung anfühlte.

32

»Du siehst aus, als könntest du ein Eau de vie vertragen«, sagte Pierre-Richard, der immer noch die Soutane mit Römerkragen trug.

Vor anderthalb Stunden hatte er die Abendmesse beendet. Lacroix wusste, dass er anschließend rasch die Gläubigen verabschiedete und dann flinken Schrittes durchs Quartier zum Chai eilte. Ihn trieben nach der letzten Pflicht des Tages immer drei weltliche Dinge hierher: der Hunger auf eine heiße Suppe mit anschließender *charcuterie*-Platte, der Durst auf eine Flasche Wein aus Saint-Émilion und die Lust auf ein ausschweifendes Gespräch über die Neuigkeiten im Viertel und über die großen Themen des Lebens.

Lacroix war längst nicht jeden Abend hier. Er ging normalerweise nach dem Apéro nach Haus und aß dort mit Dominique oder führte sie in eines ihrer Lieblingsrestaurants unweit ihrer Wohnung aus. Doch heute zog ihn nichts nach Hause, und der Tag war auch lange noch nicht zu Ende.

»Wo ist Yvonne?«, fragte Lacroix seinen Zwillingsbruder, gerade als Alain zur Tür hereinkam, in die Runde der Stammgäste grüßte, die es sich auf den roten Lederstühlen im Gastraum bequem gemacht hatten, und zu den Brüdern an die Bar trat.

»Im Keller, sie kriegt eine Weinlieferung.« Pierre-

Richard zeigte nach unten, als wiese er zu den Katakomben seiner Kirche. In der Tat waren die Kellerräume unter dem Bistro riesig und enthielten ungeahnte Weinschätze, von denen der Commissaire schon oft probiert hatte. Dennoch wusste er, dass Yvonne erst seit Kurzem dort unten sein konnte. Sie hatte keinen Fernseher im Gastraum – ein Einrichtungsgegenstand, der weder ihr noch Lacroix besonders fehlte –, doch sie wusste, wann die Pressekonferenz stattfinden sollte, und hatte sie sicher mit ihrem Mann auf dem kleinen Fernseher in der Küche verfolgt, auf dem sonst die Spiele von Paris Saint-Germain liefen und Monsieur Abeille vom Kochen abhielten. An Spieltagen war es besser, nur kalte Dinge zu bestellen – Stammgäste wussten das.

»Was macht dein Fall? Wenn ich dich so ansehe …«

Lacroix zog langsam und nachdrücklich die Schultern hoch, als sich Alain einschaltete.

»Das war eine lange Pressekonferenz, die haben dich ja ewig gegrillt«, befand er, und Lacroix war geneigt, ihm zuzustimmen.

Für gewöhnlich war spätestens nach vier Fragen Schluss. Heute hatte Lacroix bestimmt zwanzig Minuten lang immer neue und doch stets die gleichen Fragen beantworten müssen. Natürlich war aus der Préfecture niemand hinzugekommen. Der Commissaire général hatte ihn in Empfang genommen, im Pressesaal selbst ließ Mercier sich aber lieber nicht blicken. Es war ein unangenehmes Terrain geworden nach den Vorkommnissen der vergangenen Nächte. Besonders die Fernsehkollegen, die live auf Sendung waren und für die Einschaltquoten möglichst spektakuläre Enthüllungen brauchten, hatten mehrfach aggressiv nachgehakt: warum die Polizei den zweiten – und besonders den dritten – Mord nicht hatte verhindern können, wer das dritte Opfer sei, es gehe das Gerücht um, es sei kein Obdachloser. Besonders häufig wurde nach dem Serienmörder von 1988 gefragt, und es verbreiteten sich schnell hochspekulative Gerüchte. Serienmorde elektrisierten die Presse, so war es schon immer gewesen. Das Skandalöse und Morbide in dieser Stadt, die so viele dunkle Seiten hatte, dass derlei Geschichten hierherpassten wie an kaum einen anderen Ort.

Doch Lacroix hatte all das zurückgewiesen. Sie wüssten nur, dass offenbar derselbe Täter dreimal zugeschlagen habe. Ob er aber ein Verrückter sei – das Wort Serienmörder würde die Presse aus seinem Mund nicht hören – oder jemand, der aus Habgier tötete, könnten sie noch nicht sagen. Die Police nationale und sein Team hätten alles Menschenmögliche getan und würden das auch in der kommenden Nacht tun, aber die Ufer der Seine seien unmöglich vollständig zu überwachen. Immerhin werde er ja in der kommenden Nacht sicher reichlich Hilfe haben – von all den Journalisten, die sich mit der Polizei zusammen auf die Lauer legen würden. Er verlor kein Wort über das dritte Opfer. Weder der Familie Pascher noch seiner Geliebten wäre damit geholfen.

Lacroix hatte die Presse auch noch mal ermuntert, sie bei der Fahndung nach den beiden Brüdern aus Tschetschenien zu unterstützen. Er fragte sich wirklich, wo sie steckten und warum sie sie nicht zu fassen bekamen. Dabei war ihm etwas eingefallen, was sie den Tag über schlicht aus den Augen verloren hatten. Er ging um den Tresen herum und rief im Kommissariat an, einige Sekunden später meldete sich der Korse.

»Paganelli, wissen Sie, was mit dem blutigen Pullover ist?«

»Der ist mir auch eben gerade erst wieder eingefallen. Aber es gab den ganzen Tag keine Mail aus der Spurensicherung. Ich habe eben dreimal dort angerufen, aber es nimmt niemand ab.«

»Bleiben Sie weiter dran, Brigadier. Bis nachher.«

»Wissen Sie, wo Rio ist? Sie ist einfach verschwunden.«

»Sie hat zu tun.«

Damit legte er auf. Noch war es nicht an der Zeit für Erklärungen.

Lacroix sah Yvonnes Haarschopf aus der Küche lugen, sie rief gerade noch ihrem Mann zu: »Ja, es sind wirklich verdammte Schmeißfliegen, diese Journalist…«, da sah sie den Commissaire.

Er lächelte leise in sich hinein.

»Salut, Alain, salut, Lacroix«, sagte sie wie beiläufig.

»Na, wie ist die Lieferung? Gute Weine dabei?«

»Wunderbare Tropfen«, sagte sie und schaute ihm dabei tief in die Augen, wohl wissend, dass sie beide wussten, was Sache war.

»Bier? Wein? Schnaps?«

»Starten wir mit einer Flasche von dem guten Pomerol, dem von 2015. Ist der noch da?«

»Bring ich euch sofort. Was zu essen?«

»*Magret de canard* für alle?«, fragte Alain, und die Brüder nickten.

»Aber bitte mit *gratin dauphinois*«, fügte Lacroix hinzu.

Sie rief die Bestellung in die Küche und wandte sich den anderen Gästen zu.

»Eine weitere Nacht in der Kälte?«, fragte Pierre-Richard.

»Ja, da komme ich wohl nicht drum herum. War einer deiner Späher noch mal bei dir?«

»Es war alles ruhig. Soll ich morgen noch mal an die Quais gehen?«

Lacroix schüttelte den Kopf. »Ehrlich gesagt, kann ich mir nicht vorstellen, dass heute Nacht auch nur ein Obdachloser im Freien schlafen wird. Spätestens nach der Pressekonferenz ist nun wirklich jeder auf der Hut. Das Einzige, was du tun kannst, ist beten, dass wir morgen früh ohne einen neuen Toten dastehen.«

»Glaubst du wirklich nicht an einen … du weißt schon?« Auch sein Bruder wollte das Wort nicht in den Mund nehmen, und Lacroix war ihm dafür sehr dankbar. »Es ist doch nicht ausgeschlossen, dass der Täter von damals wieder zugeschlagen hat. Die Taten ähneln sich schon sehr, oder?«

»Sie sind nahezu identisch.«

»Wie lange denkst du schon darüber nach?«

»Was glaubst du?«

Pierre-Richard sah seinen Zwillingsbruder betroffen an. »Das heißt, du glaubst, dass das des Rätsels Lösung ist?«

»Ich habe nicht viele andere Ideen.«

Der Wein kam, und Lacroix genoss den sanften Abgang, der nach Johannisbeeren schmeckte – und er genoss, dass er zum ersten Mal an diesem Tag schweigen konnte. Das stille Einvernehmen und die Gedanken an das Grauen, das sich nicht abstreifen ließ.

Als Yvonne die Teller brachte, waren sie voller Vorfreude. Doch gerade als Lacroix die Entenbrust anschnitt und sich ein wenig Blut aus dem Fleisch mit dem krossen Kartoffelgratin vermischte, rief die Wirtin:

»Du wirst es nicht glauben, *mon commissaire*. Telefon.«

Sie hielt ihm den Hörer hin.

»Dominique?« In ihm keimte Hoffnung auf. Vielleicht war das Treffen der Bürgermeister ja früher zu Ende als geplant.

Yvonne schüttelte den Kopf.

»Lacroix, hier ist Mercier.«

»Arnaud, ich wollte gerade essen.«

»Eine gute Pressekonferenz. Alles abgestritten, die Öffentlichkeit beruhigt, die Fahndung beschleunigt. Sehr gut.«

»*Merci*, Arnaud. Mein Essen steht auf dem …«

»Lacroix, wir müssen alle verfügbaren Einheiten losschicken, um den alten Mann zu suchen. Ich will eine Öffentlichkeitsfahndung. Ich will alles wieder aufrollen, die Zeugen von damals aufsuchen. Noch heute Nacht. Er war es!«

»Warum, Arnaud? Warum sollte er so lange gewartet haben? Dreißig Jahre sind eine verdammt lange Zeit!«

»Lacroix, wir können diesen Leuten nicht in den Kopf schauen.«

»Wir können es.«

»Mein lieber Commissaire, wie sagte schon Seneca? ›Dass ein Mensch einen Menschen, ohne ihm zu zürnen, ohne ihn zu fürchten, nur aus Lust, an seiner Qual sich zu weiden, tötet!‹ Es gibt diese Menschen, es gab sie schon immer. Schon bei den alten Römern. Sie sind irrsinnig getrieben von der Lust, einem anderen das Leben zu nehmen. Suchen Sie nach ihm, Lacroix. Ich möchte Ihnen den Fall nicht entziehen müssen. Hier am Quai sind alle ganz verrückt danach, den alten Serienkiller festzunehmen.«

»Sagen Sie ihnen, dass wir tun, was wir können. *Merci*, Arnaud. Ich möchte jetzt gern essen.«

»Eine gute Nacht. Und morgen früh möchte ich vor meinem Fenster kein Blaulicht sehen.«

»Dann ziehen Sie die Gardinen zu.«

33

Er hatte sich kurz nach dem Essen entschieden. Ein Anruf im Kommissariat, und Paganelli hatte den Bildausschnitt, der eine Nahaufnahme des Mannes auf der Überwachungskamera an der Notre-Dame zeigte, an Romy Schneider in der Redaktion von *Le Parisien* gemailt. Betreff: »Für die morgige Ausgabe«. Sonst kein Wort.

Und dann hatte die Nacht begonnen. Diesmal ohne Rio, was das Warten länger und stiller machte. Mehrere Einheiten der Gendarmerie hatten am Fluss Position bezogen. Und – Lacroix hatte recht behalten – mehrere Kleinwagen in Zivil oder mit Senderlogos standen im Parkverbot auf den Quais herum. Fotografen und Kameraleute wollten den »Clochard-Schlächter« nicht noch einmal verpassen. Und so verging Stunde um Stunde.

Lacroix bemerkte, dass er am Morgen neuen Pfeifentabak besorgen musste, in dem kleinen *tabac* in der Rue de Seine. Er spazierte immer wieder ein Stück, besah sich die alten Laternen und das Licht, das sie auf die alten Pflastersteine warfen, wanderte ziellos darin auf und ab, schlich auf der nächtlichen Place Dauphine umher, im Schatten des ehrwürdigen Justizpalastes. Er trank ein letztes Bier am Tresen des leeren Chez Paul und erhob sein Glas auf Commissaire Maigret, der immer genau hier in der allerdings fiktiven Brasserie Dauphine sein Bier getrunken hatte. Er sah zu, wie der Bistrobesitzer anschließend die Rollläden herunterließ, und traf eng umschlungene Paare und einen nächtlichen Jogger.

Als die Vögel den Morgen ankündigten, fand sich der Commissaire frierend auf seiner Bank wieder und stellte fest, dass er wohl eine halbe Stunde geschlafen haben musste. Er entzündete die Pfeife und horchte in sich hinein: Er war gut gelaunt und voller Tatendrang. Der rauchige Geschmack legte sich auf seine Zunge und weckte das Bedürfnis nach einem *café*.

Er war sicher: Es würde nichts mehr passieren. Es würde keinen neuen Toten geben. Lacroix stieg die Treppe hinab und ging zu der Gruppe von Gendarmen am südlichen Ufer, die mit Blick auf die Île de la Cité wieder als Obdachlose verkleidet die Nacht verbracht hatten. Lacroix griff Paganelli an die Schulter, der sofort hochschreckte.

»Ja?«, fragte er verschlafen. »Ist was passiert?«

»Wir rücken ab.«

»Wieso?«

»Das war's. Wir gehen jetzt schlafen, und dann treffen wir uns um zwölf im Büro und lösen den Fall.«

»Alles klar, Chef«, sagte der Korse verschlafen. »Ich sage den Kollegen Bescheid. Wo ist denn jetzt Rio?«

»Sie hat etwas anderes zu tun. Schlafen Sie gut«, sagte Lacroix und ging mit beschwingtem Schritt in Richtung Chai de l'Abbaye. Vielleicht war Yvonne auch jetzt um sechs schon im Laden, sodass er sich vor dem Schlafengehen noch etwas aufwärmen konnte. Er hatte eine Idee.

Von Rasiermessern und anderen Kalibern

34

Lacroix' gute Laune wurde am einzigen Kiosk, der schon geöffnet hatte, ein wenig getrübt. Die ersten Taxis rauschten über den Boulevard Saint-Germain, als der Commissaire die breiten Lettern auf der Titelseite von *Le Parisien* las:

PARIS' NEUER MAIGRET: ER JAGT DEN ALTEN SERIENMÖRDER VOM PONT NEUF

Darunter war ein riesiges Foto von ihm abgebildet, den Mantelkragen hochgestellt, den Hut tief ins Gesicht gezogen, die Pfeife dampfte. Es musste gestern Morgen aus weiter Entfernung am Quai aufgenommen worden sein. Im Hintergrund war Rio zu sehen, die immer noch die Decke um sich gelegt hatte. Neben ihm prangte das Fahndungsfoto, das er am Abend der Zeitung hatte zuspielen lassen. Romy Schneider hatte das Foto natürlich sofort abgedruckt, aber dennoch nicht auf ihren reißerischen Text verzichtet. Der Commissaire wollte für diesen Unfug kein Geld ausgeben und erst recht nicht mit der Zeitung in der Hand gesehen werden. Deshalb überflog er den Artikel am Kiosk:

Exklusiv haben wir die Information, dass die Police nationale de Paris in Person von Commissaire Lacroix, vielen Lesern besser bekannt als Paris' neuer Maigret, auf der Jagd nach dem Clochard-Schlächter nun den Einschätzungen unserer Reporterin folgt. Demnach ist Lacroix auf der Suche nach einem alten Mann, der auf zahlreichen Überwachungsvideos zu sehen ist und sich zur Tatzeit in der Nähe aller drei Tatorte aufgehalten hat.

Bei dem alten Mann handelt es sich offenbar um denselben Täter, der schon 1988 für eine Serie von drei Clochard-Morden verantwortlich war. Was der Mann in der Zwischenzeit getan hat, wo er war und wieso er nach drei Jahrzehnten erneut zum Täter wurde, ist Gegenstand der Ermittlungen.

Sollten Sie den Mann auf dem Bild kennen, melden Sie sich bitte direkt bei Le Parisien. *Wir werden Ihre Informationen umgehend an die Polizei weiterleiten.*

Nachdem es gestern einen dritten Toten gab, der offenbar aber kein Obdachloser war, sondern ein Handwerker aus dem Pariser Süden, stellt sich auch an diesem Morgen die Frage: Musste noch ein Mensch sterben?

Handelt es sich tatsächlich um den Serienmörder von 1988 und folgt er demselben Muster, müsste die Mordserie nach der Tat gestern wieder beendet sein. Commissaire Lacroix jedenfalls bestätigte unserer Zeitung, dass er alles daransetzen wird, den Täter zu finden – und zwar in den nächsten Stunden. Paris wird also demnächst wieder ruhig schlafen können – sollte die Legende Erfolg haben. Aber nur dann.

Die Prosa der jungen Journalistin war furchtbar. Aber er hatte sein Ziel erreicht: Es gab eine Öffentlichkeitsfahndung, und die war ein gutes Mittel, um genau die Aufmerksamkeit zu erregen, die Lacroix wollte, um den alten Mann zu finden. Im Bistro war es noch dunkel und vollkommen still, doch hinter sich hörte Lacroix eine Stimme.

»*Mon commissaire*, so früh auf den Beinen?«

Er drehte sich um und sah Alain, der eben im Begriff war, den Rollladen des Obst- und Gemüseladens hochzuziehen. Er ging auf den alten Mann zu, und sie umarmten sich.

»Wieder die ganze Nacht auf den Beinen gewesen?«

Lacroix nickte.

»Komm herein, ich habe einen Schluck, der dich aufwärmt.«

Lacroix half ihm, drei Kisten mit Orangen hineinzutragen, die vor der Tür standen, dann reichte ihm Alain einen kleinen Becher mit einer durchsichtigen Flüssigkeit.

»Ein Eau de vie aus Mirabellen von meinem Schwager aus der Normandie. Der macht ordentlich warm von innen.« Er sah Lacroix besorgt an: »Ist wieder etwas passiert? Ich wollte gleich, wenn Jean hier übernimmt, am Fluss nach dem Rechten sehen.«

»Alles ruhig«, antwortete Lacroix, und nach einem Moment der Stille, in dem sie beide ihren Gedanken nachhingen. »Kann ich dich etwas fragen?«

»Natürlich.«

»Du wurdest doch damals befragt. 1988, meine ich. Und du hast alle Presseberichte gelesen, genau wie heute. Meinst du, es könnte wirklich derselbe Mann sein?«

Alain nahm den letzten Schluck aus dem Becher und ließ seinen Blick über die akkurat angeordneten Früchte schweifen, die die komplette linke Seite seines Ladens einnahmen. Rechts lag das Gemüse, auch die Steinpilze, die sich Lacroix vorgestern hatte schmecken lassen.

»Ich weiß noch, dass es mich damals am meisten erstaunt hat, wie präzise der Mörder gearbeitet hat. Es war immer derselbe Ablauf. Dasselbe Muster. So stand es in der Zeitung, und so erzählten es die Leute. Du hast das damals auch immer gesagt, obwohl es gar nicht dein Fall war. Weißt du noch?«

Alain konnte sich wirklich besser an den Fall erinnern als der Commissaire. Er hatte völlig recht: Lacroix selbst war an den Ermittlungen nicht beteilig gewesen, hatte aber viel darüber in den Akten gelesen.

»Und diesmal scheint es so willkürlich, es trifft sogar einen ganz normalen Menschen, einen Handwerker. Und auch, dass er immer fast an derselben Stelle zugeschlagen hat. Das wirkt, ich weiß auch nicht, es wirkt geplant und nicht …«

»… nicht wie ein Mann, der einem inneren Trieb folgt.«

»Du sagst es.«

Sie saßen einträchtig nebeneinander auf zwei Obstkisten und beobachteten, wie die Rue de Buci langsam erwachte. Endlich kam auch Yvonne mit Idefix, der hechelnd hinter ihr herlief, in Vorfreude auf diesen neuen spannenden Tag mit all den Gästen im Chai.

Lacroix stand auf, um den ersten *café* des Tages zu trinken – und endlich seinen liebsten Hut wieder an sich zu nehmen.

35

Seit einer Stunde saß er an seinem Schreibtisch, die Glaswand zum Großraumbüro fest im Visier. Die Fotosammlung war in den letzten Tagen gewaltig gewachsen, und der Commissaire sah sich eines nach dem anderen an, lange, ausführlich. Da waren zum einen die Fahndungsfotos der Tschetschenen. Paganelli war sehr fleißig gewesen, dennoch hatten sie immer noch keine Spur. Die Brüder waren offenbar geübt darin, sich vor der Polizei zu verstecken. Zum anderen hingen die Fotos von George Maille, Bertrand Valls und Laurent Pascher an der Wand. Außerdem die der Angehörigen der Opfer. Madame Renaud von der Obdachlosenunterkunft. Dimitri, der Clochard. Die alte Frau mit ihren Tüten. Und die Geliebte mit den traurigen Augen.

Unter den Fotos hingen die drei Bilder der Überwachungskameras und das Phantombild des alten Mannes, den François beobachtet hatte. Heute Morgen hatte Lacroix noch das alte Fahndungsplakat von 1988 dazugehängt. Eine gewisse Ähnlichkeit war da, das konnte auch der Commissaire nicht verhehlen. Aber irgendetwas stimmte nicht.

Paganelli rief nicht nach ihm, er kam, ohne anzuklopfen, ohne neuerlichen Witz auf seine Kosten in sein Büro gestürzt.

»Lacroix, kommen Sie! Ihr Bruder!«

Der Commissaire riss seinen Mantel vom Haken und dachte im Rausgehen gerade noch daran, seine Pfeifentasche einzustecken. Der Hut blieb auf der Ablage, der Ton des Korsen hatte ihn beunruhigt.

Rio hatte noch einen weiteren Tag im siebzehnten Arrondissement zu tun, deshalb fuhren sie zu zweit. Doch Paganelli hatte sich dem Fahrstil seiner Kollegin angepasst, offenbar war es wirklich dringend. Lacroix fragte nicht, er wusste, es würde nicht mehr lange dauern, als sie erst die Rue Jacob und dann die Rue de Grenelle entlanggeschossen. Der Korse parkte das Auto vorm Supermarkt Franprix, vielmehr stellte er es schräg auf die Straße.

»Damit die Ambulance hinter uns halten kann.«

»Brigadier, was ist denn los? Welche Ambulance?«

»Kommen Sie, Lacroix.«

Sie gingen zusammen auf die Kirche zu. Wieder mussten sich die Augen des Commissaire erst an die Dunkelheit gewöhnen, als sie durch das breite Portal gingen, doch dann sah er schon seinen Bruder – wie es aussah, war Pierre-Richard wohlauf. Gott sei Dank.

Der Priester kniete neben einer Stuhlreihe und redete beruhigend auf jemanden ein. Lacroix und Paganelli gingen auf sie zu.

Der Korse flüsterte: »Er hat am Telefon nur gesagt, Sie sollten kommen. Und zwar schnell.«

Sie sahen, dass ein Mensch auf dem Rücken auf mehreren Stühlen lag. Unter dem zweiten Stuhl war eine beträchtliche Menge Blut. Als Lacroix in die Reihe einbog und sich zu seinem Bruder hockte, erkannte er, wer der Mann war: Dimitri.

Der Russe lag gekrümmt auf einer Decke, die der Priester notdürftig auf die Stühle gelegt hatte, und blutete aus dem Bauch. Immerhin war es kein dunkles Blut, so waren wohl keine Organe verletzt. Vielleicht war der Schnitt nicht so tief, wie es aussah.

Wie es schien, war Dimitri bewusstlos.

»Was ist passiert?«, fragte Lacroix seinen Zwillingsbruder.

»Ich habe gerade die Kerzen für die Morgenmesse angezündet, da kam er zur Tür herein und ist im Vorraum zusammengebrochen.«

Pierre-Richard war besorgt, sprach aber doch ruhig und bedächtig. Er hatte schon zu viel erlebt, als dass ihn Blut, und sei es noch so viel, aus der Ruhe bringen konnte. Als junger Mann war er als Priester der französischen Armee unter anderem im Krieg um den Grenzverlauf von Libyen und Tschad gewesen.

Lacroix betrachtete das Gesicht des Obdachlosen: Es war fahl und eingefallen, die Augen waren geschlossen. Im Hintergrund hörte er die Sirene des Krankenwagens, der näherkam.

»Ich gehe raus und hole sie«, sagte Paganelli und stand auf. Lacroix zog den schmutzigen und blutnassen Pullover des Mannes hoch, sein Bruder reichte ihm ein Handtuch.

»War er vorhin noch bei Bewusstsein?«

»Ja. Er hat gestammelt: ›Die Brüder …‹, das habe ich verstanden. ›Die Brüder …‹ Er hat es mehrmals gesagt.«

»Noch etwas?«

»Nur das.«

»Meinst du, er hat wieder an der Seine geschlafen?«

Lacroix' Theorie geriet ins Wanken. Was denn nun? Der Serienmörder von 1988? Oder doch die Tschetschenen? So langsam ging ihm dieser Fall gehörig auf die Nerven.

»Es wird wohl so gewesen sein.«

Lacroix sah, dass die Blutung offenbar etwas nachließ.

»Wie gut kennst du ihn?«

»Seit Jahren vom Sehen. Aber erst seit Kurzem sucht er meine Nähe, das habe ich dir ja vorgestern schon erzählt. Manchmal glaube ich, dass er jeden Obdachlosen kennt, von hier bis nach Bercy.«

Durch das Portal fiel Licht herein, hinter dem Korsen betraten ein Notarzt und zwei Sanitäter die Basilika. Die Gruppe steuerte auf sie zu.

»Hier, er blutet stark. Leber und Milz sind aber offenbar nicht betroffen«, sagte Lacroix, und sein Bruder nickte bestätigend.

Der Notarzt beugte sich über Dimitri, besah sich die Wunde und schickte die Sanitäter gleich wieder hinaus, um eine Trage zu holen.

»Wo bringen Sie ihn hin?«

»Hôtel-Dieu, fürs Erste.«

»Paganelli, ich will Polizeischutz für den Mann«, wies Lacroix an. Und an die Sanitäter gerichtet: »Informieren Sie uns bitte, wenn er ansprechbar ist. Möglichst noch heute Vormittag. Wir dürfen keine Zeit verlieren.«

Der Arzt blickte ihn an. »Ich dachte, Sie würden die Serie stoppen. Stand jedenfalls in der Zeitung. Meinen Sie, er ist das vierte Opfer?«

»Dann wäre er jetzt tot.«

36

»Die Leute reden viel. Und sagen doch gar nichts.«

Lacroix verabscheute dienstliche Gespräche am Telefon, doch auf dieses hatte er sich gefreut. Aber Jade Rio, die immer noch rund um die Cour Saint-Pierre unterwegs war, hatte keine guten Neuigkeiten.

»Keiner kann sich an die Ermittlungen von 1988 erinnern?«

»Es wohnen hier mittlerweile so viele junge Leute, so viele Bobos und Hipster.«

»Wer?«

»Verzeihen Sie, Commissaire. Viele junge Menschen mit Bärten und merkwürdigen Hosen. Ich habe auch mit einigen Leuten gesprochen, die schon ewig hier leben. Sie erinnern sich sehr wohl. Aber sie würden immer noch beschwören – eine hat gesagt, sie würde ihre Hand dafür ins Feuer legen –, dass es niemand an der Cour Saint-Pierre war. Ende der Achtziger kannte hier wirklich jeder jeden, es war eine eingeschworene Gemeinschaft.«

»Haben Sie irgendjemanden gefunden, der auf die Beschreibung passt?«

»Nicht nur einen. Ein Mann, der Anfang der Achtziger einen Oberlippenbart trug. Das ist ungefähr so, als würde man heute einen Dreißigjährigen mit Vollbart suchen. Die gibt es wie Sand am Meer.«

»Sie wissen, warum ich Sie dorthin geschickt habe, Rio. Wenn jemand etwas herausfindet, dann Sie. Was tun wir?«

»Ich nehme mir noch den heutigen Tag. Es gibt noch drei Häuser, in denen ich niemanden angetroffen habe. Dort wohnen nur Leute, die schon seit Ewigkeiten hier leben, sagen die Nachbarn. Noch gebe ich nicht auf, Lacroix. Und das sollen Sie auch nicht.«

»*Merci*, Capitaine, wir sprechen uns später.«

Er legte auf, und Paganelli kam auf ihn zu.

»Das Krankenhaus hat angerufen. Dimitri ist wach und ansprechbar. Hoffentlich kann er uns weiterhelfen, damit wir die verdammten Brüder endlich finden.«

»Ich gehe hin. Bleiben Sie bitte hier, Brigadier. Ich brauche jemanden im Büro. Nach dieser Schlagzeile heute gerät die Sache sicherlich in Bewegung. Wir müssen sofort reagieren können. Und rufen Sie noch mal bei der verdammten Spurensicherung an.«

»In Ordnung.«

Der Korse nahm wieder Platz. Mit gerunzelter Miene sah er dem Commissaire nach, dann griff er zum Telefon.

Lacroix zog sich an und stieg hinab, hinaus in die Sonne, hinaus in die frische Herbstluft. Der Spaziergang würde ihm guttun.

»Monsieur le Commissaire«, rief Eric schon von Weitem, offenbar hatte der Zeitungsmann auf ihn gewartet. »Na, das sind ja mal Schlagzeilen. *Le Parisien* verkauft sich heute wie Baguette in Scheiben. Unglaublich! So viele Kunden fragen mich, ob ich Sie persönlich kenne. Ich sage natürlich immer, dass ich ein diskreter Händler bin und nicht über meine Kunden spreche.« Sein Gesicht war von Stolz erfüllt.

»*Merci*, Monsieur Hoche. Ich komme später noch mal vorbei, ich muss jetzt schnell weiter.«

»Wegen des Falles?«, fragte er aufgeregt. »Haben Sie einen Verdächtigen?«

»Sie erfahren es schneller als *Le Parisien*«, sagte Lacroix und lächelte müde über seinen schlechten Scherz.

Er ging langsam die Rue des Bernardins entlang und überquerte dann die Seine über den Pont de l'Archevêché. Von dem kleinen Park am anderen Ufer fand er den Blick auf Notre-Dame am schönsten. Das riesige Kirchenschiff war gut zu erkennen, von hier wirkte die Kathedrale aber nicht so klobig wie vom Hauptplatz. Die feinen Streben und geschliffenen Formen des Gebäudes waren hier hinten viel verspielter und ausdrucksstärker. Lacroix ließ sich im Park auf einer Bank nieder und blickte hinüber zur Île Saint-Louis. Er genoss die klare, kühle Luft und beobachtete eine Nanny, die zwei Kinder beim Spielen begleitete, ein kleines Mädchen und einen größeren Jungen, der wild einer Taube hinterherrannte.

Die Morde waren alle drei unten am Ufer verübt worden, unweit von hier. Vor dreißig Jahren hatte sich der erste Mord ebenfalls hier in der Nähe ereignet. Der zweite ein Stück weiter stadtauswärts, der dritte unter dem Pont Alexandre III, kurz vor dem Invalidendom. Lacroix spürte, dass er bei seinen Überlegungen auf die Zielgerade einbog. Er wusste, wie sein Kopf funktionierte, kannte nur zu gut das Gefühl, wenn ein Fall kurz vor der Aufklärung stand. Dass die Tschetschenen erneut in Erscheinung getreten waren, damit hatte er wirklich nicht gerechnet. Aber nun galt es, keine Zeit mehr zu verlieren.

Er betrat das Hôtel-Dieu. Das älteste Krankenhaus der Stadt lag genau gegenüber der Kathedrale von Notre-Dame. Schon im Jahre 651 war es gegründet worden und war damit das älteste Hospital der Welt, das noch immer in Betrieb war. Es war allerdings fraglich, wie lange noch. An der Fassade hingen noch immer die Plakate, mit denen gegen die Schließung der Notaufnahme protestiert wurde. Auch Lacroix wollte, dass das historische Gemäuer in seiner Funktion erhalten blieb. Nicht ganz uneigennützig. Die Stadt wandelte sich immer schneller, und würde man das Hôtel-Dieu schließen, würden vermeintlich kluge Köpfe sicher bald auch auf die Idee kommen, dass die besten Polizisten der Stadt statt im alten Gemäuer des Quais besser in einem anonymen Neubau in La Défense untergebracht wären. Gott bewahre!

Lacroix ging an der Auskunft vorbei die Treppe hinauf, um zur Chirurgie zu gelangen. Vor Zimmer 128 stand ein bewaffneter Polizist, der salutierte und den Commissaire passieren ließ. Dimitri lag im Bett und schaute auf den Fernseher, der mit leisem Ton lief. Er versuchte, sich aufzurichten, als er Lacroix erblickte.

»Oh, Commissaire«, sagte er und stöhnte auf. Die Wunde am Bauch war ohne Frage sehr schmerzhaft. »Kommen Sie, kommen Sie«, er winkte Lacroix heran, der auf einem Stuhl neben dem Bett Platz nahm.

»Es freut mich, dass es Ihnen den Umständen entsprechend einigermaßen gut geht, Dimitri«, sagte der Commissaire. »Können Sie mir sagen, was passiert ist?«

Der Obdachlose im weißen Klinikkleid schnaubte verächtlich und zog die Augenbrauen hoch.

»Ich bin ja selbst schuld, ich war so blöd. Ich dachte mir, dass so viel Polizei unterwegs ist in dieser Nacht. Deshalb habe ich mich getraut und doch am Fluss geschlafen. Weiter oben, Richtung Pont Alexandre III. Die Nacht war sehr ruhig, es waren nur wenige Leute draußen. Die Angst war echt spürbar, Commissaire. Und als der Morgen graute, da …« Er brach ab, als würde er sich in den Moment zurückversetzen. »Da stand auf einmal einer der beiden vor mir. Mit diesem Rasiermesser. Ich bin sofort aufgesprungen, aber er hat es trotzdem geschafft, mich zu verletzen. Ich habe mich gewehrt. Es war ein kurzer Kampf, dann ist er abgehauen. Ich habe mich gerade noch hochschleppen können und habe versucht, ein Auto anzuhalten. Aber meinen Sie, mich hat jemand mitgenommen, so, wie ich aussah? Ich habe es dann bis zur Kirche geschafft. Ein Glück, dass Ihr Bruder da war. An mehr kann ich mich nicht erinnern.«

»Er hat mich sofort angerufen. Die Sanitäter haben Sie gerettet. Sie haben viel Blut verloren. Wie schlimm ist es?«

»Ein recht tiefer Schnitt in den Bauch. Keine Organe verletzt. Rasend viel Glück hatte ich.«

»Es war einer der Brüder Pogorzelsky?«

»Ja, der jüngere. Bashir. Der ältere, Ruslan, war nicht da.«

»Hat er etwas gesagt?«

»Nichts. Er hat sofort zugestochen. Und er hatte einen irren Blick, ich hatte solche Angst, das sage ich Ihnen.« Dimitri sah sich nervös im Zimmer um.

»Hier sind Sie in Sicherheit, glauben Sie mir. Was meinen Sie, warum wollten die Ihnen etwas antun?«

»Ich glaube, sie wissen, dass ich mit der Polizei geredet habe. Und wenn sie die Taten begangen haben … Vielleicht wollten sie, dass es so aussieht wie die Morde von damals, aber eigentlich nur den Clochards von heute Angst machen. Haben Sie darüber schon mal nachgedacht? Wenn es am Ende also nur eine riesige Offensive der Tschetschenen ist, um ihr Schutzgeld zu legitimieren? Allen klarzumachen, wer der Chef am Fluss ist?«

Lacroix nickte. »Das klingt plausibel.«

»Commissaire, ich habe Ihnen etwas verschwiegen. Ich weiß, wo sie sein könnten. Ich dachte mir nur, ich lasse Sie erstmal Ihre Arbeit machen. Außerdem ist das – also, die Adresse zu nennen –, das ist wirklich gegen den Ehrenkodex. Aber jetzt kann ich einfach nicht mehr anders.«

»Bitte sagen Sie sie mir.«

»Sie müssen sie festnehmen, wirklich. Ich werde aussagen. Die sind gemeingefährlich. Beim nächsten Mal bringen die mich um.«

»So weit werden wir es nicht kommen lassen.«

»Sie haben eine große Wohnung nahe der Place des Fêtes, in der Rue du Soleil. Hausnummer 8. Über dem Parkhaus. Ich war einmal da und habe was abgeholt, als ich noch mit den Brüdern Geschäfte gemacht habe.«

»Haben Sie vielen Dank, Dimitri. Für Ihre Ehrlichkeit. Und Ihre Beobachtungen.«

»Ach, Commissaire, wissen Sie, ich bin jetzt schon so lange da unten. Das ist eine große Gemeinschaft.«

»*Merci.* Wir werden nun dorthin fahren und hoffen, dass wir die Brüder antreffen.«

»Das hoffe ich auch, Commissaire, das können Sie mir glauben.«

37

Warum gab es kaum noch Telefonzellen, fragte sich Lacroix, als er vor dem Krankenhaus stehen blieb und auf den weiten Platz vor der Kathedrale blickte. Hunderte Touristen standen in zwei Schlangen an. Die einen, um in die Kirche zu gelangen, die anderen, um den Turm zu besteigen, in dem einst der sagenumwobene Glöckner von Notre-Dame gewirkt haben soll. Doch selbst hier, auf dem touristischsten Platz der Stadt, gab es keine Telefonzelle mehr. Warum auch? Jeder hatte ja ein Handy. Jeder außer Commissaire Lacroix. Er hätte natürlich auch einfach vom Krankenhaus aus telefonieren und Paganelli die Adresse durchgeben, ihn zur Verhaftung zu den Brüdern schicken können. Aber er hatte es nicht getan. Irgendetwas in ihm hatte sich dagegen gesträubt. Und in Momenten wie diesen, kurz vor der Aufklärung eines Falles, wusste Lacroix wieder, warum es gut war, nicht immer und überall erreichbar zu sein und nicht jederzeit jeden erreichen zu können. Diese ständige Kommunikation zwang einen, noch schnellere Entscheidungen zu treffen, noch schneller Befehle zu erteilen.

Er aber konnte noch etwas überlegen und seine Gedanken sortieren. Dinge einordnen, die er eben gehört hatte und über die er schon länger nachdachte. Er stapfte langsam los in Richtung Kommissariat, ging über den Petit Pont und lief auf dem Boulevard Saint-Germain entlang und hintenrum ins Kommissariat. Er wollte in diesem Moment niemanden treffen, weder Eric noch einen Kollegen. Eine Minute mehr für seine Gedanken. Als er das Treppenhaus betrat, kam ihm Paganelli entgegengerannt.

»Die Spurensicherung hat angerufen. Der Pullover. Das Blut ist von George Maille. Kein Zweifel. Sie hatten viele Krankheitsfälle und haben es einfach nicht geschafft, alles abzuarbeiten. Sie entschuldigen sich. Verdammte Tschetschenen, waren sie es also doch!«

Der Korse rannte vor, Lacroix folgte ihm zum Polizeiwagen.

»Ich habe die Adresse«, sagte der Commissaire, »wie sich alles fügt. Fahren wir!«

Paganelli bestellte die ständig bereitstehende Sondereinheit, die sich am Quai des Orfèvres hinter sie setzte. Es folgten fünfzehn Minuten wilde Fahrt, Lacroix kam nicht mehr zum Nachdenken, musste sich festhalten, um nicht immer wieder in dem kleinen Renault hin und her geschleudert zu werden. Vor und hinter ihnen fuhren je zwei Mercedes-Vito-Kleinbusse mit abgedunkelten Scheiben, doch Lacroix wusste, dass im Innern jeweils sechs vermummte und schwer bewaffnete Beamte eines Sondereinsatzkommandos saßen. Auch Rio hatten sie dazubeordert, von der Place de Clichy aus hatte sie es nicht weit.

Es war eine Stadtrundfahrt der besonderen Art – das Blaulicht flackerte, die Sirenen heulten, die Autos und Lastwagen vor ihnen machten Platz, und die Roller hinter ihnen nutzten die Gelegenheit und folgten der Kolonne durch die freie Gasse. Sie flogen förmlich am Rathaus vorbei, rasten dann über den Quai, um gleich wieder nach links abzubiegen. Die hochherrschaftliche Place des Vosges mit den Stadtpalais aus rotem Backstein lag zu ihrer Rechten. Dann wieder links und immer geradeaus auf die Bastille zu, die in einer Mischung aus Anmut und Anarchie über der Stadt thronte.

Halb links, vorbei am Bataclan, kurz die Augen schließen und die Erinnerungen verdrängen, dann durch die kleinen Gassen am Oberkampf, die vielen Bars und Tavernen, für die sich Lacroix längst deutlich zu alt fühlte. Paganelli dagegen war hier völlig in seinem Element, hier, wo die Jugend und sein Korsika ihr Zuhause hatten.

Kurz vor der Place des Fêtes schalteten sie die Sirenen und das Blaulicht aus und ließen die Wagen in einer Seitenstraße stehen. Die Gendarmerie hatte die Rue du Soleil längst abgesperrt, auch das ohne viel Aufheben. Rios Kleinwagen parkte in Sichtweite, sie kam auf sie zu.

»Alles in Ordnung, Capitaine?«

Sie betrachtete ihn einen Moment gedankenverloren, so als sei sie noch ganz woanders. »Ich bin fast fertig, aber etwas ist merkwürdig, Commissaire. Ich bin mir noch nicht ganz sicher. Es ist noch zu früh …«

Lacroix nickte nur und fragte nicht weiter nach. Sie würde schon den richtigen Riecher haben und ihn rechtzeitig in ihre Überlegungen einbeziehen.

»Wo warst du?«, fragte Paganelli.

»Erzähl ich dir später«, antwortete sie. »Los, schnappen wir uns die Jungs!«

Nun marschierten die rund zwanzig Beamten in Gefechtsstellung in die Straße hinein und positionierten sich vor und hinter dem Gebäude. Es bedurfte nicht viel, nur eine kleine Handbewegung von Lacroix, und die Beamten stürmten das Haus. Sie rannten die Treppe hinauf, es klang von außen wie viele kleine Explosionen. Dann knallte es. Einmal, zweimal. Splitterndes Holz war zu hören, dann Schreie.

Von außen hörten Rio und Lacroix, wie Paganelli schrie: »Bleib liegen, liegen bleiben!«, und es gab wieder einen Schlag. Jemand fluchte auf Russisch oder in einer anderen osteuropäischen Sprache. Es war ein tiefes Gebell, auf das Paganelli, der immer herauszuhören war, mit neuen Flüchen antwortete. Nun ertönten die »Sicher!«-Rufe der Beamten vom Sondereinsatzkommando.

Nur eine Minute später kam Paganelli wieder herunter. Er führte einen riesigen Mann vor sich her, dem er Handschellen angelegt hatte und der aus einer Platzwunde am Auge blutete. Auch der Korse hatte etwas abgekriegt, Blut rann aus seiner Nase.

»Der Kerl hat mir die Nase gebrochen«, rief er von Weitem.

»Willst du eine Ambulance?«, fragte Rio in vollem Ernst, aber Paganelli rollte nur mit den Augen.

»Das hättest du wohl gern. War ja nicht das erste Mal«, sagte er und riss den Russen mit sich, der mindestens doppelt so breit war wie er. Im Gesicht des Mannes lagen Wut und Verachtung, mehr noch aber im Gesicht des jüngeren Tschetschenen, der eben die Treppe heruntergeführt wurde. Auch er hatte die Hände mit Handschellen gefesselt, hinter ihm liefen zwei Beamte.

»Was wollen Sie von uns?«, fauchte der Kleine und sah Lacroix wütend an. »Sie kenne ich doch aus der Zeitung.«

»Sie sind vorläufig festgenommen. Wegen Drogenbesitzes in gewerbsmäßiger Form.« Lacroix dachte an die Drogen, die sie im Haus nahe der Bastille gefunden hatten. »Wegen des Verdachts auf schwere Körperverletzung gegen einen Polizeibeamten. Und wegen des Verdachts des Mordes an George Maille. Paganelli, nehmen Sie sich die Wohnung vor!«

Er wandte sich ab und ging mit Rio zurück zu ihrem Wagen, für ihn gab es hier nichts mehr zu tun.

38

Der Verhörraum war für Lacroix wie ein zweites Wohnzimmer. Er fühlte sich wohl in diesen vier Wänden und hatte sich seit zwei Jahrzehnten erfolgreich gegen alle Modernisierungen gewehrt. Nicht mal eine Klimaanlage gab es. Hier saß er nun, neben sich Paganelli, die Nase mit einer weißen Bandage verbunden, durch die noch immer ein wenig Blut trat. Es war ein handfester Nasenbeinbruch. Lacroix war froh, dass er selbst nicht mehr in dem Alter war für derlei Handgreiflichkeiten. Und dass er in der Regel vor der Tür warten konnte, wenn Wohnungen gestürmt wurden.

Der Korse war gereizt. Das wollte der Commissaire nutzen. Ihnen gegenüber saßen die tschetschenischen Brüder. Lacroix fiel es immer noch schwer, die beiden auseinanderzuhalten. Der kleine flinke war Bashir, der Dimitri niedergestochen hatte, und der große massige war Ruslan.

Obwohl sie von so unterschiedlicher Statur waren, wiesen ihre Gesichtszüge doch Ähnlichkeiten auf. Nur die Narbe auf der Stirn des einen war unübersehbar, das herübergekämmte Haar vermochte sie nicht zu verdecken. Aus den anfänglich wütenden Blicken waren gleichmütige geworden – die Stunden, die Lacroix die beiden im Verhörraum hatte warten lassen, hatten für Abkühlung gesorgt. Nun war es an der Zeit.

»*Messieurs*, Sie sind aus vielerlei Gründen hier, die – jeder für sich genommen – schon reichen, um Sie für ein paar Jahre in Fleury-Mérogis unterzubringen. An vielen dieser Punkte habe ich wenig Zweifel. Wo ich allerdings auf Ihre Mithilfe angewiesen bin, ist die Mordserie der letzten Tage an der Seine. Es gab drei Morde und heute Morgen einen versuchten vierten Mord. Und zumindest bei der letzten Tat wurden Sie am Tatort gesehen, Bashir. Wir haben nicht nur die Aussage des Mannes, der schwer verletzt worden ist, sondern auch die eines Straßenfegers, der Sie in ein Auto hat steigen sehen, das jemand fuhr, der Ihnen recht ähnlich sah. Also, warum haben Sie heute Morgen einen Obdachlosen angegriffen und schwer verletzt?«

Lacroix war die Idee mit dem Straßenfeger vorhin gekommen. Natürlich hatte niemand Dimitris Aussage bestätigt, aber er musste weiterkommen.

Ruslan schaute den Commissaire an, als würde er kein Wort verstehen. Bashir dagegen hatte listige Augen und ließ die Worte einen Moment wirken. Zu lange für Paganelli. Der schlug mit der Faust auf den Tisch.

»Verdammt, ihr Penner. Jetzt redet endlich. Sonst sitzt ihr erst mal eine Nacht in der Zelle, und zwar hier im Kommissariat. Ich habe heute Dienst – und das, was dann passiert, wollt ihr sicher nicht erleben.«

Mit einem unverkennbar russischen Akzent begann Bashir leise zu reden. »Ja ja, Hunde, die bellen … Sie kennen diesen Spruch, oder?« Mit einem Lächeln auf den Lippen sah er Paganelli an. »Tut weh, die Nase?«

»Du dumme Sa…«

Lacroix musste nur einen Blick zur Seite werfen, und der Korse verstummte.

»Ist doch wahr …«, sagte er ein wenig leiser und fügte schneidend hinzu: »Wir haben George Mailles blutigen Pullover gefunden. In eurem Haus.«

Die beiden Brüder sahen sich verdutzt an, für einen Moment verschwand das leichte Grinsen, das Bashirs Mundwinkel fortwährend umspielt hatte.

»Ich habe ganz sicher niemanden angegriffen. Wenn Sie meinen, dass wir irgendwas mit diesen Dingen, die da unten passiert sind, zu tun haben, dann irren Sie, Commissaire. Und was für ein Pullover? In unserem Haus?«

»Sie wurden heute Morgen gesehen.«

»Ich hatte einen Termin.«

»Mit wem?«

»Das geht Sie nichts an.«

»So werden wir nicht weiterkommen, Monsieur Pogorzelsky.«

»Was haben Sie denn erwartet?«

»Kennen Sie Dimitri?«

Bashir schaute auf. Zum ersten Mal wirkte er wirklich überrascht. »Woher kennen Sie Dimitri?«

»Ich war eben bei ihm im Krankenhaus. Es geht ihm nicht sonderlich gut. Er wurde heute Morgen an der Seine niedergestochen – von Ihnen, wie er sagt.«

Bashir lachte kurz auf, dann sah er sich im Raum um, als suchte er eine versteckte Kamera. »Von mir? Was? Wieso sollte ich Dimitri etwas antun? Das ist Bullshit. Großer Bullshit.«

»Mit den Morden an den Obdachlosen haben Sie ein

Exempel statuiert, Ihre Macht demonstriert. Und dann haben Sie erfahren, dass Dimitri mit uns zusammenarbeitet und gegen Sie aussagen will.«

»Hören Sie, Commissaire, so langsam hört der Spaß wirklich auf. Ich habe niemanden umgebracht – und mein Bruder auch nicht. Schon gar nicht irgendwelche meiner Brüder, die immer noch unter den Brücken leben müssen, während es uns endlich besser geht. Wir sind keine Engel, das wissen Sie genau wie wir, Commissaire. Aber es gibt einen Kodex: Ich vergreife mich nicht an Schwächeren.«

»Monsieur Pogorzelsky, Sie müssen mir zustimmen, dass das aus dem Mund desjenigen, der die Ärmsten der Armen erpresst, etwas merkwürdig klingt.«

»Wie bitte?«

»Nun tun Sie doch nicht so, wir wissen Bescheid. Nach Aussagen von Dutzenden Obdachlosen kassieren Sie Woche für Woche Schutzgeld. Und wenn die Männer kein Geld haben, wenden Sie Gewalt an.«

Bashir sah sie mit großen Augen an. »Ich verstehe nach und nach immer mehr, Commissaire, auch wenn ich es nicht für möglich gehalten habe, dass mir so etwas mal passiert. Aber gut, wenn Sie so offen reden, dann werde ich das auch, denn nun geht es ja offenbar um alles.«

Ruslan sah ihn immer noch mit offenem Mund an, und Lacroix fragte sich, ob er ohne seinen Bruder überhaupt morgens aus dem Haus finden würde.

»Wir haben uns offensichtlich ordentlich bescheißen lassen. Aber gut, es gibt für alles seine Zeit, Commissaire. Bitte schalten Sie das Aufnahmegerät ein, ich erzähle Ihnen jetzt alles.«

39

»Haben Sie die Jungs, Commissaire?«, fragte Dimitri, der schon deutlich besser aussah als noch vor wenigen Stunden. Lacroix stand am Fenster des kleinen Krankenhauszimmers und sah, wie draußen auf dem Parvis Notre-Dame die alten Laternen angingen. Die Vernehmung hatte lange gedauert, mittlerweile war es Abend geworden.

Er wandte sich Dimitri zu, betrachtete den Rucksack des Mannes, der neben dem Bett auf dem Boden stand. Es sah aus, als wäre der Russe bereit, jeden Moment aufzubrechen.

»Ja, wir haben sie«, sagte der Commissaire und nahm auf dem hölzernen Stuhl Platz, der aussah, wie all diese Stühle neben Krankenhausbetten eben aussahen in ihrer genormten Trostlosigkeit.

»Das ist ein guter Tag für die Obdachlosen in Paris, endlich können wir uns sicher fühlen«, antwortete Dimitri, und in seiner Stimme schwang ehrliche Freude mit, vielleicht auch ein Triumphgefühl.

»Ein wahrhaft guter Tag«, sagte Lacroix und lehnte sich zurück. »Warum haben Sie uns nicht viel früher von der zweiten Wohnung erzählt?«

»Es ist dieser Kodex, Commissaire. Ich wusste nicht, also, ich hatte meine Zweifel, ob sie wirklich in dieser Sache drinstecken. Weil es ja auch diese andere Theorie gab – die mit dem Serienmörder.«

»Das«, Lacroix deutete auf Dimitris Bauch, »wäre nicht passiert, wenn Sie uns früher informiert hätten.«

»Ich weiß, Commissaire, aber gab es nicht zu jeder Zeit Märtyrer?«

»Da haben Sie recht, Dimitri. Was haben Sie nun vor? Werden Sie wieder am Fluss leben?«

»Wenn Sie die Brüder wirklich gefasst haben? Ja, natürlich. Wenn wir dort unten wieder in Sicherheit leben können – die Zeiten sind doch ohnehin hart genug.«

»Sie sprechen so viele wahre Worte. Nur ist es leider so, dass wir die Brüder Pogorzelsky ausschließlich wegen Drogenhandel, Hehlerei und Körperverletzung gegen einen Polizeibeamten drankriegen werden. Mit einem guten Anwalt – und ich nehme an, dass sie exzellente Anwälte haben – sind sie nach einem Monat wieder auf freiem Fuß.«

»Was sagen Sie da?«

Dimitri richtete sich im Bett auf, er war kreidebleich. Dann riss er sich die Decke vom Bauch, sodass nur sein Nachthemd zu sehen war, ein dicker Wundverband schimmerte durch.

»Sehen Sie doch …«

»Aber, Dimitri, ich kann Sie beruhigen: Es ist trotzdem ein sehr guter Tag für die Obdachlosen in Paris. Weil wir die Brüder nach ihrer Freilassung nämlich im Auge behalten werden, und weil der größte und wohl auch klügste Schutzgelderpresser und selbsternannte Herrscher der Quais ab heute wirklich kaltgestellt ist: Sie!«

Dimitri lachte auf, lauter als Bashir vorhin, mit einem

hässlichen Ton, den Lacroix so noch nie von ihm gehört hatte.

»Lachhaft, Commissaire. Sind Sie verrückt geworden? Sehen Sie doch …«, er zeigte wieder auf seinen Bauch. »Was haben die Ihnen denn erzählt, die verdammten Tschetschenen?«

»Ich habe die Wunde gesehen, und auch die kleineren, weniger tiefen Schnitte. Und es ist mir wirklich ein Rätsel, wie ein Mann, der einigermaßen bei Sinnen ist und einen klaren Verstand hat, sich so etwas antun kann. Gänzlich rätselhaft. Aber es war Ihre einzige Chance, den Verdacht auf die Tschetschenen zu lenken und damit Ihre einzige ernsthafte Konkurrenz für alle Zeiten loszuwerden. Sie hätten es fast geschafft. Und Sie sind sogar so weit gegangen, mit dem Pullover ein wichtiges Beweisstück im Haus der Brüder zu verstecken.«

Dass Dimitri selbst die Morde an den Obdachlosen verübt hatte, glaubte Lacroix nicht. Er hatte den Pullover zusammen mit der Klarinette gefunden und für seine Zwecke genutzt – das war die einzig logische Erklärung.

Der Russe blickte ihn starr und kalt an, der Hohn von eben war verschwunden. »Sie werden das nie beweisen können. Meinen Sie, einer der Clochards wird reden? Sie haben doch gesehen, wie treu ergeben Männer wie François sind.« Er grinste, aber Lacroix ignorierte es.

»Lassen Sie das mal unsere Sorge sein.«

Der Commissaire wusste, dass er sich auf seinen Bruder verlassen konnte. Er hatte ein gutes Verhältnis zu den Obdachlosen, sie vertrauten ihm. Und er würde ihm nur zu gern dabei helfen, zu vermitteln und die Männer davon zu überzeugen, vor Gericht auszusagen.

Wieder lachte Dimitri. »Der Priester? Der dachte doch, ich wäre ein Heiliger. Der weiß gar nichts über unsere Welt. Sehen Sie, er hat mir vertraut. Er weiß gar nichts«, die letzten Worte schrie er.

»Es sieht schlecht für Sie aus, Dimitri. Sie wollten der Herrscher werden über die Quais und richtig absahnen, während die Tschetschenen im Gefängnis schmoren. Das habe ich begriffen. Aber was ich nicht verstehe: Haben Sie sich wirklich eine Rasierklinge in den Bauch gerammt?«

Dimitri ließ die Schultern sinken und deutete mit einem Zucken an, dass er nicht antworten würde.

»Und der Pullover? Wo hatten Sie den her?«

Wieder antwortete Dimitri nicht.

Es klopfte an der Tür. Der Polizist trat ein.

»Commissaire Lacroix? Jade Rio hat mich über Funk gebeten, Sie holen zu lassen. Draußen wartet ein Wagen. Es ist sehr dringend, hat sie gesagt.«

»Gut, ich komme.« Nachdem der Polizist das Zimmer verlassen hatte, wandte Lacroix sich wieder Dimitri zu. »Dimitri Natataljew, ich verhafte Sie wegen Erpressung, Drogenhandel, Menschenhandel, Prostitution und wegen Vortäuschung einer Straftat in Tateinheit mit Behinderung der Sicherheitsbehörden. Die Brüder Pogorzelsky haben Sie in Ihren Aussagen schwer belastet. Das wird reichen. Sie werden sogleich ins Gefängniskrankenhaus in Fleury-Mérogis verlegt. Haben Sie einen schönen Abend.« Lacroix wandte sich zum Gehen.

»Sie werden den wahren Täter niemals finden. Sie wissen gar nichts!«

Der Commissaire hielt inne.

»Ich war vorletzte Nacht am Fluss. Ich wollte gucken, ob ich die Tschetschenen sehe. Da saß der Typ am Ufer, unten am Pont des Arts. Der Handwerker. Mit einer Frau. Haben reichlich gebechert. Ich glaube, der Typ war besoffen wie eine Haubitze.«

Lacroix blieb an der Tür stehen und drehte sich um.

Der Russe zwinkerte. »Nachts sind alle Katzen grau. Viel Glück bei der Suche nach Ihrem Serienkiller.«

Lacroix trat aus der Tür, ohne etwas zu erwidern.

Von vergangenen und gegenwärtigen Abgründen

40

Was für eine wunderschöne Straße. Im gelben Schein der alten Laternen sahen die zweigeschossigen Häuser aus wie aus einer längst vergangenen Zeit. Die weiß getünchten Fassaden warfen das Licht zurück, es gab Dutzende riesige Pflanzkübel mit Olivenbäumen, Bougainvilleen und Oleander. Die Anwohner dieser Sackgasse hatten sich eine kleine, fast dörfliche Idylle mitten in der Stadt geschaffen. Unten in den Häusern waren allerhand Ateliers und kleine Galerien, hinter riesigen Fensterfronten aßen Familien zu Abend. Vor den Häusern standen kleine Holztische, nur saß heute Abend niemand draußen.

Rio stand am Ende der Straße und blickte nach oben. Lacroix ging auf sie zu. Er hatte sie vor zwei Tagen gebeten, sich in der Gegend umzuhören und Ärzte, Krankenpfleger, Metzger oder Schlachter ausfindig zu machen. Männer, die schon lange hier lebten.

»Endlich, Commissaire! Hören Sie: Es gibt einige Krankenpfleger und Metzger hier an der Cour, aber die meisten sind zu jung. Es gibt einen alten Arzt, der es aber garantiert nicht war. Ein solcher Feingeist, Klavierspieler, ein ganz eleganter Mann. Aber hier«, Rio zeigte auf das Haus hinter sich. »Die Nachbarn sagen, hier wohnte ein Mann, der in einem Schlachthof gearbeitet hat. Es ist das einzige Haus, bei dem die ganze Zeit niemand aufgemacht hat. Er ist vor ein paar Wochen gestorben, aber seine Frau lebt noch hier. Sie verlässt anscheinend kaum das Haus, außer um einkaufen oder zum Friedhof zu gehen.« Rio schaute nach oben und fuhr fort. »Vorhin habe ich sie zum ersten Mal am Fenster stehen sehen. Sie schaute zu mir herab und blickte mich an. Sekundenlang. Ich habe wieder geklingelt, aber sie macht nicht auf. Sie sah immer wieder herunter. Ich habe gerufen. Aber nichts. Da, sehen Sie … Da oben, da steht sie wieder.«

Sie zeigte nach oben zu dem dunklen Fenster, und tatsächlich: Da stand eine alte Frau in einer Kittelschürze, die grauen Haare streng nach hinten gekämmt, und sie blickte die beiden Beamten unverwandt an. Lacroix entzündete seine Pfeife, hob seinen Hut leicht an wie zum Gruß und blickte weiter nach oben.

Da trat die Frau vom Fenster zurück. Eine Minute später ging das Licht im unteren Flur an, dann öffnete sich die Haustür. Lacroix nahm eine Stufe, blieb aber in sicherer Entfernung stehen.

»Ich habe Sie erwartet, Commissaire. Kommen Sie.« Sie hatte eine leise, dünne Stimme.

Er sah zu Rio zurück und bedeutete ihr mit einem Blick, draußen zu warten. Dann trat er ein. Es war, als reiste er in die Vergangenheit. Das Haus mit den zwei Etagen war winzig, das Erdgeschoss maß gerade mal fünfundzwanzig Quadratmeter. Es roch nach Mottenkugeln und Feuchtigkeit. An den Wänden hingen vergilbte Tapeten mit Stockflecken, in der winzigen Küche stand ein alter Gasherd, über der Küchenzeile hingen allerhand

Schneidewerkzeuge. Dann stiegen sie die Treppe hinauf, oben war das winzige Wohnzimmer, das an ein noch kleineres Schlafzimmer grenzte. Eine Wanduhr tickte erbarmungslos, ansonsten herrschte bis auf ihr Atmen eine drückende Stille.

Der Commissaire stellte sich vor, wie die Frau hier drinnen über Tage im Dunkeln gesessen hatte, während Rio immer wieder versucht hatte, mit ihr zu sprechen. Die Alte hatte ganz sicher während der letzten Woche keinen Fuß vor die Tür gesetzt. Auf dem Sims stand ein Schwarz-Weiß-Foto, das eine deutlich jüngere Version der Frau zeigte, die vor ihm stand, mit kurzen Haaren und ohne Augenringe. Neben ihr stand ein Mann, braun gebrannt, stämmig, nicht viel größer als sie, er trug eine Brille und hatte einen Bart.

Er war der Mann von dem Fahndungsfoto.

»Madame …«, begann Lacroix.

»Trichet. Jeanne Trichet.«

»Madame Trichet, mein herzliches Beileid zu Ihrem Verlust.«

»Das Alter bringt den Abschied mit sich.«

»Es muss schwer sein nach so langer Zeit.«

»Es war ein ganzes Leben.«

»Trotz aller Probleme.«

»Den perfekten Mann gibt es nicht. Ebenso wenig die perfekte Frau. Wir müssen alle Kompromisse machen.«

»Finden Sie nicht, dass Ihr Kompromiss ein besonders großer war?«

Sie schüttelte den Kopf. »Ich habe nicht in diesen Kategorien gedacht. Niemals. Hätte er mich geschlagen –

wäre das besser gewesen? Ich habe ihm die Grenze gesetzt – und er hat sich daran gehalten.«

»War es da nicht längst zu spät?«

»Nicht für uns. Nicht für unsere Ehe.«

»Ihre Liebe …«

»Reden Sie andauernd über Liebe, Commissaire? Die Jugend tut das. Aber wir?«

»Ich rede nicht darüber. Da haben Sie recht. Aber ich empfinde sie.«

»Sie sind ein glücklicher Mann, Commissaire.«

»Wie ist er gestorben?«

»Wenn es noch einer Sühne bedurft hätte, dann kann ich Ihnen bestätigen, dass sie angemessen war. Er hat gelitten wie ein Hund. So wie er keines der Tiere je hat leiden lassen. Monatelang. Bauchspeicheldrüsenkrebs. Es war die Hölle, die pure Hölle. Er ist dahingesiecht. Am Ende war er selbst ein Tier.«

»Haben Sie ihn hier gepflegt?«

»Bis zu seinem letzten Tag. Vor fünf Wochen und drei Tagen. Hier drüben im Bett ist er gestorben.«

»Und jetzt liegt er auf dem Cimetière hier im Quartier?«

»Nein, den Montmartre-Friedhof konnte ich mir nicht leisten. Er liegt draußen in Clichy. Da ist es billiger. Etwas für Leute wie uns. Nicht mal im Tod sind wir gleich in diesem Land.«

»Es kann sein, und ich bedaure es, dass wir ihn exhumieren müssen. Damit wir beweisen können, dass er es war. Die Angehörigen der Opfer werden das fordern.«

»Das wird nicht nötig sein, Commissaire.«

Sie stand auf und ging zum Sims. Unter dem Foto lag ein Briefumschlag, den Lacroix erst jetzt bemerkte. Er öffnete ihn, drinnen war nur ein Briefbogen, beidseitig eng beschrieben, in einer eckigen, etwas unbeholfenen Schrift.

»Als ich von den neuen Taten in der Zeitung las, konnte ich es kaum glauben. Ich wusste, dass Sie uns nun finden würden. Ich habe jeden Artikel über Sie gelesen, Commissaire. Und da wusste ich, dass ich Ihnen den Brief persönlich geben würde. Zuvor hätte ich nicht gedacht, dass es wirklich dazu kommt. Ich dachte, die Leichenträger finden ihn, wenn sie eines Tages mich mit den Füßen zuerst aus dem Haus tragen.«

»Danke, Madame. Wir melden uns bei Ihnen.«

Er faltete den Brief zusammen und verließ schweigend das Haus. Draußen traf er auf Rio.

»Lassen Sie das Haus heute Nacht nicht aus den Augen. Holen Sie sich einen Beamten zu Hilfe. Ich will nicht, dass sie sich etwas antut, glaube aber eigentlich nicht, dass die Gefahr sehr groß ist. Ich muss mich ein bisschen bewegen.« Er sah auf die Uhr. »Können Sie im Chai anrufen und sagen, dass ich in einer halben Stunde dort bin? Sie sollen eine große *soupe à l'oignon* aufheben.« Manchmal waren Mobiltelefone eben doch praktisch. Er ging die paar Schritte zur Bushaltestelle.

41

Drinnen waren alle Tische leer, nur auf der Terrasse saßen noch zwei betrunkene Paare. So mochte er das Chai genauso gern wie zur Mittagszeit voller Menschen. Er setzte sich nicht an die Bar, sondern ins Rondell ganz in der Mitte des Ladens, allein an einen hölzernen Tisch. Yvonne brachte ihm schweigend die Suppe und ein Glas Roten aus dem Burgund.

Er war am Gare Saint-Lazare aus dem Bus gestiegen und den Rest gelaufen. Er hatte nachdenklich das gewaltige goldene Kreuz an der Madeleine betrachtet, war dem Verkehr auf der Place de la Concorde ausgewichen und hatte die Seine über den Pont de la Concorde überquert.

Nun saß er hier, und ihm war warm, ob vom Spaziergang oder von der unglaublich heißen Suppe, die voller Kraft und Stärke war – durch das Salz der dunklen Brühe, den kross überbackenen Käse und die lange eingekochten Zwiebeln.

Er entfaltete das Blatt und las:

Sehr geehrte Justiz oder Polizei,

mein Name ist Serge Trichet, und ich gestehe hiermit drei Morde an Obdachlosen im Jahr 1988. In den Medien wurden diese Morde als Taten des »Clochard-Schlächters vom Pont Neuf« bezeichnet.

Weiterhin bekenne ich mich zahlreicher Sachbeschädigungen schuldig. Ich habe von 1980 bis 2010 unzählige Tiere getötet. Erst in meiner Heimat im Centre, in der Region Puy-de-Dôme, dann in ländlichen Gegenden rund um Paris. Es ist mir leider nicht möglich, mich aller Taten zu entsinnen, und mir fehlt ohnehin das Geld, um die Bauern zu entschädigen. Sie sollten aber wissen: Durch die Möglichkeit, meine Aggressionen an den Tieren auszulassen, haben sicherlich unzählige Menschen ihr Leben behalten.

Ich bin als Sohn eines Bauern in Puy-de-Dôme aufgewachsen. Ich habe früh gemerkt, dass mit mir etwas nicht stimmt. Ich habe sehr grausame Dinge getan, schon in meiner Jugend. Allerdings war ich zu Frauen immer sehr umsichtig und freundlich. Woher dieser Unterschied in der Aggression kommt, vermag ich nicht zu sagen, aber Sie haben sicher Experten auf diesem Gebiet.

Mitte der Achtziger habe ich meine liebe Frau Jeanne kennengelernt. Anfangs wusste sie nichts von meinen Problemen. Wir sind dann im Jahr 1987 nach Paris gezogen. Ich habe jahrzehntelang als Vorarbeiter in einem Schlachthof in Aulnay gearbeitet und schnell festgestellt, dass mein Trieb, Tiere zu töten, nicht vorbei war. Allerdings war es sehr viel schwieriger, ihn in Paris auszuleben. Ich habe nächtelang wach gelegen und versucht, mich meines Triebes zu erwehren.

Irgendwann habe ich meiner Frau davon erzählt, die anfangs erschrocken war, aber überzeugt, dass wir das gemeinsam durchstehen werden. Das gab mir Halt.

Allerdings nur für eine Weile. Irgendwann habe ich wieder Tiere getötet, Hunde, Katzen. Alles, was ich in die Finger bekam. Die Wärme des Blutes, das aus ihnen herausströmte, werde ich nie vergessen.

Der Drang wurde so übermächtig, dass ich mich nicht länger dagegen wehren konnte. Und dann habe ich es getan: In drei aufeinanderfolgenden Nächten, am Ufer der Seine, wie Sie wissen. Weil ich spürte, dass es zu gefährlich wurde, und weil die Polizei mir schon auf den Fersen war, habe ich mit meiner Frau gesprochen und ihr alles gestanden. Sie hat gesagt, dass wir das gemeinsam durchstehen. Ich weiß bis heute nicht, woher sie diese Form der Liebe zu mir genommen hat. Ich war ihr dafür immer sehr dankbar.

Wir haben uns verbündet und uns bei allen Befragungen und Ermittlungen der Polizei in unserer Straße gegenseitig mit Alibis abgesichert, auch im Hinblick auf die Nachbarn, die uns stets mochten und vertrauten. Im Gegenzug musste ich ihr versprechen, dass ich sie stets gut behandeln und für sie sorgen würde. Und dass ich nie wieder einen Menschen töten würde. Ich habe mein Versprechen zu halten vermocht, aus Liebe zu ihr, aus Angst vor dem Gefängnis. Aber ich begann wieder, meinen Trieb an Tieren auszuleben, an Pferden, Kühen und anderen Tieren.

Es ist mir nun, gezeichnet von der schweren Krankheit, die ich als Gottes Strafe annehme, nicht mehr möglich, meine Taten zu sühnen. Außer mit den furchtbaren Schmerzen, unter denen ich leide. Ich bitte die französische Justiz, meinen Tod als Strafe anzunehmen und meine Frau vor Strafverfolgung zu schützen. Sie ist ein einfacher Geist, und sie war mir verbunden – als einziger Mensch auf der Welt.

Ich entschuldige mich bei eventuellen Hinterbliebenen meiner Opfer.

Serge Trichet

»Yvonne, bitte bring mir noch ein Bier.«

Idefix strich um Lacroix' Beine, als würde er spüren, dass der Commissaire heute mehr Streicheleinheiten brauchte als sonst.

42

Nach einer unruhigen Nacht, in der Lacroix sich mehr hin und her gewälzt als geschlafen hatte, war er am nächsten Morgen schon früh im Kommissariat. Sogar die Runde der Troika, die ihm heilig war, hatte er ausfallen lassen. Das tat er nur, wenn ein Fall kurz vor der Auflösung stand.

In der aktuellen Ausgabe hatte Romy Schneider nichts Neues berichtet. Lacroix hatte eine Nachrichtensperre verhängt, an die sie sich gehalten hatte. Kein Wort über die Festnahme der Tschetschenen und des Russen. Kein Wort über den Besuch an der Cour Saint-Pierre. Stattdessen ein lauwarmer Bericht über die laufenden Ermittlungen – man sei dem sechsfachen Serienmörder bestimmt schon dicht auf den Fersen. Lacroix warf die Zeitung in den Papierkorb.

Er war genervt. Er wusste, dass er irgendetwas übersehen hatte. Ja, er hatte die Morde von 1988 aufgeklärt, nur half ihm das für die jetzige Mordserie überhaupt nicht weiter. Er stand auf und ging wortlos durch das Großraumbüro, stieg dann im kalten Treppenhaus eine Etage hinab. Das Museum war seit zwanzig Minuten geöffnet, doch noch waren keine Besucher zu sehen.

»*Bonjour*, Commissaire«, sagte die Polizistin, die am Eingang saß.

»*Bonjour*, Madame«, entgegnete Lacroix, »ich brauche mal ein paar Minuten.«

Sie nickte und senkte den Blick wieder in ihre Zeitung. Jeder im Kommissariat des fünften Arrondissements wusste, dass Lacroix bei schwierigen Ermittlungen durchs Museum wandelte, als suchte er Rat bei den Ahnen der Pariser Polizei. Er durchschritt die Räumlichkeiten, ging vorbei an der Guillotine, an den Schlagringen und Messern, die vor einem Jahrhundert sichergestellt worden waren. An den hinteren Wänden waren Schautafeln aufgebaut, alte Plakate der Pariser Polizei, die dazu aufriefen, Fundsachen abzugeben, alte Artikel im *Petit Journal*, illustriert mit bunten und blutigen Zeichnungen, schon 1906.

Vor einer anderen Schautafel blieb Lacroix stehen. Er besah sich die Fotos, schwarz-weiß natürlich, darauf Gesichter jeden Alters. Er trat einen Schritt näher, las die Texte. Las über Giftmorde, über Messerattacken, über Schüsse auf Widersacherinnen. Las über Morde aus Eifersucht und wegen dramatischer Familienfehden. *Les dangereuses – Les femmes et le crime* war dic Überschrift. *Die Gefährlichen – Frauen und Verbrechen.*

Er blickte noch eine Minute auf die Bilder, aber ohne etwas wahrzunehmen. Dann riss er sich los, ging schneller als sonst an der verdutzten Polizistin vorbei, der er nicht einmal zunickte, stieg die Treppe hinauf und schloss die Tür zu seinem Büro hinter sich.

Er betrachtete die Wand. Ein weiteres Mal. Ein letztes Mal. Ging alle Fotos von oben nach unten durch. Stand auf, nahm sich das Phantombild des Mörders von 1988, dazu ein Passfoto von Serge Trichet aus der Polizeidatenbank. Wer hatte versucht, diesen Mann nachzuahmen?

Er hielt das Foto von Trichet neben das Phantombild des Mörders von heute. Nahm eine Lupe und ging nochmal ganz nah an die Fotos der Überwachungskameras. Blieb hängen an einem Gesicht, an großen Augen, an einem beharrlichen Blick.

Ja, es war möglich. Es war sogar ganz und gar möglich. Auch weil es so unmöglich war, es nur zu denken. Er hielt das Foto von Trichet neben das Phantombild des Mörders von heute. Nahm eine Lupe und ging nochmal ganz nah an die Fotos der Überwachungskameras. Blieb hängen an einem Gesicht, an großen Augen, an einem beharrlichem Blick.

Sie hatten sich auf die Idee versteift, dass das tschetschenische Brüderpaar ihre Macht demonstrieren wollte. Dann darauf, dass der alte Serienmörder nach dreißig Jahren erneut zugeschlagen hat. Was sie nicht gesehen hatten, war, dass die Gestalt auf den Überwachungskameras zwar hinkte, eine Brille trug und einen Bart hatte, abgesehen davon aber keinerlei Ähnlichkeiten mit dem Mann auf dem alten Phantombild aufwies. Dafür aber mit jemand anderem, dessen Gesicht ebenfalls schon seit einigen Tagen an der Glaswand hing.

Auch er, Lacroix, war nicht darauf gekommen. Bis zu diesem Moment. Doch das lange Nachdenken hatte sich gelohnt, so hat er am Ende drei Fälle gelöst statt nur einen.

Lacroix stand auf und ging ins Großraumbüro. Rio schlief wohl noch, nach der nächtlichen Überwachung. Paganelli saß an seinem Schreibtisch und trank *café*.

»Fahren Sie bitte zum Butte aux Cailles, und holen Sie Sybille Valls, die Tochter des zweiten Toten.«

»Haben Sie etwas vergessen?«
»So könnte man das sagen.«

43

Sie strahlte eine unglaubliche Ruhe aus. Sie wirkte nicht manisch, aber auch nicht panisch. Sie wirkte, als hätte sie ihr Ziel erreicht. Als sei die Gefahr für immer gebannt. Der kleine schwarze Sekundenzeiger an der Wanduhr tickte leise vor sich hin, doch in der Ruhe, die jetzt im Vernehmungsraum herrschte, wirkte es, als würde er einen Höllenlärm verursachen.

»Als ich gelesen habe, dass der Fall Ihnen übertragen wurde, wusste ich, dass ich hier landen werde.«

Lacroix schaute sie unbeeindruckt an. Er hatte den Raum vor zwei Minuten betreten und Platz genommen. Seitdem saß er ihr gegenüber an dem alten Holztisch, an dem er in den letzten zwei Jahrzehnten Tausende Menschen verhört hatte. Von den meisten hatte er am Ende ein Geständnis bekommen. Ein grausames, ein bedauerndes, ein elendes, ein verschämtes. Bei Sybille Valls aber war es nichts von alledem, es war wahrhaftig.

»Ich habe natürlich gehofft, es übernimmt irgendein Commissaire, von dem ich nicht schon seit Jahren in der Zeitung lese. Ein junger Typ vielleicht, der einen großen Coup wittert, die Überwachungsvideos ansieht und denkt: Jetzt mach ich den großen Fang. Der dann monatelang auf die Suche geht nach dem ›Clochard-Schlächter vom Pont Neuf‹.« Sie machte Gänsefüßchen in der Luft und musste lachen, ein fröhliches, helles Lachen, eines, das diesen Raum bisher nur ganz selten erfüllt hatte. »Das hätte meine Rettung sein können. Als ich dann in *Le Parisien* gelesen habe, dass Sie den Fall übernehmen, wusste ich, es ist nur eine Frage der Zeit.«

»Aber da hatten Sie Ihr eigentliches Ziel schon erreicht.«

»Ja.«

Die Leichtfertigkeit, mit der sie über ihre Taten sprach, zeigte, welche Last von ihr genommen wurde. Ein Wort, eine Tat, die ihr die Befriedigung verschafft hatte, nach der sie sich seit Jahren verzehrte.

»Commissaire, ich hatte, was wohl die meisten Täter haben: Hoffnung. Natürlich wollte ich nicht erwischt werden, will ich nicht in den Knast. Nachdem ich das größte Ziel meines Lebens erreicht hatte, wollte ich das natürlich genießen. Und deshalb musste ich meine Idee weiter durchziehen.«

»Laurent Pascher hätte nicht sterben müssen.«

»Ach, der … Wissen Sie, was das für ein Schwein war? Was der mir alles erzählt hat … Den hätte irgendwann eine andere Frau kaltgemacht.«

»Wenn Sie mögen, beginnen Sie doch bitte von vorn.«

»Sie wissen doch alles.«

»Ich weiß nichts, solange ich nicht weiß, wie Sie denken. Und Sie haben sich ja so viel Mühe gegeben bei alldem, Sie sprechen doch sicher gerne darüber, oder?«

»Mir war nur wichtig, dass er endlich tot ist.«

»Ihr Vater.«

»Bertrand.«

»Sie nennen ihn beim Namen?«

»Das war das letzte Mal. Ich will nie wieder einen Gedanken an ihn verschwenden.«

»Das ist der entscheidende Teil der Geschichte. Warum hassen Sie ihn so sehr?«

»Waren Sie im Leichenschauhaus?«

Lacroix nickte.

»Er ist ein kräftiger Typ, sogar nachdem ihm das Leben so übel mitgespielt hatte. Und dieser große starke Mann kam in mein Kinderzimmer. Jede Nacht. Meine Mutter hatte Nachtschicht im Krankenhaus. Er hat sich auf mich gelegt, dieser fette Kerl, ich konnte mich nicht bewegen. Wissen Sie, Commissaire, was er dann getan hat? Das habe ich vielleicht in allen Details sogar schon verdrängt. Es sind diese Enge und diese Atemlosigkeit, dieses Gefangensein, diese Bedrohung von demjenigen, der dich beschützen soll, das ist es, was mir geblieben ist.«

»Wie lange ging das?«

»Es fing an, als ich acht war, und ging, bis ich elf war. Ich habe meine ganze Kindheit lang Selbstverteidigung gelernt, habe meine Maman angefleht, dass ich zum Training durfte, damit ich mich wehren konnte. Mit elfeinhalb war ich stark genug, um ihn in seine Schranken zu weisen. Da war er auch ständig besoffen und kam nur noch selten. Ich glaube, er hatte Probleme untenrum.«

Er wollte sie nicht fragen, warum sie ihrer Mutter nichts gesagt hatte, sich nicht um Hilfe bemüht hatte. Die Antwort war immer die gleiche: Scham, Angst vor Gewalt, Angst vor Verlust, Angst, dass einem nicht geglaubt wird. Es war zu traurig, um es schon wieder hören zu müssen. Diese Ausweglosigkeit.

»Warum erst jetzt? Nach so vielen Jahren?«

Sie beugte sich vor, als wollte sie ihm etwas zuflüstern.

»Ich habe eine Therapie gemacht, dann noch eine, habe mich dann langsam wieder auf Männer einlassen können. Es ging bergauf. Dachte ich. Aber es geht nie bergauf. Man verdrängt es immer nur. Ich bin nachts aufgewacht, immer, aus Angst, er würde wiederkommen. Und eines Nachts habe ich geträumt, ich würde ihn töten. Es war das erste Mal, dass ich mich richtig gut gefühlt habe. Nicht nur so ein kleines bisschen, ein wenig Ruhe oder so. Das war ein Triumphgefühl, als ich aufgewacht bin. Und da wusste ich, ich muss es tun. Irgendwann. Ich habe von meiner Mutter gehört, dass es immer weiter bergab ging mit ihm. Dass er Probleme mit der Polizei hatte, keine Kohle, keinen Job. Und dann hat sie mir gesagt, dass er ihr gesagt habe, er müsse weg. Nach Paris. Sie hat dann von einem Freund gehört, dass er keine Wohnung mehr habe. Der Freund hatte ihn zufällig unten an der Seine getroffen. Mein … mein Vater hat so getan, als würde er den Mann, den er seit Jahrzehnten kannte, nicht erkennen. Da wusste ich: Jetzt ist es an der Zeit. Ich wollte ihn töten, als er ganz unten war. Völlig wehrlos und hilflos. So wie ich damals.«

»Sie haben recherchiert …«

»In Paris war alles schon mal da an Mord und Totschlag. Das Böse im Menschen scheint hier seinen kreativsten Ausdruck zu finden, auf den Straßen und Plätzen dieser Stadt. Heute sind es irregeleitete Terroristen, die irgendwen erschießen oder in die Luft sprengen, weil sie glauben, es sei für Allah, dabei ist es, weil sie verrückt sind und eigentlich eine große Todessehnsucht spüren. Und früher waren es Serienmörder, die durchaus kreatives Potenzial hatten.«

»Der Clochard-Schlächter vom Pont Neuf.«

»Es passte sofort. Ich bin erst im Internet und dann in der Bibliothèque nationale die Zeitungen von damals durchgegangen. Die haben sehr ausführlich informiert, besser als heute. In *Le Parisien* gab es damals sogar Fotos von den Leichen, auf denen man den Schnitt am Hals sehen konnte.«

»Und das hat Sie nicht abgeschreckt?«

Sie schüttelte energisch den Kopf.

»Seit der Sekunde, als ich das erste Foto gesehen habe, habe ich mir vorgestellt, wie ich es tue. Bei ihm, meine ich. Es hat sich gut angefühlt, ich wusste sofort, dass ich es tun würde.« Sie hielt kurz inne, Lacroix sah sie an. »Ich hatte Sorge, dass es bei den anderen schwieriger werden könnte, aber das habe ich ausgeblendet. Für das größere Ziel.«

»George Maille. Das war der ideale Mord für Sie, oder?«

»Er war mein Testlauf. Darauf hatte ich mich am längsten vorbereitet, weil ich wusste, dass es beim ersten Mal am schwierigsten wird.«

»Aber eigentlich war es am einfachsten, oder?«

»Ja, weil ich mein Ziel im Kopf hatte. Und weil ja niemand wusste, dass etwas passieren würde. Ich konnte alles in aller Ruhe durchziehen. Die Verkleidung war perfekt.«

»Die Verkleidung des Mörders von 1988?«

»Ich habe alles genau nachgelesen. Mir das Fahndungsfoto angesehen. Und dann versucht, es so gut wie möglich nachzuempfinden.«

»Vorher haben Sie ihn betäubt?«

Sie nickte. »Ich habe den Wein am Abend mit dem Betäubungsmittel versehen.«

»K.-o.-Tropfen?«

»Sie glauben gar nicht, wie leicht Sie da rankommen. Mit einer Spritze habe ich sie durch den Korken injiziert. Hat keine halbe Minute gedauert. Dann habe ich ihn von der anderen Seite der Seine aus beobachtet. Meine Verkleidung, der Mantel, all das war so alt, dass ich leicht auch als Obdachloser durchgegangen bin. Besonders da unter der Brücke. Was meinen Sie, was der größte Vorteil ist, zu den Vergessenen zu gehören? Man wird nicht gesehen. Niemand hat auf mich geachtet, kein Spaziergänger, kein Tourist. Alle gingen vorbei, blickten weg, hielten sich noch die Nase zu, weil sie dachten, ich hätte mir in die Hose gemacht. Niemand kam auf die Idee, genauer hinzusehen, sonst hätte er ja erkannt, dass ich eine Frau bin.«

Die Scham und der Ekel – beides trieb die Menschen dazu, die Augen zu verschließen.

»Es war eine gute Verkleidung. Sie haben selbst mich getäuscht.«

»Ich habe gesehen, wie er abends getrunken hat. Er hat sehr viel getrunken und auf den Fluss geschaut. Ich bin dann weggegangen, für ein paar Stunden, ich war arbeiten. Falls doch etwas schiefgegangen wäre, hätte ich ein Alibi gehabt.«

»Und dann sind Sie zurückgekehrt.«

»Genau. Er lag da und schlief. Es war niemand sonst da. Gar niemand. Ich habe mich niedergekniet, mich noch mal umgesehen, und dann habe ich mit einem einzigen Schnitt … Sie wissen schon.«

In ihrer Stimme lag eine Ruhe, als würde sie erklären, wie man ein *filet de bœuf* richtig zubereitet. Sie war ihren Plan seit Monaten, vielleicht gar seit Jahren durchgegangen.

»Es war viel Blut. Das hatte ich unterschätzt. So viel Blut. Es schoss regelrecht aus ihm heraus und lief mir warm über die Hände. Auf manche Dinge kann man sich nicht vorbereiten.« Sie schüttelte den Kopf und sah auf ihre Hände, als wäre sie wieder in dieser Nacht.

»Sie haben seinen Pullover und den Klarinettenkoffer mitgenommen.«

»Ich habe ihm den Pullover ausgezogen, um meine Hände damit abzuwischen. Und dann habe ich ihn zusammen mit dem Instrumentenkoffer in einer Mauerspalte versteckt. Das Geld habe ich rausgenommen. Ich wollte, dass es auf den ersten Blick wie ein Raubmord aussieht.«

»Warum haben Sie nicht beides in den Fluss geworfen?«

»Sie haben noch nie einen Mord begangen, oder? Ihr Herz rast, Sie stehen völlig neben sich. Sie denken überhaupt nicht logisch. Keinen einzigen Moment.«

»Und dann kam schon der große Tag.«

Sie nickte. »Es hätte viel schiefgehen können. Er hätte in einem Heim übernachten können oder so. Aber ich kenne ihn. Ich kannte ihn. Er ist stoisch. Der hätte nie für möglich gehalten, dass ihm etwas passieren könnte, ihm, dem Starken. Dem Brutalen.«

»Und dann kamen Sie, um ihn vom Gegenteil zu überzeugen. Und ihm haben Sie keine K.-o.-Tropfen verabreicht.«

»Es hätte keinen Sinn ergeben, ihn zu töten, während er betäubt ist. Ich wollte, dass er mir in die Augen sieht – und dass er richtig leidet.«

»Hatten Sie keine Angst?«

»Ach, Commissaire, mein Vater war ein Säufer. Schon als kleines Mädchen dachte ich, dass es so leicht wäre, ihn zu töten. Wenn ich ihn kaum von mir runtergekriegt habe, weil er so blau war, oder wenn er neben mir eingeschlafen war. Er hat nicht gemerkt, wie ich mich genähert habe, ist erst nach dem ersten Schnitt aufgewacht, der seine halbe Kehle aufrissen hatte. Danach hat er mich angesehen, und ich habe zugeguckt, wie das Blut aus ihm rauslief. Und er hatte etwas in den Augen, so etwas Ungläubiges. Er hat es nicht mehr geschafft, richtig zu sprechen, aber er hat es versucht. ›Du‹, hat er gesagt, und er wollte meinen Namen sagen und dann lachen, aber es ging alles unter in seinem Röcheln. Es war nur noch ein Röcheln. Und dann tat ich den letzten Schnitt. Es dauerte nicht sehr lange, bis er tot war.«

Ein Lächeln lag auf ihrem Gesicht.

»Hat Ihr Vater sich gewehrt?«

»Nein, nur dieses Röcheln. Als hätte er sich selbst beim Sterben zugesehen.«

»Und dann Laurent Pascher.«

»Das war ein Stress, sage ich Ihnen, Commissaire. Ich hatte ja mit einem Medienecho gerechnet, weil ich es auch brauchte, für meinen Plan. Aber dass dann an der

Seine so viel los sein würde, so viel Presse, so viele Polizisten, das hatte ich nicht erwartet. Aber ich hatte ja noch ein Ass im Ärmel …«

»In der dritten Nacht waren Sie als Frau am Ufer, ohne Verkleidung.«

»Ich wollte mir ein drittes Opfer suchen. Eigentlich wieder einen Clochard. Aber es war kaum noch einer da. Und dann sah ich Laurent.«

»Sie haben mit ihm geredet?«

»Er hatte Stress mit seiner Freundin. Ich sehe so was sofort. Kenne die ganzen Probleme ja aus der Bar. Also habe ich mich zu ihm gesetzt und mit ihm getrunken. Er hatte Wein dabei. Ich auch. Mit dem Betäubungsmittel. Und dann haben wir uns gegenseitig erzählt, wie ungerecht die Welt ist, die Männer, die Frauen. Und geflirtet. Das war eigentlich ganz schön.«

»Warum haben Sie weitergemacht? Sie hätten doch nach Bertrand aufhören können? Oder spätestens in der Nacht, als Sie mit Ihrem Opfer Wein tranken?«

»Ich hatte einen Plan. Ich wollte seinen Tod vertuschen. Verstecken. Sie wären sonst noch schneller auf mich gekommen.«

»Also haben Sie den Malermeister betäubt.«

»Er war ein Rindvieh. Was der für einen radikalen Blödsinn über Frauen erzählt hat. Über seine Ehefrau und über seine Geliebte. Also, ich sag es mal so, Commissaire, ganz unverdient war das nicht.«

»Dass es ein ziemliches Gemetzel wurde?«

Sie grinste, als sie daran dachte. Es wirkte, als sei ihr dilettantisches Vorgehen ihr peinlich.

»Ich bin keine Medizinerin. Keine Ahnung, was da passiert ist. Wahrscheinlich war die Dosis zu niedrig.«

»Weil Laurent Pascher weder alt noch ausgemergelt war. Er war quasi nicht betäubt, als Sie ihn getötet haben.«

»Das habe ich auch gemerkt. Aber der Überraschungsmoment lässt eben auch eine kleine Frau gegen einen großen Mann gewinnen.«

»Und ein Rasiermesser.«

»*Touché*, Commissaire.«

»Was ist geschehen?«

»Ich habe ihm sein Portemonnaie aus der Tasche gezogen, weil ich dachte, er schläft. Dann ist er aufgewacht. Ich habe mich erschrocken und sofort zugestochen. Er hat versucht, mich wegzuschubsen, meine Arme festzuhalten. Aber ich habe immer wieder auf ihn eingestochen. Er hat versucht aufzustehen, aber der erste Schnitt war wohl doch tiefer als gedacht. Er wurde immer schwächer, ist in sich zusammengesunken, und ich habe ihn nicht mehr halten können. Dann ist er in die Seine gefallen.«

»Er hatte eine Frau und ein Kind.«

»Ich weiß.«

Lacroix wartete.

Sie sah ihn an, wartete, dass er etwas sagte, wurde unruhiger, rutschte auf ihrem Stuhl hin und her.

»Er hat mir das alles erzählt, vielmehr hat er gelallt. Aber ich brauchte ihn. Für meinen Plan.«

»Und dann haben Sie sein Portemonnaie in eine Mülltonne geworfen.«

»Verwirrung«, lächelte sie ihn an, »ich wollte noch mehr Verwirrung stiften.«

Lacroix wandte sich kurz ab. Er verspürte große Sehnsucht nach einem kalten Glas Rotwein. Tief und würzig. Und weit weg von hier.

»Ich fasse zusammen: Sie wollten sich an Ihrem Vater rächen, der Sie missbraucht hat. Und um uns zu täuschen, haben Sie den Serienmörder von 1988 nachgeahmt und zwei Unschuldige ermordet.«

»Ich dachte mir: Das ist so bescheuert, dass es klappen kann. Und es ist mir doch gut gelungen, oder? Sie sind drauf reingefallen! Der Bart, das war doch wunderbar, oder?«

»Wir fanden es von Anfang an merkwürdig. Genau wie Ihr Hinkebein.«

»Ich bin extra an allen Kameras vorbeigeschlurft. Notre-Dame, an den Quais und beim letzten Mal Mabillon. Hätte fast geklappt.«

»Mademoiselle, ich habe mir in all den Jahren abgewöhnt, Dinge zu bewerten oder Menschen zu maßregeln. Ich höre mir nur all das an und versuche zu verstehen. Die Täter und ihre Geschichten, meine ich. Wäre ich so moralisch, wie ich es noch als junger Beamter war, würde ich Ihnen jetzt sagen, dass ich es schade finde, dass George Maille nie wieder Klarinette spielen und dass Laurent Pascher sein Kind nie wiedersehen wird. Stattdessen aber sage ich Ihnen, dass ich befürchte, dass der Frieden, den Sie jetzt gefunden zu haben glauben, keiner sein wird. Ich bin mir da sogar ziemlich sicher.«

»Wie meinen Sie das, Commissaire?«

»Er ist tot. Ihr Dämon. Ich bin kein Freund von Selbstjustiz, aber ich kann Ihren Wunsch nach Rache nachvollziehen. Nach Ihren Taten aber bleiben wieder Menschen zurück, die nach Rache dürsten. Es ist eine Spirale des Hasses. Und dann ist da noch Ihre Mutter, die nun ganz allein zurückbleibt, die aber eigentlich jetzt am Ende ihres Lebens genau Sie, Mademoiselle, gebraucht hätte, als Stütze und liebevolle Begleitung.«

Er stand auf und ging hinaus, ohne sich noch einmal umzusehen. Der Fall war gelöst, die Ermittlungen beendet. Zeit, nach Hause zu gehen.

44

Der Bus der Linie 80 bog klingelnd um die Ecke, ansonsten war wenig Verkehr. Die Menschen saßen in den stimmungsvoll beleuchteten Restaurants. Es war rasch dunkel geworden, die langen Tage waren endgültig vorüber. Doch die Wucht des Herbstes konnte Lacroix in diesem Moment nicht treffen. Er war voller Vorfreude, reichlich aufgeregt, als wäre er auf dem Weg zu einem Rendezvous.

Er überquerte die Avenue Bosquet mit ihren ausladenden Platanen, und dann lugte, wie eine riesige Erscheinung im goldenen Licht, über den Dächern der Rue Saint-Dominique der Eiffelturm in seinem abendlichen Gewand hervor, das ihn noch schlanker und eleganter wirken ließ als ohnehin.

Lacroix hatte immer gefunden, dass Bauwerke wie der Eiffelturm oder der Dom in Florenz untrügliche Zeichen dafür waren, dass Gott unter den Menschen war. Wie sonst hätte jemand eine so kühne Idee haben können, eine so wunderbare Eingebung? Eine Landmarke zu schaffen, die eine Stadt, ja ein ganzes Land für alle Zeit hypnotisieren sollte. Pierre-Richard hatte dieser Theorie des Commissaire stets nickend zugestimmt.

Noch ein paar Schritte, dann war er am Ziel und betrat das Etablissement, das er wohl noch besser kannte als das Chai de l'Abbaye. Das Fontaine de Mars war ein Bistro alter Pariser Prägung – ganz anders als die neumodischen

Boutique-Bistros mit ihrer nüchternen Einrichtung und den winzigen Portionen mit Schäumchen links und Molekülen rechts.

Hier gab es rot-weiß karierte Tischdecken, alte Lampen und auf Hochglanz poliertes Silberbesteck, dazu unglaublich beflissene Kellner, die den Gästen alle Wünsche von den Augen ablasen. Christiane, die wunderbare *patronne*, wartete hinter dem Tresen. Er ging auf sie zu, und sie umarmte ihn.

»Mein Lieber, es ist schön, dich zu sehen. Komm, Dominique wartet schon.«

Sie führte ihn an den Fensterfronten entlang nach hinten.

»Ich habe gedacht, es ist zu frisch, um euch auf die Terrasse zu setzen?«

Lacroix nickte.

Christiane führte ihn zu *ihrem* Tisch ganz am Ende des langen Raumes vor der riesigen Spiegelfront. Hier hatten sie ihre Ruhe, saßen mit dem Rücken zur Wand und genossen den Blick auf das gesamte Bistro, konnten Menschen beobachten, Gespräche belauschen und stundenlang darüber reden – und über sich.

Lacroix hielt kurz inne, als er seine Frau erblickte, und dachte darüber nach, ob er sie so schön in Erinnerung hatte. Sie hielt ein Glas Wasser in der Hand. Den Wein hatte sie nicht ohne ihn bestellen wollen, so hielten sie es immer. Sie trug einen dunkelblauen Hosenanzug, dazu eine weiße Bluse und das türkisfarbene Seidentuch von Hermès, das er ihr einst geschenkt hatte. Sie lächelte ihn an, und er trat näher. Christiane ging zurück zum Tresen.

Sie konnte nicht wissen, dass sie sich tagelang nicht gesehen hatten, spürte aber, dass es ein besonderes Wiedersehen war. Dominique stand auf, und er schloss sie in seine Arme, sekundenlang, noch im Mantel, den Hut auf dem Kopf. Dann lösten sie sich, er sah sie an und umarmte sie noch einmal. Erst dann zog er seinen Mantel aus und setzte sich auf seinen Platz neben ihr auf der roten Bank.

»Meine Dominique«, begann er, »das war eine lange Zeit.«

»O ja, *mon commissaire*«, sagte sie. »Es war das schlimmste Bürgermeistertreffen, an das ich mich erinnern kann, es war wie ein Elternabend.«

»Gab es denn ein wichtiges Thema?«

»Möchtest du erst essen oder gleich einschlafen? Es ging tatsächlich noch mal um die Gebietsreform der Départements. Ich dachte, so langsam wären alle Bürgermeister beruhigt oder hätten sich zumindest damit abgefunden. Aber Pusteblume. Es wurde diskutiert, diskutiert, diskutiert. Zwei endlose Tage lang. Aber das eigentlich Spannende war der Flurfunk.«

Christiane unterbrach Dominique, als sie an den Tisch trat. »Apéro, meine Lieben?«

»Zwei *coupe de champagne*«, bestellte Lacroix, »und danach nehmen wir eine Flasche von eurem Roten.«

Eigentlich studierte Lacroix gerne minutenlang die Weinkarte, überlegte sich die Appellation und den Jahrgang. Hier war er sich aber sicher, dass die Cuvée, die extra für das Restaurant abgefüllt wurde, der ideale Wein für den Abend war.

»Also, erzähl schon, worüber wurde in den Kaffeepausen geredet?«

Lacroix hatte längst verstanden, dass in der Politik die entscheidenden Dinge nicht in den offiziellen Sitzungen besprochen wurden. Nicht anders als bei der Polizei.

»Es wurde sehr viel über jemanden gesprochen, der gar nicht da war. Jean-Baptiste …«

»Was ist mit ihm?«

Lacroix kannte Jean-Baptiste Guillemin schon lange, ein Bekannter seiner Frau, obwohl er Sozialist war. Seit Jahrzehnten Bürgermeister des 18. Arrondissements.

»Es gibt Gerüchte, dass es eine etwas zwielichtige Baustelle gegeben haben soll im Montmartre. Ein Großauftrag für ein historisches Gebäude.«

»Schwarzarbeit?«

»Auch. Es soll aber sogar Schmiergeld geflossen sein. An die *mairie*, stell dir das mal vor!«

»Und Jean-Baptiste hängt da mit drin? Kannst du dir das vorstellen?«

»Manchmal passieren Dinge, die man nicht geplant hat. Ich kann es dir nicht sagen und weiß noch nicht, ob ich ihn direkt darauf ansprechen soll …«

Er betrachtete seine Frau für einen kurzen Moment äußerst vergnügt, weil sie so in ihrer Konversation gefangen waren, dass ihnen nicht mal aufgefallen war, wie ein Kellner den Champagner auf den Tisch gestellt hatte.

Dominique nahm nun ihr Glas und erhob es. »Und wir trinken wohl auf einen gelösten Fall, oder?«

Auch Lacroix nahm sein Glas, und sie stießen an. »Und auf uns.«

»Auf uns. Erzähl schon, wie hast du den Fall gelöst?«

Lacroix trank noch einen Schluck und begann, die vergangenen Tage und die langen Nächte am Fluss zu umreißen. Erzählte von den vielen Tatverdächtigen, den Tschetschenen, von Dimitri, den er von Anfang an nicht koscher gefunden hatte, von dem Serientäter von damals, von den Angehörigen der Opfer. Als Christiane an den Tisch kam, um den Wein zu öffnen, war er schon bei Sybille Valls' Verhör angekommen. Dominique hatte atemlos zugehört, ihn nur kurz unterbrochen, um das Essen zu bestellen.

»Wie war sie?«

»Da war irgendetwas in ihren Augen. Schon als wir ihr die Nachricht vom Tod ihres Vaters überbracht haben. Da war so ein Feuer. Sie war zurückhaltend und freundlich, als würde sie sich die ganze Zeit am Riemen reißen. Aber irgendetwas hat da gelodert. Das hat mich beschäftigt, tagelang. Als wir zur Tür raus sind, hat sie den Fernseher lauter gestellt. Wahrscheinlich hat sie geschrien, weil der Druck zu groß war, und der Fernseher sollte sie übertönen. Das ist mir erst später bewusst geworden. Und als dann klar war, dass es weder der Mörder von 1988 sein konnte noch die Brüder, habe ich mich darangemacht, die Fotos an der Wand anzuschauen. Und ich bin immer wieder an ihrem Blick hängen geblieben.«

»Es ist schrecklich. Dass sie so leiden musste, als sie ein Kind war, dass sie so lange nach Rache gesonnen hat, um dann ins Gefängnis zu gehen. Und dass drei Menschen sterben mussten.«

Lacroix nickte. »Das ist das Ergebnis: keine Chance auf Reue, keine Chance auf Versöhnung.«

»Ich glaube nicht, dass es eine Versöhnung hätte geben können – oder geben sollen, nach dem, was er ihr angetan hat.«

»Ja, du hast recht.«

»Was sagt der *procureur*?«

Es lag am Staatsanwalt, die Anklage zu formulieren und ein Strafmaß vorzuschlagen.

»Er hat wenig andere Möglichkeiten außer Mord und lebenslang. George Maille und Laurent Pascher waren völlig unschuldig. Sybille Valls wird kein mildes Urteil erwarten können.«

Lacroix nahm einen tiefen Schluck aus seinem bauchigen Glas, der Rotwein war warm und tief und voller dunkler Frucht, ein perfekter Wein nach diesem Tag.

»Die ersten Arbeitstage nach dem Urlaub hatte ich mir jedenfalls anders vorgestellt.«

Dominique nickte. »Ich auch, *chéri*. Und mit deutlich mehr Zweisamkeit. Aber wir können ja vielleicht am Wochenende hoch nach Giverny fahren. Und vielleicht einen Tag ans Meer.«

»Eine schöne Idee.«

Er dachte an die kleine Pension in Deauville, die sie so liebten. Und an den Garten ihres Ferienhauses in Giverny, das kleine Backsteinhaus mit den blauen Fensterläden, im Garten die Rosenbüsche und der Apfelbaum, der sicher noch voller Früchte hing. Es würde das letzte warme Wochenende werden.

Die Vorspeise kam: *Œufs au Madiran*, die Spezialität des Hauses. Zwei Eier, erst gekocht und dann gebacken, in einer kräftigen Sauce aus Rotwein und Speck. Es duftete köstlich, und Lacroix konnte es kaum erwarten, danach sein Leibgericht zu essen: *confit de canard*, die knusprige Entenkeule aus dem Périgord, die sicherlich schon im Ofen schmorte. Doch etwas ließ ihm keine Ruhe.

»Kann ich dich etwas fragen?«

Dominique sah ihn erwartungsvoll an.

»Am Anfang habe ich nichts gesagt. Aber nun, weißt du, nimmt es langsam Ausmaße an … Der Hut, der Mantel, die Pfeife, so ziehe ich mich nun mal an. Was kann ich dafür? Aber wenn es dann sogar in der Zeitung steht …«

Sie legte den Kopf schief, als bereite ihr all das eine diebische Freude. »Was meinst du denn?«

»Herrgott, Dominique, mach es nicht noch schlimmer! Dass mich die Leute Maigret nennen, meine ich!«

Sie legte ihr Besteck wieder auf den Tisch und lächelte ihn sanft an.

»Weißt du, *mon commissaire*, es ist ihre Art, dir zu begegnen. Sie sehen, wie du ermittelst, sehen deinen Ehrgeiz. Und deinen unbedingten Willen, zu verstehen, warum es Täter und Opfer gibt. Deinen Wunsch, die Seelen der Menschen zu durchdringen. Das gibt es nicht so oft. Vielleicht gibt es das in Paris gar nicht mehr. Statt mit Ehrfurcht oder übersteigertem Respekt begegnen sie dir mit derlei Sprüchen. Weil es bisher nur eine Romanfigur gibt, die so ermittelt hat, wie du es tust. Du solltest sie reden lassen – und einfach so sein, wie du bist. Na ja, ein bisschen weniger rauchen könntest du. Im Übrigen: Ich koche sehr, sehr viel schlechter als Madame Maigret. Und deshalb müssen wir jetzt essen, ich verhungere nämlich.«

»Du hast recht«, er lächelte. »Ich habe dich sehr vermisst. Und nun *bon appétit.*«

Sie griff wieder zu ihrem Besteck, schnitt das erste Stück vom Ei ab, um es anschließend in die Sauce einzutauchen, und lächelte ihn an. »*Bon appétit, mon commissaire Maigret.*«

Paris / Crète, August bis Dezember 2017

1 Kommissariat des fünften Arrondissements
4 Rue de la Montagne Sainte-Geneviève

2 Chai de l'Abbaye, Lacroix' Stammbistro
Rue de Buci

3 Wohnung der Lacroix'
Rue Cler

4 Basilique Sainte-Clotilde
23B Rue las Cases

5 Quai des Orfèvres, die legendäre Adresse der Pariser Kriminalpolizei
36 Quai des Orfèvres

6 Rathaus des siebten Arrondissement, Wirkungsstätte von Dominique Lacroix
116 Rue de Grenelle

7 Fontaine de Mars, Lieblingsrestaurant der Lacroix'
129 Rue Saint-Dominique